たちはあなたと一緒に見ている風景をそのまま書こうとしている。一緒に見えたものだけを書こうとしている。あなたのおかげで、わたしたちは書いている。わたしたちはあなたがいないかぎり、書くことはない。わたしたちは息をしない。だが、死ぬこともない。わたしたちは変わり続けている。わたしたちは砂である。わたしたちは砂であることを知っている。あなたに砂の言葉を伝えたいわけではない。あなたと同じ風景を見ていることを伝えたいのである。あなたがこの文字を読むとき、わたしたちは目の前に現れる。いま、わたしたちは書いている。しかし、今わたしたちはそこにいない。わたしたちはあなたがこの文字を読むときだけ、書いたものとしてここに現れる。

現実宿り

坂口恭平

河出書房新社

現実宿り

装幀　水戸部 功

1

砂漠には時折、気まぐれな風が吹いた。その風がどこからきたのか誰も知らなかった。そもそも誰もそこにはいなかった。人間がいなくなってかなり月日が経っていた。風がまた吹いた。砂は退屈そうにまたがると、地表の上すれすれを回転しながら流れていく。移動した先でまた出会いがあればいい。いつも砂は移動した先で家族とは言えないまでも、集団を形成していた。水分もなにもない。しかし、砂は何一つ困ることがなかった。人間たちは水を求めて争っていた。そのときの気配がまだ残っている。残骸《ざんがい》が地中に眠っている。もやの向こうから光が差し込んでいるのが見えたが、地表にはまったく届いていない。時間が停滞していた。まるで忘れられたような場所だった。砂はときどき移動してけ、街を渡り歩いていた。集団は山をつくることもあった。山の周囲を濃い灰色のベルトのような空気が囲んでいる。わたしたちは贅肉《ぜいにく》なのかもしれない。獣の内臓にいるような感じだった。風が吹いていたのに。わたしたちは外にいたはずだ。光のせいなのかもしれない。わたし、とつい口にしそうになった。風がそれを横目で見ている。お前はどこから来たのか。一言も発しない風は、ただ吹くだけだった。何にもない。それが砂漠だ。

しかし、ここではいろんなことが起こっていた。いろんな生き物が暮らしていた。よく見かけたのはトカゲだ。トカゲは、何も食べないので不思議に思っていたのだが、どうやら最近では空気を食べるともっぱらの噂になっている。空気を食べることができるのであれば、もうあとは何の問題もなさそうだ。わたしたちは夕食を食べながら、よくトカゲの話題で持ちきりになった。一度だけの会合。一度だけの楽しみ。それでもわたしたちは必ず集まって食べた。トカゲみたいに空気を食べるようになってしまったら、わたしたちは集まるのだろうか。風に吹かれるだけになってしまうのではないか。不安になると、しばらく沈黙が続く。そんなとき、いつも陽気なやつがいて、音楽を鳴らした。音楽といってもわたしたちは楽器をもっているわけではなかった。なにせこの砂漠には道具屋がないだけでなく、言い伝えすらない。それぞれ勝手に、思うままの音を鳴らすだけだ。体をこすって。時々、大きな石が地中から見つかることもあり、それを使うと聞き慣れない音が出せた。そんな夜は格別だった。笑いながら、笑うということはどういうことだっけと思い出そうとしたが、そんなことはもうどうでもいいいと思えた。わたしたちは忘れた。ただそれだけだ。それで問題はなかった。ここでは忘れることがよしとされていた。忘れないことが問題とされた。忘れないと頭が悪いと言われた。だからみんな忘れることにした。ここでは忘れることが美徳とされていた。忘れないでいることができなかっただけなのかもしれない。そんなわけで、わたしたちはしきりに忘れるという言葉を使った。それでも音楽は忘れることができなかった。他のことであれば、あらゆることを忘れるように努めた。音楽以外はすぐに忘れることができた。また風が吹いた。風はそもそも自分がどこからきたのかすっかり忘れていた。だから風に身を任せていると自分たちも風になったような気になって楽だった。風に思い出などなかったはずだ。ところが、わたしたちは一度、風から思い出を聞いたことがある。風はそのときだけは「別にまたがらなくてもいいよ」と言った。代わりにトカゲが乗っていった。確か、あいつは先日、空気はもう飽きたよと言ったトカゲだった。トカゲもしゃべるんだと驚いた記憶がある。わたしたちは記憶しているということを口にしてはいけない。だから、ここでしか伝えることができない。何もない砂漠にも、いろいろと面倒なことが多いのだ。わたしたちの世界はこのように退屈さわまりないが、それでもいろんな出会いがあるし、食事も毎日するし、ときにはハプニングのようなことも起きた。それはそれで楽しいのかもしれない。しかし、わたしたちは他の世界を知らないし、そのころは他に世界があるということすら知らなかった。他に世界があると想像するだけで楽しいからこうやってなんとなく言っているだけなのかもしれない。一体、誰のために言っているのだろうか。そんなことどうだっていい。とにかくわたしたちは何もないこの砂漠で、日々手を伸ばしているが、そもそも手というものが何なのかわかっていないというのが現状である。実のところ何も知らないのだろう。人間が残したことをもとに書いているだけだ。人間が書いている文章をもとに、それを組み合わせているのである。それらはすべて地中にあった。地中に埋まっている図書館を探し出したのはつい最近のことだった。それからというもの、わたしたちはこの図書館にずいぶん通った。時間ならいくらでもあった。しかも、図書館は退屈しのぎどころか、わたしたちに一つのやりがいを提供してくれた。一つは人間が書いた本を読むこと。そしてもう一つは、わたしたちなりの文を書いてみるということ。わたしたちはこのようにして本を書きはじめた。それが死ぬこともないわたしたちの終わることのない日課であり、最上のやりがいとなった。人間はいまはもういないが、いま目の前にいたら感謝の手紙を書いて届けたい。つまり、わたしたちはいま、人間に向けて書いているのかもしれない。もういなくなってしまった人間に向けて。もしくは、いつかどこかに再び現れるかもしれない人間に向けて。砂漠ではなくなるときが来るのかもしれない。わたしたちは書いている。わたしたちは風によって絶えず移動している。つまり、これを書いたわたしたちは、トカゲのことを知らない。トカゲのことを書いたわたしたちはどこかへ行ってしまったらしい。わたしたちに特別な規則があるわけではない。そうかといって勝手気ままに行動しているわけでもない。それをいま、言葉で説明するのは難しい。きっと技術は少しずつ向上していくだろう。

わたしたちは誰に対して書いているのだろうか。わたしたちは何かを知っているわけではない。しかし、行動力をもっているようだ。そのことに最近、気づいた。最近、いろんなことに気づきはじめている。それも書きはじめてからのことだ。おかげで、ゆっくり食事をする時間が減ってしまった。物陰に隠れて風を避けることも増えた。外に出なくなった。自閉的になったとは言わないが、お互い対話することも減っていった。言葉を覚えたので、どんどん話し合えるはずなのに、わたしたちはそれぞれの方法で図書館にこもった。しかし、それも姿を見て確認するのではなく、入り口にある名簿の紙の引っかき傷を見て、それとなく感じているだけである。しかもそれは、現時点でのわたしたちがそう感じているだけで、わたしたちは結局ただの砂埃《すなぼこり》であるだけかもしれず、常に確信からは遠いところにあった。それでもわたしたちは特に不安というわけではなかった。そもそも不安という感情も最近知ったばかりなので、これが不安なのかさえわたしたちには正確に言い当てることができない。明日が来れば、わたしたちもまたどこか遠くへ連れて行かれるのだろう。それでいい。何も問題はない。人間はなぜか一人一人の感情にこだわっているように見えた。わたしたちはその理由を理解することができない。それでも毎日図書館にいりびたっている間、すこしだけわたしたちは人間になった気がした。悪い気はしない。自分たちではないものになっている間、忘れていたものがふっとよみがえってきたからだ。わたしたちはついそれを書きたくなってしまう。しかし、他の誰かが読むに耐えうるものになるのだろうか。人間のようなことをついわたしたちも考えてしまっている。つまり、人間が行っていることは何も人間だけが考えているわけではないのだ。しかし、そのようなことを今までわたしたちはまったく知らなかった。忘れつづけ、風にどこかへ運ばれる。死ぬことのないわたしたちは、人間になりたいとは決して思わないが、それでも図書館に対して感謝を感じているということは彼らに対してなんらかの親近感を感じているのだろう。空気を食べるトカゲよりも。わたしたちには共通している感覚がある。それは文面からも感じ取れた。わたしたちはその都度、忘れながら書いているはずなのに、どこか一貫性があるのだ。それは砂がもっている性格によるものなのか、わたしたちにはまるでわからない。他の生き物にはどう見えているのだろうか。トカゲにも聞いてみたい。虫はどうだろう。彼らは風と仲が良い。風がないと生きていけないと図書館の本には書いてあった。しかし、人間を通じた虫の思考は、本当に虫なのだろうか。記録によると、わたしたちはつい先日、夕食を食べながらそんなことを話していたらしい。わたしたちは伝達している。人間に向けてと言いながら、実は砂どうしの対話なのだ。口にしない。忘れることを義務化されているわたしたちは風に吹かれながらも、実は移動したくないという本心を互いに言いたがっていた。わたしたちは書くことによってそれを解消しようとしている。

残骸はときどき、目の前に姿をあらわした。きっとそれもまた風の仕業だろう。風には意図を感じる。風は決して理由を話さない。故郷だってきっとあるだろう。風の故郷に行ってみようと決めたわたしたちは、黙って徒歩で向かおうとした。しかし、風はわたしたちの気配をすぐに感じ取った。人間はいつも風に抗っていた。防風壁の設計図も残っている。建設は迅速に行われた。材料はわたしたちだった。しかし、今ではわたしたちがどのように役に立っていたのか、実際に知るものはいない。文字になってはいるものの、詳しいことはわからないのだ。わたしたちと人間との関係性を具体的に知るためには人間を探す必要がある、と誰かが独り言をいった。わたしたちは誰一人として、その言葉を耳にしつつも、聞き返すことはしなかった。また忘れるのだから。忘れたふりではなく、忘れるのだ。しかし、風はいつもわたしたちに行動を促す。わたしたちはいつしか物陰から身を乗り出すようになっていた。光はまだ地表に届いていない。しかし、ぼんやりとした灯《あか》りが雲の向こうに見えている。わたしたちは物陰から別の物陰へと移動した。記してある文章を読む限り、わたしたちは動く必要があるのだろう。いつだって、自分の意思なんてものはそう大した問題ではない。別に自分の感情にしたがって動くことだけが行動なのではない。決められたことをしてばかりでは退屈だと人間は書いている。しかし、わたしたちはそうではなかった。わたしたちは忘れた。忘れることが仕事だった。それなのに、忘れないための機械を探していた。忘れないことに何か重要なことがあるのか。わたしたちは誰かにその意味を教えてもらいたかった。トカゲに聞いても無駄だった。虫に聞こうとしても、もはやわたしたちには人間の知識のほうが先行していた。虫はただの虫ではなく、人間の虫だった。虫は人間を押しつぶす力があるのに、取るに足らないものとしてしか映っていなかった。砂漠では悪いことばかりが起こるわけじゃなかった。あいつが来るまでは。それは男だった。いや女だったのかもしれない。わたしたちには見分けがつかなかった。その生き物は砂であるわたしたちに話しかけてきた。それは人間らしき形をしていたが、人間ではなかった。そんな存在は図書館にあるどの本にも書かれていなかった。わたしたちが地中の図書館に通っていることは誰も知らなかったはずだ。しかし、人間らしき形をしたものは違った。彼もしくは彼女は、わたしたちの言葉に耳をすましている。わたしたちはその奇跡的な出来事を、過去のわたしたちと分かち合いたかった。その人間らしき形をしたものは、ルーと名乗った。音でしかなかったので、名前ではなかったのかもしれない。彼もしくは彼女のまわりではしきりにそんな音がするのでわたしたちがそう呼んでいただけなのかもしれない。しかし、もはやそんなことどうだってよかった。わたしたちが彼もしくは彼女にルーと呼びかけることは一度もなかった。たとえそう呼んだとしても気軽に返事をしたのだろう。ルーは陽気だった。果物が好きだった。よく砂の上に果物の絵を描いてくれた。見たことのない果物だった。そもそもわたしたちは、果物自体見たことがなかった。別に腹の足しにはならなかったが、近づいてきたトカゲは違うようだ。果物を見ながら、よだれを垂らしている。それは新しい出来事だった。革新的なことだった。しかし、人間もトカゲも、そしてわたしたちも、表面上には何も起こっていないような顔をした。

その日の夜は満月だった。少し寒かった。これは記録による情報のため、詳細はわかっていない。しかし、それはわたしたちにとって、そしてこれからのわたしたちにとっても重要な日になった。なぜなら、ルーは図書館のことを知っていたからだ。ルーは遠路はるばるこの図書館を見つけるために訪ねてきたのだ。ルーはここの人間ではなかったが、まだ砂漠ではなかったときにルーの先祖がここで幸せに暮らしていたそうだ。両親に地図を渡され、それをもとに訪ねてきたという。わたしたちはルーの屈託のない笑顔が気に入った。ルーが男なのか女なのかわからなかった。しかし、そんなことどうでもよかった。わたしたちには性別もなければ、子供をつくる機能もない。わたしたちはルーと次第に長く時間を過ごすようになった。ルーは麻の袋をもっていたので、わたしたちは時々そこに入ったりして遊んだ。そのときばかりは風のことで悩まずにすんだ。そもそも風による移動はわたしたちにとって自然な営みのはずだが、いつのまにか不便に感じはじめていたのだ。今はまだわたしたちが書いている。それがいいことなのか悪いことなのかわからない。しかし、ルーは喜んでいるようだし、わたしたちの対話も普段とは違う言葉を使うようになった。一方、ルーはわたしたちと対話できているとは感じていなかった。それでも時折、穏やかな顔を見せてくれる。それを見て、わたしたちは安心し、いつか本当のことを伝えられるのではないかと思うようになった。わたしたちの書いてきたものを、読んでくれるのではないかとすら期待するようにもなった。それがどのような効果をもたらすのか、今のわたしたちにはわからない。ルーが来てからというもの、砂漠は少しだけ騒がしくなった。吹く風が少し生ぬるくなった。季節が変わったのか、わたしたちの感じ方が変わったのか、それを考えようとまた図書館へ向かった。しかし、気づくとわたしたちは別の街に足を踏み入れていた。

2

それはいつも突然やってくる。襲ってくるのではなく、ささやかに訪れる。郵便受けに届くようにやってくる。確かにそれは手紙に似ていた。差出人が空欄の手紙だ。封筒を見ると、公式の書類のような体裁だ。差出人の名前は書かれていない。わたしはそれを受け取らなくてはいけない。受け取らないという選択肢はない。たとえ受け入れることができずに、机にぽんと投げやり、何も起こらなかったかのように生活を続けたとしても、手紙のことが頭から離れることはない。勝手に送られてきているのだから、放っておけばいいのに、気づくとわたしは書斎に戻ってきていた。そして、その手紙の封を開けて、中を覗いた。わたしは思い出す。今まで忘れてしまっていたことを思い出す。そして、これからはじまることを思い出し、そのことに思い悩み、いつのまにかそのことしか考えられなくなる。他の作業に手がつかなくなる。手紙に書かれているのは日本語のようだが、見たことのない文字がいくつかまじっていた。文字列の下に、図形が描かれている。黒地の人型が立ちすくんでいる。無表情のまま。顔は真っ黒だ。黒い人型は線で描かれた正方形の中に立っている。正方形の上には黒地の三角屋根。それは明らかにわたしを表示していた。

横には大きく描かれた矢印が右を向いている。矢印の先には真っ黒な車が描かれていた。わたしはこの車に乗るのだ。わたしは呼び出されていた。それは徴集の知らせだった。わたしは家族にこの件を伝えようとしたが、彼らは外出中だった。それはそうだ。今は師走なのである。何かと忙しい。近所にある実家には親戚一同も集まっている。わたしはあとで行くことになっていた。しかし、親戚が集まっている実家でこの手紙を開いている自分の姿をわたしは想像できない。まだパジャマのままだ。そのときインターホンが鳴った。宅配便だろう。わたしは居留守を使うことにした。ところが、インターホンは鳴りやまず、ドアを叩く音まで聞こえてきた。一体、何事だ。わたしはパジャマの上からジャケットを羽織ると、静かにドアを開けた。目の前に止まっていたのは、シルバーの大きなライトバンであった。「外に出ろ、外に出ろ」と見知らぬ男が叫んでいる。焦ったわたしはドアを閉めようとしたが、黒い木棒を挟み込まれていた。ヘルメットをかぶった男は、濃紺の制服を着ていたが警察官ではなかった。男は静かに低い声を出して、わたしを呼んでいる。まだ二十歳代前半の若い声だった。男はただ淡々と言われたことをやっているだけのように見えた。男は生活のために働いているのだろう。腰元には電気銃のようなものがぶら下がっている。男の目は動揺していた。わたしが抵抗すると思っているのだろうか。わたしは別に睨むこともしなかった。黒のヘルメットはまだ新しく、朝の光を反射している。おでこの部分には動物にえぐられたような傷跡が見えた。わたしはこの男に同情しそうになったが、これも何かの戦略なのかもしれない。わたしは騙されてはいけないと思ったが、かといって、ドアを閉めるわけにも、書斎に逃げ込むわけにもいかなかった。男は「いますぐここを出ろ」という言葉を棒読みした。

「この書類と何か関係があるんですか?」

わたしは手に持っていた手紙を男に見せた。

「もうすでに決まったことだ」

男は胸を張ってそう言ったが、あどけない顔とのギャップが印象的だった。もしかしてこの男もこのようにして、徴集されたのかもしれない。

「しかし、日本語に見えて、そうではない言葉がところどころに入っていて、自分がなんのために行かなきゃいけないのかわからない。そんな状態で突然、拉致《らち》されるのはごめんだ」

わたしは思っていることをそのまま言ってみた。男はこちらの予想通り、言葉に詰まったが、すぐに棒をドアに差したまま、後ろを振り向き、車中の人間にたずねている。彼は激しく怒鳴られていた。いっそのこと車に乗ってしまおうかとわたしは考えた。どこに向かうのかわからない。男はすぐに再び顔を出した。ドアの向こうにもう一人の顔が見える。この男の仕事っぷりに落ち着かなくなった同僚が、サポートしに来たのだろう。男はわたしの手を急にぐっと握って引っ張った。

「お前の考えていることが禁止である」

わたしは裸足のまま外に出された。夏なのに寒く、見慣れない車が行き交っている。奥には高速道路の陸橋が見えた。信号機が光っていない。外に出ると日光はさらに強く輝き、わたしはめまいを感じた。

「行動ではなく、考えていることが問題なのだ」

男は慣れた口調で言った。

「考えていることなんか、わからないでしょう」

「そうだ、だから、こうやって使えない人間まで雇わなくてはいけなくなったのだ。早く車に乗れ。乗らないと、それは行動法第十五条に違反することになり、鑑別所行きになる。痛い目にあいたくなかったら、とりあえずわたしたちの指示通りに動くことだ」

もうこれ以上、抵抗しても仕方がないと判断したわたしは若い男に体を預けた。ライトバンのドアが開くと、わたしは座席に座らせられた。後ろは見なかったが、ひとの気配がする。どこに向かうのか。車内にはなにかのエンブレムのような文様が見えるが、いままで見たことがなかったものだった。警察のマークではない。水滴のようなマークだった。下に文字が書かれてあったが、それもまた、わたしには読めなかった。ドアが閉まると、ライトバンは急発進した。

3

わたしは車の座席に座っていた。この車はどこへ向かうのか。手には先ほど開封したばかりの手紙がまだ残っていた。じっくり読もうとしたが、路上の石のせいなのか、車がときどき振動し、うまく文字を読むことができない。それでも、わたしがどこかへ連れ去られようとしていることは確かだ。車内には他にもわたしと同じ境遇の人間たちが黙ったまま座っていた。誰も叫び声一つあげない。車内は沈黙だった。咳払い一つ聞こえてこない。わたしは車窓から外を眺めた。まったく見慣れない風景だった。家から出てきてまだ五分もたっていないはずだ。わたしはチェック柄のパジャマのままだった。鼻水を袖で拭き取ろうとすると、肘《ひじ》が隣の人間に当たった。黒い革ジャケットとパンツを着た細身の男だった。ワークブーツはきれいに磨かれている。Tシャツの首元から垂れ下がったサングラスに反射した光が眩しい。男はわたしと目が合うと、無表情のまま口を開いた。

「これは日雇いとかそういう類のものじゃない。詳しいことはおれもわかっていない。乗るつもりもなかった。かといって抵抗したわけでもない。おれは手紙すら持っていない。おれは、ただ自分が気になっていた森に向かっていただけなんだ。車に乗って。地図も何にも持っていなかった。その場所を昔、写真で見たことがあった。ずっと昔のことだ。それで、そこが気になってたんだ。いつかそこへ行きたいと思ってた。おれはただ普通に働いていた。その会社が潰れなきゃ、車でそこへ行こうなんて考えもしなかっただろう。でも、会社は潰れたし、それでおれは働き先を失い、住むところまでなくなっちまった。車の中に寝はじめた。あるとき、ビッコひいてる女と出会ってね。相当酔っ払ってるもんだから、おれは大丈夫かと心配して、何か手伝おうかと聞いた。すると女はスカートをめくって、右足だけ置いていったんだ。嘘じゃないぞ。本当なんだ。右足だけ置いて、そのまま女は通り過ぎていった。どこかに行ったんだ。おれはそのまま女の右足としばらく一緒に過ごした。足を見ているだけで、女の記憶がどんどん蘇ってくる。もちろんおれの知らない場所の記憶だ。それでもおれはずっと見ていられた。むしろ引き込まれてしまった。どのくらいの時間が過ぎたのか、もうわからなくなっていた。カレンダーも持っていない。おれは知らない時間に突入していたんだ。気づくとおれは車のエンジンをかけていた。右足を助手席に乗せて。それがはじまりだった」

男は無表情のままだったが、わたしに対して警戒心を持っているわけでもなさそうだ。男はタバコを取り出すと、窓を少しだけ開けた。風が車内に逃げ込んできた。砂埃が光で照らされている。

「女の足は?」

わたしが思わずそう聞いた途端、男は口の前に人差し指を立てた。調子に乗ってしまったと焦ったわたしは黙り込んだ。しかし、男は気にすることなく、また話を続けた。

「地図なんかなくたって、大抵想像できる。お前だって、想像できるだろ。なにがどうなっているかくらい。この状況だってそうだ。おれらは何もわからずに車に乗せられているわけがない。理由のないことなんてなにもない。ただ、それに気づかないままでいるってだけだ。鯨は決して間違わないけどな。器が違うんだ。そこは諦めろ。おれも早々に諦めた。それでも、おれはとりあえず車を走らせた。勘、というのともちょっと違う。なにも考えてないんだ。とりあえず車のエンジンを動かし、手に任せてあとは道路をただひたすら走った。そのうち、アスファルトの道はなくなった。先を気にしちゃいけない。そこで迷ったらおわりだ。迷ったらおわり。迷わないで手が動くところまで行くんだ。目をつむってもいけない。恐怖から逃げたらおわりだ。かといって目で何かを見たら、その時点で人間ってのは考え込んでしまう。色が見えたらおわりなんだ。色を意識しないで、風景をガラスに写り込ませるだけでいい。あとは滲《にじ》んでくるのを待つ。別に何かそういう知識を誰かから教えてもらったわけでもない。なんでも教わればいいってもんでもない。勘を働かせても、たかがしれてる。恐怖心をゼロにすることもできない。じゃあどうするか。ただ、手を動かすんだ」

「足でもいいのか？」

「今、足の話はまずい。その言葉は口にするな。おれの言葉を聞いてればわかるだろう。手ってことは、足ってことだ。太ももでも、二の腕でも、腰でもなんでもいい。お前の中にあるお前じゃない部分ってのがある。そいつを起こすんだ。ゆっくりと。目覚まし時計なんか使ったらおわりだから気をつけろよ。そっとやるんだ。一番刺激の弱いところから、少しずつ触る。時間がきたことを教えてやるんだ。それが正しいかは知らん。ただ、おれはそうやったってだけだ」

　男の話を聞きながら、わたしは窓の先の光景を目にしていた。電線が走っている。電線は揺れていた。カラスのような鳥がいたが、カラスではなかった。目の端から尾の先までまっすぐ白い線が伸びている。聞いたことのない鳴き声。朝の光景だった。湯気が立ち上っている。朝食を買いに来た客で盛況している看板の文字が読めなかった。車の速度は、振動を感じるかぎりかなり速いはずだが、わたしはその通り過ぎる光景を、いちいちしっかりと目で捉えることができた。窓からの細い光が、わたしと男の前をレーザー光線のように照らしている。わたしは男の言葉を思い出し、目の前で起こっている出来事についてあれこれ考えることをやめた。爪先が冷えている。足が小刻みに震えだした。

「注意しろ。とにかくいくつかの風景がお前の前に現れる。包み込まれたら、そこから逃げ出せなくなる。おれのこともそのうちきっと忘れる。それでいい。忘れることを恐れなくてもいい。それは忘れたのではなく、忘れたことにさせられているだけだ。それが誰かなんて野暮なことは聞くなよ。ここで言えることと言えないことがある。忘れてはいけないことは、お前がいま、手紙を持って、車でどこかへ向かっているということだ。しかも、お前の意志とは違うかもしれないという恐怖心と一緒にな。でもそれはお前が起こしていることだ。何を起こそうとしているか。これ以上は考えるな。体を誰かにあずけろ。とりあえずはおれにあずけろ。信用なんて言葉は、とうの昔に捨てた。だから、行けたんだ。気づいたら、おれは砂漠にいた」

「砂漠？」

「そうだ。砂漠だった。おれは車を降りた。見つけようともしなかった。それでも通り過ぎるんだ。いろんな動物が通り過ぎた。砂漠だからって生物がいないわけじゃない。水がないなんて馬鹿みたいな話だ。おれはそこで生きた。息を吸ってた。古びた紙片まであった。読まずにただ手に取ったよ。お前の手紙みたいに。そのまま何日か歩いてた。そこに森があったんだ。驚きもしない。ただそこに森があった。それだけだ。おれが知っていた森だった。まったく変わっていなかった。植物は育ったり、枯れたりするだろ？　でもその森は写真とまったく同じだった。おれはそのまま森の中に入っていった。風すら吹かない日だった。夜だった。獣に食べられてもおかしくなかった。でもそのときは何にも考えなかった。ガラスに映り込んだその道をただ歩いた。入り口だってあるんだ。森には入り口がある。どんな森にも入り口がある。そこを間違えると、二度と戻れない。入り口があったからおれは入れた。探しても無駄だ。あるか、ないか。あるとわかっていたから車を走らせたんじゃない。手が知ってたんだ。手が知っていることなんか、人間には永遠にわからない。そういうやつらと死ぬまで一緒だと思うと、不思議な気持ちにならないか？おれは不思議だった。だから、手は勝手に葉をかき分けて森の中へ入り込んでいった。おれはただ引っ張られるままに動いた。それでも関係性ってのは非常に重要で、手に持っていかれてしまうと、おれがいなくなる。そのときに、おれがどうしたかっていうと、怪我をしたんだ。時々、力を加えた。恐怖心ではなく、むしろ、協力しようとした。無駄足だってことに気づいたけどな。それでも、トゲがおれの手に刺さって血が出た。それでおれはぎりぎりのところで手に喰われなくて済んだというわけだ」

助手席からの視線を感じ、男は黙り込んだ。しばらくすると車はゆっくりと停まった。

「ここから先はまた後で」

男はウインクをするようにほほを上げて一瞬笑い、右手の先を少しだけ上げて別れを告げた。助手席の男が車から出ると、無言のまま後部座席のドアをスライドさせた。

「57番」

それはわたしを指していた。手紙には番号は書かれていない。森へ行った男は、わたしがここで降りることをはじめから知っていたようだ。わたし以外は誰一人として車から降りなかった。助手席の男は、無線で何か連絡を取っている。ノイズの入った女の声がすると、助手席の男はわたしを放置したまま、車内に戻った。勢いよくドアが閉まると、ライトバンは去っていった。その瞬間、街の音が突然聞こえはじめた。大気は乾燥していた。わたしが立っているところは高いビルの前で、一階の庇《ひさし》は長く、路肩に降りたわたしの頭上まで伸びている。自動ドアが開くと、向こうから黒いセーターにジーンズ姿の女が歩いてきた。手には小さな白い紙袋を持っていた。

4

「食べる?」

女は白い紙袋をわたしに差し出した。中にはシンプルな細長のパンが入っていた。ところどころ焦げ付いていて、まだあたたかい。

「近くのパン屋なんだけど美味しいよ。どこか遠くの知らない町からやってきた人が、ちゃんと薪で火を焚いて、釜で焼いているの」

パンをちぎると、中から溶けたチーズが垂れてきた。わたしはチーズを口で受けながら、手に持っていた手紙を女に見せた。

「この紙が届いたとたん、勝手に車に乗せられて。意味がわからない。まったく身に覚えがないんだ。知っていることを教えてくれないか?」

「わたしにもわからない。でもあなたを見てると、別にそれで困惑しているようにも見えないわよ」

「困ってるよ」

「自分で状況をつくりだしているんじゃないの？　あなたのやっていることは、別の誰かになんだって影響を与えるわけだから。わたしがここにやってきたのも、インターホンが鳴ったからだし。そんなことを言うなら、わたしだって、誰がインターホンを鳴らしたのかはわからない。でも音が聞こえてきて、それに反応して、外に出てきただけ」

「インターホンはおそらく、あの助手席の男が鳴らしたんだよ。さっきいただろ？」

女は申し訳なさそうに首をふった。

「そうじゃないの。インターホンはわたしの部屋の前にしかないし、彼は外にいた。そして、彼のこともわたしは知らない。別にわたしはこれを仕事でやっているわけじゃないの。ただそんな気がしたってだけ。外に出て、人に会う。そこで出会った人と何かを話す。わたしはただ食事中だった。だから、この紙袋を持ってきた。パンは美味しいから。あなたにも食べて味わってもらいたいだけ。別に毒は入っていないから心配しないで」

「気を失うことができれば、むしろそうしたいよ」

「毒もあるわよ」

女はジーンズの右ポケットから金属製の小さな円筒を取り出し、口紅のようにくるりと回すと半透明の油の塊をわたしの唇に塗った。インド料理屋で嗅ぐようなスパイスの香りがした。

「なんで、砂漠の話なんかしたの？」

「砂漠？」

「うん、あなたは砂漠の話をしていた」

女は当然のような顔をしている。

「なんで、君は砂漠の話をしたことを知ってるわけ？」

「いや、知ってるわけじゃないよ。ただ見たの」

「砂漠なんか行ったこともないし、そんな話をした覚えもない」

「でもわたしは確かに見たわ。あなたが砂漠の話をしている姿を」

「砂漠の話だったら、さっきの車の中にいた男だよ。きっと君は勘違いしてる」

「パジャマを着てた？」

わたしは諦めて、ゆっくりと首を振りながら言った。

「いや、黒の革ジャンだった」

「じゃあ、全然違うわ。わたしが見たのは、いまのあなたよ。あなたが話してたの」

5

わたしたちは森の夢を見た。そのときにはもう夢を見ることができるようになっていた。ここは確かに砂漠だ。樹木は一本もない。しかし、ここは森でもあった。わたしたちは自分たちがもしかしたら、重要な存在なのかもしれないと思うようになっていた。もちろん、夢の中、では。わたしたちは砂であったが、それでよかったのだと感じられるようになっていた。つまり、技術は日増しに向上していた。今日の夢は忘れたくない。当然、わたしたちは規則を犯すことになる。しかし、それでもわたしたちは忘れないようにしたいと思った。誰しもが思っていたはずだ。だから、わたしたちは書き残すことにした。なぜ忘れる必要がある？　誰がそんな規則をつくったのか？　誰かがそう言った。手を挙げるものはいなかったが、わたしたちは無言で賛成した。わたしたちはまた明日、それぞれどこかへ飛ばされていくのだろうが、夕食どきでさえ誰一人としてしゃべろうとはしなかった。音楽も聞こえない。あまりにもそれが珍しかったのか、遠くで蛇が体を揺さぶっている。とても低い音がわたしたちの耳にまで届いた。いつもなら不気味だと感じる音も、今日は穏やかな音楽に聞こえた。わたしたちは黙っていたが、みなそれを楽しんでいた。食欲もあった。しかし、おかわりをするものは誰一人としていなかった。みな慎ましく食べ、食べ終わったものから順に、静かにその場を去った。明日は会えなくなるかもしれないのに、別れの挨拶もしなかった。忘れることをもう一度思い出したからだ。だから、わたしたちは再び書きはじめた。あの夢のことを。森の情景を。どうせ忘れるのだ。呆れるほど克明に描いてみたい。風は二つ前の駅をもう出発していた。今やわたしたちはその距離を感じることができる。月はいつもより黄色く見えた。蛇は疲れたのか、気づくとどこかへ消えていた。わたしたちは誰一人として休もうとしなかった。端の方から少しずつ森は消えていく。それでもわたしたちは、夢の中の森をひたすら書き進めていった。やがて風は到着し、わたしたちはまた忘れてしまった。わたしたちは図書館へ向かうことにした。それ自体、夢だったのかもしれないが、今では判別することができない。足音が聞こえた。どこから来ているのかはわからない。わたしたちがつくりだした機械は、地震計のようなもので、いわゆる音色ではなく、波の変化だけを察知することしかできなかった。だから、足音の色を見ることはできない。わたしたちにとって、色はそれほど重要ではないと伝えられてきた。色はわたしたちに残された余白みたいなもので、その選択権は常にわたしたちにあった。機械は時間をかけてつくりあげたものだったが、色という感覚を知るまでには至っていなかった。図書館だってそうだ。図書館まで続く階段すら、誰がつくったものなのかわからない。図書館の扉は随分古くなっていたが、その都度修繕しているのでどうにか開けることができた。しかし、いつ壊れるかわからない。そのことに関してわたしたちは、最善を尽くすということ以外、議論してこなかった。わたしたちと出会うために、わたしたちはいつだって修繕を怠らなかった。しかし、それと死ぬこととは別のことだ。わたしたちは本当に死ぬのか、人間が恐れていたこの事実を確かめたことはない。書くことで、その都度考えていることを外に出しているだけだ。今、わたしたちは、自分たちの死を感じることができない。もちろん風には飛ばされる。しかし、それでもきっとそこで何かをつくるのだろう。文献を探すのだが、この地を去ったものは戻ってこないため、わたしたちはずっと結論を出せないままでいた。そんなときにわたしたちは「森の夢」という書物を見つけた。ここではないどこかの風景が、文字を読むだけで浮かび上がってきた。読んでいる間、わたしたちは不思議なことに、そこにいた。そのときだけは、階段を忘れ、図書館を忘れ、砂漠を忘れた。忘れることが義務とされているわたしたちが、それでも忘れていないいくつかの風景とどこかしら似ていた。「森の夢」は頁を開くまでにずいぶん時間がかかった。誰かが見つけてきたらしい。いや、もしかして、それはわたしたちの誰かではなかったのかもしれない。奇妙な夜だった。あるとき、砂だと名乗るものが「むかし、わたしはここにいたことがある」と言った。しかも、夕食の最中にである。誰もが箸を止めた。音楽も鳴りやんだ。しかし、それは一瞬だけのことだ。砂はまた、黙って、わたしたちと同じような格好をしたまま、黙々と食べ続けた。ふと気づくと、彼はすでにわたしたちの一部になっていた。わたしたちに一人一人の名前はない。だから、誰だって知らぬ間に忍び込むことができた。わたしたちは砂だ。何か違いがあるのかと聞かれても、わたしたちにその違いを言葉にすることはできない。いつかできるようになるかもしれないが、ずっと後のことだろう。口笛が聞こえた。わたしたちは彼に教えてもらったのかもしれない。その道を。階段の在り処さえ。また風が吹いた。テーブルに置かれた一冊の本が目の前にあり、わたしたちはそれを開こうとしていた。迷いはなかった。なぜなら、わたしたちには記憶がないからだ。そもそも時間だってないのかもしれない。わたしたちは、時間と直接出会ったことはなかった。音楽を聴いているときにときどき、ふっと横切るものがある。それを時間だと見なしていただけだ。わたしたちは慎重に表紙をめくった。また「森の夢」と書かれている。文字の下には引っ掻き傷のようなものが見えた。破れて下の紙が薄く浮かび上がっている。わたしたちは窓から覗き込むようにその情景を眺めた。地表で風が吹いているのがわかる。機械が静かに揺れていた。わたしたちは立ち去っていった仲間の顔を思い浮かべた。音楽師はすでにいなくなっていた。わたしたちは次の音楽師を探さなくてはならなかった。紙の隙間から埃のようなものが浮かび上がった。わたしたちは椅子に座り、その軌道をゆっくりと眺めた。その途端、図書館が少しだけ広がった。どこにも時計は見当たらない。誰かが火をつけた。それは夕食を図書館で済ませるという合図だ。質素な夕食を食べ終わると、わたしたちは「森の夢」のまわりに集まった。そして、目を閉じた。

6

わかった、わかったから、紐を解けって。だから、おれはただ闇雲に車を走らせていただけだって。別に目的地があったわけじゃない。いや、闇雲というのともちょっと違うな。確かにヒントになるものはあった。それは写真だ。写真を見たことがあったんだ。今、おれの手元にはない。家にもない。なんだって、お前らはひどいことをしてくれるんだ。家の中を隅から隅までひっくり返しやがって。まったくだ。おれは今回の件に関しては何にもしていない。そりゃ悪さはやってきた。それだって、別にあんたたちに迷惑をかけるようなことはなんにもやってない。おれが楽しむために、規則をやぶったくらいなもんだ。そんなのあんたたちには関係ないだろ。そんなことまで口出しされちゃたまったもんじゃない。痛いからやめろ。わかった。ちゃんと話をするから。手荒なことはよしてくれ。どうせ、お前らも誰かに命令されてやっているだけなんだろ。おれが知っていることはなんでも教えるから、まずはこの紐を解けって。嫌なんだよ。とにかくこうやって閉じ込められてるのが。あんたらにはおれが取り扱いにくくて、こうやってぶち込んでいるんだろうが、結局、これも記録には残されるわけだからね。そこのお前が、書いているんだろ。それは消せない。あんたらは明らかにおれに迷惑をかけている。おれは別にお前らには何一つ悪さはしていない。あんたらけ明らかにおれに迷惑をかけている。

女はいないのか。女にだったらなんでも話すぞ。そもそもやり方まちがってるんだ。あんたたちは。ここで発狂するのは勘弁だ。今から話す。まずは、とにかくこのきつく縛ってる紐を外せ。そうしないと自分で舌をかみ切るぞ。よーし、よーし。これでいい。だいぶ楽になった。その日、とにかくおれは車を走らせていた。すると、砂漠が見えてきた。おれの車では砂漠を走り抜けるのは無理だ。誰もいやしない。おれは車を置いて、歩き出した。写真のことを思い出していた。あれは何年前だろ。そうだな。大阪に変なバーがあった。入り口の扉を開けると、茂みになってってね。それを抜けるためには、四つん這いになって匍匐《ほふく》前進しなくちゃならない。抜けると、普通のバーカウンターがある。懐かしい歌謡曲がかかってた。つむじ風って歌だ。マスターが鼻歌でうたってる。このバーでは不思議なことが当然のことのように起きるのに、誰もおどろかなかった。普通の飲み屋と変わらない。タバコを吸いたくなったおれはライターがないことに気づいた。目の前にある大きなガラスの灰皿の中に一箱だけマッチがあるもんだから取り出してみると、使い古しのマッチが一本入っているだけ。舌打ちしながら、隣の人にライターを借りようと声をかけたら、そいつは灰皿のほうを指さしている。すると、さっきの空の灰皿にマッチ箱が山盛りになってた。このバーではそんなことばっかり起こった。バーには看板もなく、正式な名前なのかどうか知らないが、ビルの四階にあったから「シカイ」ってみんなに呼ばれてた。マスターの名前すら知らない。おれはバーのトイレに貼ってある写真が好きでね。その写真を見るためにただ便器に座ったこともある。いつのまにかおれは写真の中にいた。お前らは誰も信用しないだろうけど、本当におれはそこにいた。見たこともない木が生い茂ってた。おれはなんだかほっとした。太い幹の木が何本か倒れてて、至るところから小さな芽が生えている。折れた根っこのほうは苔で覆われていた。大きな丸石を見つけたおれは腰を下ろした。日光が落ち葉に当たってた。それからどうしたもんか、おれの目はひとりでに動きはじめてね。おれから離れていった。散歩してるみたいな感じで、目はうろうろさまよっている。おれは追いかけもしなかった。目はいろんなものを拾っては舐め、匂いを嗅ぎ、まるで何かを探しているみたいだった。しばらくぶらぶらしていたが、川を越えてしばらくたつと、目は突然ものすごいスピードで走り出した。右耳の奥がスクリーンになって、目が採取してきた映像を映し出している。映っているものになんの意味があるか、おれにはさっぱりわからなかった。それでも目は、確かにおれの目だった。体はおれとは別物なんだと思い知ったよ。おれの頭はすっかりくたびれていたんだが、それでもずっと目は鳥みたいに飛び回り続けた。不思議なものよ。おれは丸石に座ったままなんだから。しかも目をあけると、おれは便器に座ってた。写真を見ていただけなんだ。モノクロ写真だった。トイレの照明が赤かったからか、緑色に見えた。おれはどれくらい長くトイレにいたんだろう。トイレを出ると、カウンターでは五、六人くらいが大騒ぎしてた。

誰もおれには気づかない。冬の寒い日だったのに、相変わらず夏の歌がかかってて、おれは少し汗をかいていた。アロハ姿のマスターは、おれがカウンターに座ると「お前、あの写真が好きなのか」って聞いてきた。おれが頷くと、マスターが「おれもだ」と言った。その写真の残像が今でも残っている。数ヶ月後、バーは誰かが火をつけたのか知らんが、火事で燃えてビルごとなくなった。死人は出なかったから、よかったが、マスターはそれ以来、どこかへ消えていなくなった。写真もそのとき燃えたんだろう。砂漠を見たとき、その写真をすぐに思い出した。それまでは一度だって、思い出さなかったのに。火事以来、あのバーが入っていたビルが建っていたことすらすっかりきれいにおれの頭の中から消えてた。まるで写真を持っているみたいに、おれはまじまじと自分の手のひらを見た。さっきは写真の記憶をもとに、車を走らせてたって言ってたって？　そんなことはない。お前、どこかで書き換えただろ。自分の意志だけで行動しているわけじゃないからな、人間は。鼠《ねずみ》に聞いてみればわかる。お前、鼠に聞いてみたことがあるか？　おれはある。なんでいっつもお前が逃げるところには、必ず穴があいているんだって。おれはそのとき袋小路に入ってた。どこにも逃げる場所がない。隙間すらない。金もない。頼れる人間はぜんぶ裏切ってしまった。そんなおれの食パンを鼠はかじりやがって。おれは鼠を捕まえると、顔の前に持ってきて思わず聞いたんだ。おれは泣いていた。涙がレンズになって鼠の姿が大きく見えた。鼠は言った。「穴は探すもんじゃない、走るとそこに穴ができるんだ」って。それが鼠の世界だ。おれの世界とは違ってた。手を離すと、鼠は挨拶もせずに穴をあけていなくなった。それ以来、おれもそう考えることにしたんだ。砂漠を見たとき、おれは写真を取り戻した。それはもはや写真じゃなかった。歩いていた砂漠と、おれの時間が合わさったんだ。あのバーのトイレと、いま、砂漠にいるおれは、別にたいして違いはない。おれは砂漠の真ん中で笑ってた。写真は、大きくなったり小さくなったり、音がしたり、ときには室内にいるみたいに感じるときもあった。おれは写真を持って、ただ砂漠を歩いていた。いまでもその砂の触感が忘れられない。一体、あれは砂漠だったのかすらいまのおれには確かではない。覚えているのは、いくつかの正確な経験だ。それはおれの記憶とは言えない。おれは経験しただけだ。覚えられることには限界がある。だから、いつのまにかおれは放棄した。それよりも大事なのは経験することだ。言葉に置き換えようったってそううまくはいかない。それよりも経験に感謝したほうがいい。おれはそのままただ進んでいった。すると、そこに森が現れたんだ。勘違いじゃない。おれはそこで拾ってきた一枚の葉っぱを今も栞《しおり》として使ってる。おれだって、本当は忘れたくない。だからついやっちまった。でも、ダメだった。おれは砂一粒すら持って帰るべきじゃなかったんだ。そんなことをしたからこんな羽目にあってるんだろ。だから、おれはこれすらも、お前らのこのどうしようもなくつまらない仕打ちにも耐えるしかないんだ。もう、いいか？　話すことはこれくらいだ。森の中で何をしたのかって？　そんなことお前らに話すわけないだろ。これは約束なんだ。もうこれ以上、おれは規則をやぶるわけにはいかない。お前らの法律なんか、屁みたいなもんだ。お前らはボスが替われば、またやり方を変えるんだろう。だが、砂漠は違う。おれは一度、それをやぶった。だからもう二度とその間違いは犯さない。あとは煮るなり焼くなり好きにしろ。おれは知らん。おれを痛めつけるのは構わんが、おれはおれの体とは違うからな。気をつけろよ。砂漠は何をしでかすかわからん。おれは恐ろしいよ。だから大事に扱うことだ。

7

そもそもわたしたちには目なんかなかった。それなのに夢を見た。いや、夢は目がなくても見ることができるのだ。わたしたちはそのことを伝えようとしている。しかも、人間は夢を集団で見ることができないらしい。それなのに、わたしたちは夢を見た。むしろ集団だから見られたのだろう。わたしたちは文字を眺めている。目をつむったままゆっくりと眺めている。風はやんでいた。はじめに見えてきたのは根っこだった。誰かが座ろうとしている。いや、もうすでに座っていたのかもしれない。わたしたちは、初めて見たはずの根っこを、あたかも幼い頃から通っていた秘密の遊び場のように触れた。声が聞こえた。わたしたちは一斉に緑の色気をそれぞれに思いのまま、自由に吹きかけた。すると草とも苔とも言えない緑の繊毛《せんもう》が、滞留している風をつかまえた。毛先から水滴のような玉が飛び出して、わたしたちの顔が映し出されている。わたしたちははじめて、自分たちの顔をまじまじと見た。しかし、その途端風が動き出し、わたしたちをさらっていった。彼らがどこに行ったのか、わたしたちが知ることはできない。いつだってそうだ。それなのに、わたしたちはいつもとは違う感情を抱いた。夢のわたしたちはどこに飛ばされていくのか。

砂漠で飛ばされた仲間たちとは違う生活がはじまっているのではないか。その生活とはどんなものなのだろう。いっそのこと、わたしたちだって飛ばされたらいいのかもしれない。ついそんなことを思い巡らせた。そのたびに彼らはどんどん風に乗ってさらわれていった。誰も泣くものはいなかった。わたしたちは一度だって泣いたことがない。しかし、明らかに砂漠での別れとは違っていた。なぜなら、わたしたちはどこか遠くへ連れ去られたはずの、仲間たちが見ている景色を見ることができたからだ。わたしたちは、夢の中でまったく別の見方を持っていた。わたしたちはわたしたちだけではない。わたしたちのまわりには、もう一つの集団が膜のように覆っていた。そこで受信したものが、変換されて、わたしたちの視覚を振動させている。誰かがそのことに気づいた。しっかりとそう口にした。だからこそ、わたしたちは書いている。それはわかるということとも違い、ただ気づいているだけだ。わたしたちは理解しようとしていない。わたしたちは砂なのだ。わたしたちは砂漠の真ん中にいる。どこにも行くことはできない。もちろん風に飛ばされれば別だ。しかし、そのとき、わたしたちは書くことができるのだろうか。またそこで言葉を見つけ出すのだろうか。わたしたちは、そこでも書くのだと確信を持って言うことができない。しかし、夢はその予感を感じさせてくれた。夢は時間が限られているように感じた。そこで、わたしたちはできるだけ見たものを、そのまま受け取るのではなく、言葉に一つ一つ置き換えることにした。だから、実際には見ていないのかもしれない。わたしたちはそれをただ経験しただけだ。わたしたちは地表にいる仲間たちに伝えたかった。ここで見て感じたことを。言葉にできないことすら、わたしたちが持っている日曜大工程度の技術で、どうにか言葉にしてみたいという衝動にかられた。わたしたちにしては珍しいことだった。衝動など、知ってはいたが使ったことがなかったのだ。わたしたちは目を上に移した。次々と仲間が飛ばされていく。仲間たちだけでなく、他の生き物も浮かんでいた。彼らは風で飛ばされているのではなく、風の一部になっているように見えた。球体なのだと思っていたが、よく見ると、どれも表面がごつごつとしていた。その頃には、宙を飛んでいるものも間近で見ることができるようになっていた。見ていたのではなく、ただ感じていただけなのかもしれない。衝動はまだおさまらなかったが、それでもわたしたちは穏やかだった。熱を発したりもしなかった。見えているものが、よりくっきりと姿を現した。しかし、実際は目を閉じていただけなのだ。わたしたちには目すらないのだから。見ているつもりになって書いているだけだ。砂漠では、ものとものの間に線を引いていたが、夢の中ではそんなことをする必要はなかった。そのことがなによりも心地よかった。わたしたちはただ隠していただけなのかもしれない。わたしたちは元々、目をもっと見開く方法を知っていたにもかかわらず、それをしようとしなかっただけなのだ。そして、わたしたちは一斉に風に乗った。恐怖心がなかったと言えば嘘になる。しかし、わたしたちは今こうして書いている。書いているということは、その恐怖心を克服したということなのかもしれない。わたしたちは夢を見た。森の夢を見た。そして、その情景を今、言葉に置き換えている。むしろ、書きながら、わたしたちは自分たちが見てきた光景と再び会っている。いや、夢の光景をもっと広げているのかもしれない。森はいつまでたっても終わりが見えなかった。根っこはもう遠くに小さく見えているだけだ。倒れた大木たちは、まだ息をしている。わたしたちは力をふっと抜くと、大木めがけて急降下した。大木はわたしたちの気配を感じると、ゆっくりと目を開いた。わたしたちははじめて自ら足を踏み入れた。樹皮の隙間には市ができていた。わたしたちははじめて自ら足を踏み入れた。砂漠とはまるで違っていた。からだの重さは普段とまるで変わっていない。それなのに、わたしたちはいつもとは違う動きを試すことができた。遠くにいる仲間からの信号が届いた。目を開くと、石が見えた。懐かしい気持ちになった。わたしたちは石に近づくと、からだを寄せ合って音楽を奏でた。石は手招きをして、わたしたちを市場の中へと楽しげに誘導した。音楽が耳元で鳴っている。仲間からの贈り物だ。音楽を味わいながら、先を行くと、明かりが見えてきた。木漏れ日はいつのまにかいなくなり、わたしたちはざわめく夜市に紛れ込んでいた。雲母の屋根からは雨水がしたたっている。誰かが湿っている樹皮と遊びはじめた。地表では決してやらない遊びだった。誰も咎めるものはいなかった。いろんな道具屋が立ち並んでいた。売り子は見たことがない生き物だった。彼らは誰か。しかし、誰一人として、わたしたちにどこからきたのか、などと聞くものはいなかった。わたしたちはそこで一つ道具を買った。それは不思議なインクだった。うすい青色をしたきれいなインクだ。そのインクで書くと、書いた文字と触れ合って、音楽が流れた。音のインクは、少しばかり高かったが、売り子がまけてくれるものだからつい買ってしまった。売り子は皮袋にそのインクをたっぷり入れると、紐できつくしばった。毎日違う音色が聞こえるから、同じ文字だって、何度も何度も味わいな、と売り子は嬉しそうに言った。市を抜けると、大木のほら穴からわたしたちは草地に出た。夜は一気に昼になり、太陽は真上からわたしたちを照らしている。わたしたちはさっそくインクを使ってみた。落ちていた葉っぱの裏に、市場の様子を書いた。店の並び、明かりの場所、陳列している道具たち、お客の着ている服など、思いつくままに書いた。インクは音楽を奏ではしなかった。そのかわりにわたしたちは音楽みたいな考え方をするようになっていた。そっちのほうがいいじゃないか、と誰かが言った。大木は水たまりに向かって倒れていた。その水たまりに太陽が映り込んでいる。わたしたちはいつになくはしゃいで、細くなった大木の枝の先まで急いで走った。先端まで行くと、身を乗り出して水たまりを上から覗いた。森はその中にあった。わたしたちはその反射した世界を歩いていただけだったのだ。鉛色の魚が泳いでいる。とても小さな魚だ。魚は波に揺れる森の中に隠れていった。そこはまるで誰かがつくりあげた建物みたいだった。幾重にもかさなった街が、笑うように揺れている。わたしたちの仲間はこのことを知っているのだろうか。もう約束の時間は過ぎていた。凪はやんでいる。十分満足したわたしたちは、そこにいつか行ってみたいものだとお互い言い合いながら、ゆっくりと目を開けた。本は数十頁めくれていた。まだこの続きがあるのだ。わたしたちが書くのだろうか。もうすでに書かれているのだろうか。インクを探したが手元にはない。それでも誰も損をしたなんて言うものはいなかった。しばらくすると食事をつくっている匂いが漂ってきた。誰かが、腹が減ったと言った。今日もまた楽しい夕食になるだろう。風が地表に到着したらしい。駅舎にある鐘の音が鳴っている。とても静かな夜だった。

8

女は車を降りた高層ビルから少し歩いたところにある喫茶店へと向かった。常連なのか、店前の髭面の男と無言で挨拶をすませると、堂々と中に入っていく。ビルの横は路地になっていて、野良猫がこちらを見ている。目がターコイズ色に光っていた。白い猫だったが、埃にまみれてくすんでいた。わたしが通り過ぎるさまを、猫は顔をスライドしながらじっと見ていた。わたしはこの光景に見覚えがあったのだが、それが路地なのか猫なのか光なのか定かではない。女の後から喫茶店に足を踏み入れ、カウンター沿いを進むと、奥はビリヤード場になっていた。入ると、煙草のけむりが充満している。女は受付のようなところへ向かった。小銭を渡すと、紙コップに入ったミルクティーが出てきた。わたしはミルクティーを受け取ると、息を吹きかけながらすすり飲んだ。喉が渇いていた。ミルクティーは異常に甘かった。鉄の錆《さ》び付いた匂いが湯気と一緒に上がってくる。紙コップが汚れているので、手のひらを見ると砂埃のせいか指先が真っ黒に汚れていた。女は受付の男と何か話している。いろんな言語が交ざっている。男は毛糸で編んだベストを着込んでいた。なにかの花びらが描かれていると思って覗き込むと、手榴弾《しゅりゅうだん》の絵だった。わたしは手渡されたボールペンで、しわくちゃの紙の上に名前と年齢を言われた通り書き込むと奥に通された。受付の先はカーテンがかかっており、そこをめくると扉が見える。扉の先は古いホテルの廊下のようになっていた。いくつか部屋が立ち並んでいる。女は迷うことなく「4

１６」と金文字が打ってあるドアを三回、ノックした。しばらくたって次は二回続けて鳴らすと、錠が開く音がした。女は扉をゆっくりと開いた。白いタイル貼りの部屋の真ん中に真っ赤な絨毯《じゅうたん》が敷いてあり、椅子が二脚並んでいる。女は椅子に座るようわたしに命じた。女もわたしのあとに隣に座った。しばらく二人で待っていた。外の喧騒《けんそう》が嘘のように静かな部屋だった。わたしは、手に持っていた紙をポケットにしまいこんだ。時々、扉の向こうから玉をつく乾いた音だけが鳴った。部屋の角には鈍く光る金属製のポールが床から天井まで突き抜けている。わたしはいろんな細部を見ながら、それがどのような経緯で、今、目にしている姿になりかわったのかを考えた。これが夢である可能性もあるからだ。それくらい説明のしようがない事態ばかり続いていた。しかし、どれも何かとっかかりはありそうなのだが、イメージした瞬間に、次の記憶に飛んでいってしまう。ずっと前から知っていたようにも見えるし、ただの勘違いなのかもしれないとも感じている。そもそも女がこんなところに連れてきているからで、わたしは旅行をしているような気分になってはいるが、わたしの家から大して離れているわけではないはずだ。わたしは家からどのような経路でここまできたのかを思い出そうとした。しかし、車内の男が開けた窓からの光景が頭から離れず、わたしは混乱した。玄関ドアは確かに自宅だった。しかし、家の前からもう景色は変わりはじめていて、わたしの居場所ではなくなっていた。わたしは自分が何者であるかすら、わからなくなっていたのである。女とざっくばらんな会話でもしてみたいのだが、そういったことをここで言うのはまずいような気がした。口から出てきたのは声にならない咳払いだけだった。どこかで誰かが電話をしている。小さな声だ。隣の部屋だろうか。ビリヤード場ではなさそうだ。大きくため息交じりの怒りの声も聞こえてきた。タイルを踏む靴の音がこちらに近づいてくる。女は背すじをまっすぐ伸ばした。しかし、わたしはその気にはなれない。むしろ肩甲骨《けんこうこつ》がこっている。腰も痛くなっている。わたしは靴を履いていなかった。絨毯から寒気が足裏を通じて、体に染み込んでくる。ドアが静かに開くと、白髪交じりの男が出てきた。髭が頬を覆っている。痩せた男だ。見たこともない。女は知り合いなのだろう。男を見ると、すぐに近づき、書類を手渡すと男の耳元で何か話をしはじめた。男は時々、ちらりとこちらをメガネ越しに覗き込んでいる。わたしはもう腹をくくり、目をそらすことなく、男に向かって睨み返した。男は手渡された書類を机の上で何度か鳴らし、整えると、部屋の角にある書斎机の椅子に座った。革張りの椅子だった。アフリカ製の椅子に見えた。男はわたしに「一本吸うか？」と勧めてきた。わたしは断った。

「お前は、どうやら勝手にここに連れてこさせられたようだな」

「どういう意味ですか？」

「お前は、ここで生まれたわけじゃない」

「確かに、わたしはここで生まれましたよ。親も兄弟もいますしね」

「ところが、どうも違うらしい」

「そんな勝手なことを言われても……」

「お前のことがここに書かれとる」

男はそう言うと、わたしに持っていた書類の束を放り投げてきた。足元に落ちたホチキスで綴じられた書類を一枚ずつめくってみる。女がわたしのほうを向いた。

「もうすぐ電話がかかってくるわよ、きっと。わたしのインターホンが鳴ったみたいに」

「誰から？」

「あなたに砂漠の話をしていた男からよ。もちろん、あなたはまだ男と会ってはいない。別にここも、実際に存在しているわけじゃない。それでも、形になったら、そこで座ったり、寝そべったりすることができる。不思議よね。わたしはそういうことを面白いと思うわよ。他の人は別としてもね。ここで起きていることを、すっかりそのまま話せばいいと思うの。電話なんかここにはないから。電話がどんなものかはわかるけどね。もう書いてしまったんだから仕方がないと思って受け入れてみたらいいじゃない。それはそれで無駄なことでもないと思う。わたしの祖父がそう言ってたわ」

「この人、きみのおじいさんなの？」

「知らないわ」

さらに女は別のドアを指差した。

「あそこを開けて、とにかくまっすぐ進んでごらん。あなたが向かっていた場所に近いかもしれない」

「近い？」

「同じものはどこにもないわ」

ドアは鍵がかかってなかった。ドアノブすらなかった。隙間風が吹き込んできた。砂が部屋の中に入り込んでいた。「押」という表示が見える。ドアノブの代わりに真鍮《しんちゅう》製の板が螺子《ねじ》で締められていた。わたしはゆっくりとドアを開けた。そこは空港だった。駅にも見える。浅黒い人間たちが行き交っていた。時々、わたしのほうを見ている。彼らはみな笑っていた。悪意はなさそうだ。わたしは一番気の弱そうな男を見つけた。彼は赤いセーターを着ていた。わたしが近づくと「ミスター、ミスター」と呼びかけてくる。わたしはとりあえず煙草を手渡した。男はライターで火をつけると、乾いた唇をこちらに向けて、大きく息を吐いた。煙が顔にかかった。構内放送が流れている。鉄の塊が向こうからやってくる。逆光で風景が黒くつぶれてしまっていた。ヤシの木が見えた。男はわたしの手を摑んで連れ出した。古いタクシーの前に着くと、後部ドアを開け、わたしを座らせた。男はウインクをすると、エンジンをかけた。車窓越しに見える光に見覚えがある。タクシーが発車すると、わたしは麻酔がかかったように背もたれに体を倒した。空は雲ひとつない快晴だった。黒い鳥が銃弾のように飛んでいた。

9

朝起きて書斎へと向かうと、わたしはさっそく仕事にとりかかった。かといって何も浮かばない。わたしは書斎から離れることにした。離れることができなかったはずの書斎から離れて外の空気を吸いたくなった。しかし、まだ寒い。わたしはパジャマの上からダウンジャケットを着込んだ。ジャケットのポケットに入っている煙草を確認すると、ドアを開け、廊下へと出た。居間はまだ真っ暗なままだ。厚手のカーテンをめくると、少しだけ空が明るくなっている。魂が抜けたようなため息をついた。わたしはベランダの木製ベンチに腰掛けると、ゆっくりと煙草に火をつけ、深く息を吸い、そして、長く息を吐いた。時間貸しの駐車場が蛍光灯で光っている。黒い四駆車の助手席に誰かが座っているように見えた。近眼で乱視のわたしはよく見えない。星はいつものように八面体に浮かび上がっている。四駆はエンジンをかけたままだ。なんとなくわたしは気づかれないように、身をかがめた。そのとき、ジャケットのポケットから、けたたましい呼び鈴が鳴り響いた。

入れたままにしておいた携帯電話だった。体内で光っているように携帯電話の液晶画面がポケットの中で揺れている。わたしは焦って、ポケットの中に手を突っ込んだ。ベンチの端に座っていたため、反対側が起き上がり、倒れそうになった。手をついて押さえようとすると、煙草がベランダの床に落ちた。煙がまっすぐ上に伸びている。めらめらとそこだけ燃えていた。体勢を戻したわたしは、相変わらず光り続けている携帯電話を取り出した。液晶画面には3と7だけで構成された不思議な番号が表示されている。わたしは思わず電話に出た。しばらく沈黙が続いた。

「兄貴？」

確かにわたしには弟がいる。しかし、その声は弟ではなかった。しかも、たどたどしい日本語だった。日本人ですらなかった。わたしは、いたずら電話だと思ったが、穏やかな声なので話を続けた。

「きみの兄貴ではないと思うけど」

「いや、兄貴だよ。きっと。ようやく初めて声が聴けた。お久しぶり」

男は、モルン、と名乗った。この名前も聞いたことがない。わたしはまったく身に覚えがないことを伝えたが、モルンは一向に気にする気配がない。それよりも、再会の喜びに浸っている。まだ朝五時である。モルンが住んでいるところとは時差があるのだろうか。

モルンは低く太い声をしていた。

「兄貴はつまり、孤児なんだよ。孤児というか連れ去られていたというか」

「モルン、きみは勘違いをしている。生まれも育ちも熊本で、父親の転勤で移り変わったこともあるけど、今も熊本市内の家で暮らしている。両親もいまだ健在だし、祖父はもうすでに亡くなったけど、母方の祖母だってまだ元気に生きている。ちっとも孤児なんかではないよ」

「おかしいこと言うなあ、兄貴は。家族は関係ないよ。兄貴はいつもここではないところから連れてこられたような気がするって思ってたはずだ。間違っても、おれはそう感じてた」

モルンの確信をもった言葉遣いにわたしは違和感を感じつつも、どこか否定できないままでいた。もちろんモルンのことは知らない。知らないはずだ。しかし、耳に入ってくるということは、わたしが聞きたい言葉なのかもしれなかった。

「なぜ電話番号を知ってるんだ？」

「なぜって？　兄貴、馬鹿言わないでよ。本の中に載ってたから電話したんだよ。本の中に電話番号を載せてる人なんか、見たことない。しかも、それが兄貴の本だったんだから。

おれだってびっくりしたよ。驚いたのはこっちだよ、兄貴」

確かにわたしは自分の携帯電話番号を自分の本に掲載している。それは確かだ。わたしはどの本にも番号を載せていた。それはなんのためか。それはわたしにも言葉で簡単に説明することができない。それはわたしにもこちらが困るときもある。そんなときはなんで載せたりしたんだと、無意味な怒りをもったりするのだが、それでも時々、変なことが起きる。顔を見ることもできない、その読者の声を聞くことは、わたしにとってどんな批評家からの言葉よりも力をもらえたりするのであった。もちろん、大義としては、自殺者をゼロにしたいという名目があり、死にたい人であれば誰でも電話をかけてきてほしいとわたしは本に書いていた。しかし、実際は、電話をかけてくるということは、本を読んだ人、つまり読者なのであって、わたしはなんらかの形で読者との対話を求めていた。モルンが電話してきたのは、なんの不思議もなかったのである。もちろん彼とは血のつながりはない。しかし、事実確認をしてもモルンは一向にめげることなく、兄弟であると確信を持っている。本来であれば、それは妄想の激しい人間からの迷惑電話ということになるのだろうが、わたしはつい、兄貴と感じているモルンという男に興味を抱いてしまっていた。

「モルン、きみはいまどこにいるの？」

「いま？　梅ヶ丘だよ」

「梅ヶ丘？　外国じゃないの？」

「生まれは内モンゴルだけどね。あー酔っ払ってきた。といっても、別にお酒は飲んでないから心配ないよ。こうやって、本当の兄弟に会うと、それぞれが持っている記憶とか、自分が経験したことのない景色が目に映ったり、指先で感じられたりするから、酔うんだよ。兄貴は確かにおれの兄貴だね」

「兄貴であるということが確認できたらそれで満足なのか？」

「もちろん、連れて帰りたいのさ」

「連れて帰る？　どこに？」

「モンゴルだよ。そのために日本に来たんだから。おれの村に来たらわかるよ」

「ちょっと意味がよくわからない。説明してくれないか。きみにとっては兄貴かもしれないが、モンゴルには何の関係もないし、そもそも誰かに拉致された覚えはない。ここで生まれ育って、ここで生きてる」

「今から六年前、おれたちは夢を見たんだ」

モルンは突然、おれたち、と言った。電線の上でごみ捨て場を注視しているカラスが声をあげている。向かいのマンションの管理人らしき老婆が道路に出てきて、掃除をしていた。

「おれたちはなんでも夢を見て決めているんだ。目の前のことよりもまずは夢が重要なんだ。それで朝、集まって食事をしているときに、それぞれに見た夢の話をする。会議というほど改まったものでもないけど、それでもそれなりに取り決めみたいなものはある。十三歳の子どもからまず話す。それから次はその子の年上、次は年下の子という順に、十三歳を境にして話を広げていくんだ。毎日ではない。十三歳の子が夢を見たときにだけ、それは行われる。十三歳の子どもがいなかったら、その年は誰も話をしてはいけないことになっているんだ。それで、六年前、十三歳の子どもが言いだした。おれたちの仲間が、見つかったと。それは十年前に気配だけはすでに発見されていたんだが、それ以来、誰も見なかった夢だった。それがある日、突然、また動き出したんだ。長老は、じっと黙ってその子の話を聞いていた。そして、食事をやめるようにと指示をした。長老は、自分もその夢を見た、と言った。そして、続けなさい、と子どもに伝えた。その子は、どこかに連れ去られて困っている男を見つけ出した。場所はわからないと言った。その場には全部で二十一人いた。おれはそのとき十九歳だった。回ってきたのは五番目。おれはただ見た夢の話をした。男がいたかなんか、そのときはわからなかった。それでも、少しずつみんなの話を聞くにつれ、おれがいた場所が、ここではないどこかであることだけはわかった。おれは知らない文字を見ていた。だから、おれは見たものをそのまま地面に写すように書いた。すると、最後に長老が言ったんだ。それは日本語だって、その男は日本にいるって。おれだけが、具体的な場所を示していた。今でもそのとき、何を書いたのかは思い出せない。最後に回ってきた長老は、男が日本で動いているその姿を、映画でも見ているかのように具体的に、踊って見せてくれた。食事の場に突如、祭りの気配が漂いはじめた。まだ朝だった。ちょうど今、おれが兄貴に電話してる時間くらいだ。とはいっても、あっちじゃ地平線しか見えないからね。もうほとんどの景色は輝きはじめてた。虫も動物もあくびを出してた。面白い踊りだったな。それで、長老はおれを指差したんだ。日本に行けって。日本に行って、夢で見た男を探し出してこいって。そして、連れて帰ってこいって。理由なんかない。おれの村では理由なんかどうでもいいんだ。説明なんかしてたら、どんどん見えていたものなんか消えてなくなってしまう。だから、とにかくおれはすぐに家を出たよ。日本語なんか話せないのにな。とりあえずすぐに日本語専門学校に入った。おれは修行中の身だったから、もうちょっとこの村にいたかったんだが、仕方がない。必死で勉強したよ。金もほとんど渡されてないからね。だから学費なんかも全部稼がなくちゃならなかった。おかげで日本語はすぐに話せるようになったよ。今は國學院大學に通っている。せっかく日本に来たんだから、おれたちと日本の関係も調べたくなってね。今は神道を大学で研究してる。おれの先生はウランバートルの大学で人類学をやってるんだ。だからいろいろと教えてもらって。大抵の日本語の本は読めるようになった。そんなときだ。兄貴の本を読んだのは。大学で知り合った日本人の友人の家の本棚に置いてあった。なんの気なしに読んだんだ。本当にびっくりした。ああ、これは遊牧民だったうちの曾祖父《ひいじい》さんが言ってたこととまったく同じじゃないかって。しかも、電話番号まで載ってるときた。これは何かの啓示だとすぐにわかったよ。それでさっそく今、電話してみたところだったのさ。そう、あのときもこんな夜明けの光だった」

10

わたしたちには時間という考え方がそもそもないのかもしれない。つい図書館に入り浸っているせいか、知らぬ間に言葉を使っているが、実はわかっていないことも多かった。時間という言葉もそうだ。人間にとっての時間と、わたしたちが感じている時間にはおそらく大きな違いがある。「森の夢」を開いてからというもの、わたしたちはそのことを考え続けていた。一本線に伸びていくのではない。かといって放射線状に伸びていくのでもない。そもそも伸びていくものではない。過去や未来と言われても、わたしたちにはさっぱりわからなかった。時間は過ぎ去ったり、未来を感じさせるものではなく、空気のように風に吹かれて滞留している、とわたしたちは感じていた。森のように、いまここにすべて存在しているのだ。森にはいろんなものが生きている。息をしている。息を止めているものもいる。わたしたちは息を止めている。わたしたちは動いていない。わたしたちには手がない。手が欲しいと思ったことすらない。それでもわたしたちには手が届くという、感触は理解できる。わたしたちは集まっているのではない。わたしたち、と言うしかないので、そう書いてはいるが、わたしたちは複数ではない。かといって一つでもない。言葉で書けば書くほど、わたしたちが伝えたいことからは遠くへ行ってしまう。わたしたちには目がなかったが、いくつもの見方を持っていた。見る、という行為にはいくつもの分かれ目があった。道や樹木や川の流れと似ている。しかし、明らかに違いがあった。目を使わない見方のことをわたしたちは「遊び」と呼んでいた。遊びは楽しいが、風に頼るのは心もとない。しかし、失敗を恐れているわけにはいかない。わたしたちにはまだわからないことが多いので、恐れている暇はないのだ。そもそも恐れるという感情自体よくわかっていない。遊びは、それを忘れさせてくれた。つまり、遊びはわたしたちにとっての儀式の一つだった。遊びは混ぜ合わせ、引きちぎりながら、届かない二つ以上の間を軽々と飛び越えることができる。遊びの名手は重要な職能をもつものとして尊敬された。音楽師とはまた別の仕事だった。遊びはいつも突然はじまった。それがどんなきっかけではじまるのか、わたしたちには知る由がなかった。遊びの名手はなんの予兆もなく声をあげた。あの声は果たしてどこから出てくるのだろうか。振動させるものなど、体はおろか周辺にも見当たらない。ところが、遊びの名手はいとも簡単に、声を拾い上げて、一列に並べていく。黒と白の二色の場合もあるし、いろんな魚の形をしているときもあった。目を覚ますと、それらがすべて石ころだったというときもあった。つまり、何が起こっているのか、わたしたちには何一つわからなかったのだ。しかも、誰が遊びの名手なのかすらわたしたちは知らない。誰も自分が遊びの名手だと、公言しないからだ。こそっと秘密を教えてくれるものもいない。気づくと、またいつものわたしたちにそっと忍びこんでいる。仮面をつけているわけでもない。それでも明らかに遊びの名手はわたしたちとは違っていた。突然十メートルも飛び上がったり、夢で見たはずの大木よりも大きな影をつくったりする。横たわったままのわたしたちはそんな彼らの動きに驚いたり、その仕組みについて話し合ったり、いや、これは訓練によって可能になったのだ、と幻ではないことを強調したりした。しかも、遊びの名手はわたしたちに、お前らもやってみろ、と言ってくる。そのときには、声はひとりでに形を持ち、動きはじめていた。声が形を持ち話し出すと、わたしたちはつい笑ってしまう。おかしな動きだから、というわけではないのです。むしろ、空気がただ体の中から勝手に外に出て行くように見えます。遊びの名手は、いつもマントのようなものを持っている。どこかに隠されているのだろうか。誰も探し出したものはいない。そのマントを、器用に袋のようにして、わたしたちの声だけをうまくかき集めていく。すると、最後には魚になっていたはずの遊びの名手の声だけが、取り残されるのです。曇ったわたしたちの声は彼らの背中に満杯に詰まっていた。魚はそこではたと気づく。もちろん、わたしたちは魚を見たことがありません。それでも魚だとわかるのは、図鑑のおかげでもなく、やはり遊びの名手たちが見せてくれた、違い、のせいなのです。わたしたちはまだ横たわっていた。骨を曲げて、魚は体の形をゆっくりと変えていく。そのとき、わたしたちは時間を感じるのです。遊びの名手によって、その声がつくりだした魚によって。もちろん魚じゃないときもあります。しかし、それをわたしたちは今、思い出すことができません。わたしたちは書かれたことだけしか読み返すことができない。わたしたちは遊びを求めることができないのです。遊ぶことは奨励されているわけでもない。成長に必要なものでもない。遊びは、名手によって、まず宣言されるのです。そして、わたしたちは集うのではなく、ただ横たわる。準備もなく、道具もなく、風に吹かれることもなく、ただ自然と横になる。そして、遊びの名手は「見る」とは何かをくすぐりながら教えてくれるのです。わたしたちは今、書いている。しかし、これが伝わるのかどうかわからない。遊びの名手が誰なのかわからないということと同じなのだろうか。似ているだけなのだろうか。今、隣で食事をしている仲間の仕業かもしれないその遊びを、わたしたちは今日も静かに待っている。求めてはいけない。待つことしかできない。そのときだけ時間が生まれるのだから、わたしたちはいま、どれくらいの時間がたったのかを伝えることができない。だからそもそも時間という考え方があるのかわからないのです。舞台の上で繰り広げられ、いつのまにか、わたしたちも参加してしまっている。いま、このように書いているのは、図書館がもうすぐなくなってしまうからである。天井のひび割れは日増しにひどくなっていった。しかも、誰も修繕しようとしない。階段を降りるものも徐々に減っていった。わたしたちはそれでも図書館に向かい続けた。しかし、保存しようなどとは誰も思わなかった。当然ながら、書き続けてはいたが、場所が必要なくなってきたのだ。そこでわたしたちは代わりになるものを見つけようとした。失ってしまうものはなんなのかを見つけ出そうとした。人間の時間と出会ったのはそのころだ。誰も図書館に行かなくなっていた。それでも書き続けていた。食事の回数が増えていった。見方を複数持っていることを、口にすることができるようになっていた。インクの替えがなくなったので、わたしたちはそこらじゅうの壁に刻み込みはじめた。風は相変わらず吹いている。急行の路線がつくられ、夜の明かりが丘の向こうに見えるようになった。風はいつだって、書いたものをすぐに違うものへと変えていく。わたしたちはそれをまた書き直していく。そのとき、もとの形に戻そうとするのではなく、わたしたちのやるべきことは変えないままにしておいた。忘れるのだから、それでいい。書き加えたところには、体温がほのかに残っていた。見渡せばどこも砂漠だ。それでもわたしたちは、ここで遊びが行われていることを知っている。時間を投げ捨てられた遊びの名手たちの声が見つかることもあった。そんな夜は格別だった。時間を肴にしてわたしたちは語り合った。肩を叩かれたのは、そのときだった。後ろを振り向いても、誰もいない。あるのは嗅いだことのない匂いだけだった。煙も立っていない。

匂いは宙を浮かんでいて、灯りのようにわたしたちの道しるべとなっていた。夕食の合図が聞こえた。風の到着を知らせる駅舎の鐘が鳴っている。しかし、わたしたちは匂いに誘われながら、真っ暗な砂漠の道をまっすぐ歩いていくことにした。

11

「話は簡単さ。ただ生きて帰ってくればいいんだ」

バックミラーに映っている目と合うと、運転手は両手でハンドルを軽く叩きながらそう言った。わたしは黙って聞いている。

「ここはちょっと他のところと違う。もちろん同じ戦場ではある。ところがミスター、あんたは誰も殺す必要はない。ただ静かに生きてりゃいい」

「戦場？」

「そうさ、戦場だ。あの女の案内ってことは、ミスター、あんた初めてなんだろ？」

「初めても何も、突然、車に連れ込まれた」

「ノープロブレム、ノープロブレム。誰だってみんなそうさ。はじまりは。おれたって同じだ。あれは日曜日の昼下がりだった。家族で昼飯食べたあと、煙草が切れたから外に買いに行った。帰りにポストをのぞくと、何か入っているなと思って、開けた途端、アパートの前の男に声をかけられてね。それからずっとここにいる。家族は元気にしているか、なんてはじめの頃は心配してたが、今では立派なタクシー運転手よ」

「家族とは会ってないの？」

「いや、時々、夢の中では会えるさ。目が覚めた瞬間だけは今でも少しホームシックにかかったりするけどね。家族は元気にしてるよ。触ることだってできる」

男はそこまで言うと、思い出したように急いでハンドルを右に切った。目のまわりに力を入れておかないと、景色がばらばらになってしまいそうだった。わたしはゆっくり背もたれに体を倒しながらも、周囲を注意深く眺めた。

「ちゃんと目印を覚えておかないとな、すぐ間違えるんだ」

「この仕事はじめたばかりってこと？」

「いや、もう随分たつよ。十年ってところじゃないか。ここでは、別に誰も時間なんか気にしないからね。そうやって聞かれると困るよ。困るといっても、時々、そうやって、ここにどれくらいいるのか自分でもわかっといたほうがいいんだろうな。そうじゃないんだ。すぐ町の様子が変わるから、それですぐに迷っちまうってことよ」

「別に工事が頻繁《ひんぱん》に行われているようには見えないけど」

わたしがそう言うと、運転手は突然黙り込んだ。そして、クラクションを軽く鳴らし、町を歩いている男に軽く手を挙げて挨拶をした。通りを歩いていた男の肌は褐色で、口髭がピンと横に伸びている。キャンバス生地の大きなバッグを背負っていた。中にはガラクタが詰め込まれているのか、バッグから鉄くずのようなものがはみ出ている。車が走っているのはアスファルトの上のはずだが、男の足元は砂で汚れていた。運転手は車の窓を開け、煙草に火をつけると大きく息を吐いた。つんと酸《す》っぱい香りがした。車内が埃っぽかったので、わたしもハンドルを回し、窓を半分開けた。

「工事なんかここでは見ないね。別にどこも変わっちゃいない。そのはずだ。ところが、いつも曲がり角を間違っちゃうんだよな。これはおれの脳みそが悪いんだろう。別にあっちでも大した仕事できなかったしな。それでも鼻だけはよく利くんだ。何にも役に立たないけどね。シェフにでもなればよかったのかもな。ところがタクシー運転手ときた。たまったもんじゃないよ。おかげでいつもお客には怒られてばかり。今ではもうどこに行くのかなんか気にするのをやめたよ。大して広い町じゃないから、あっちこっち適当に運転してたら、大抵目的地に到着するんだ。安全運転だけは気をつけないとな。とにかく、ここは戦場なんだ。どこに何が潜んでいるかわからない。しかも、誰も殺しちゃいけないんだ」

「この車はどこに向かってる?」

「ミスター、そんなことおれに聞くなよ。わかるわけないじゃないか。タクシーは勝手にどこかに連れていく乗り物じゃない。勘違いするな。それはミスターが、指示してくれなくちゃ困る。おれはあんたが行きたいところまで連れていく。それがおれの仕事。そもそも戦場に行きたいところなんかないはずだけどね。おれとミスターは、もちろん同じ町にいるわけだが、やることはお互い違う。ミスターがなんでここに呼ばれたか、おれにはわからんし、知りたくもないけど、ようは死なきゃなんでもいい。誰も殺さなくていい戦場なんて他にはないだろ。そりゃ特別な何かってもんよ」

そのとき、車内で一緒だったあの男の姿が目に入った。男は車とすれ違うように、急ぎ足でどこかへ向かっている。路上では女たちが野菜を並べ、大きな声をあげていた。男はそのうちの一人の老婆と何やら話し込んでいる。買い物をしているのだろうか。わたしは後ろを振り向き、リアガラス越しに男を追いかけながら、声をあげた。

「ここで止まってくれ」

「ここでいいのかい、ミスター？」

「うん」

「まだ紹介したいところがたくさんあったのに」

「またどうせいつか会うでしょ？」

「わかりませんよ。最近、日増しにホームシックがひどくなってるもんで」

「いくら？」

「お代はいいですよ。初めて来た方ですし」

男はすでに姿を消していた。走って追いかけようとしたが、通りすがりの大男とぶつかってしまった。大男は何も言わず、ただこちらを睨みつけると、そのまま去っていく。わたしは、持っていた手紙が落ちたので、体をかがめて拾おうとした。

「おい」

背後から小さく低い声が聞こえてきた。あの男の声だった。男は町を眺めているわたしの横に立つと、視線を合わせることなく話を続けた。

「こんなところでタクシー降りたら、すぐばれるだろ。タクシーは自分の目的に沿って使うんだ。決して、人を探そうとしたりしちゃだめだ。とにかくこっちに来い」

男はそう言うと、わたしの前を急ぎ足で歩きはじめた。わたしも少しだけ距離をとって後ろからついていく。男はさっきの八百屋を通り過ぎると、角を曲がり、小さな路地に入った。いくつも露店が出ており、野菜だけでなく、果物、魚、籠、靴、木の実などが並んでいた。布をまとった人間たちで賑わっている。男は誰とも目を合わせることなく、無言のまま人混みの中に入り込んでいった。売り子に何度か声をかけられたが、とにかく男の姿を見失わないように必死についていくと、人混みを抜けた男が通りに面した細長い建物の扉に鍵を差し込んでいる。男はそのまま中に入っていった。わたしは早歩きで扉の前に到着すると、しばらく立ち止まった。後ろから、また誰かが声をかけてくる。扉の鍵は開いたままだった。わたしはゆっくりと開け、大きな石の敷居をまたいだ。中は真っ暗だった。石の回廊になっているようで、ひんやりとしている。前を見ると、細い光が漏れていた。人の声はしない。わたしは扉をしっかりと閉じ、内側から錠をかけると、漏れる光を頼りに用心しながら歩いていった。光は人ひとりがどうにか入り込めるような隙間から漏れていた。覗き込むと、右手が手招きしている。あの男だろう。わたしは爪先立ちしながら、石壁の隙間に体を押し込んだ。頭蓋骨がひっかかる。どうにか顔をらせん状に回転させていると、ようやく顔だけ壁の向こう側に出すことができた。男は呆れた顔でこちらに近寄ってくると、わたしの左腕を引っ張った。腰にも手を当て、骨盤を少しずらすような仕草をした。すると、わたしの体は滑るように石壁から抜け出て、草地に倒れた。男は吸っていた煙草の火を消すと、草の上に転がっていた大きな岩の上に座った。そこは中庭だった。しかし、内側の壁には窓ひとつ見当たらない。中庭の真ん中には円形の大きなため池があった。わたしは倒れた体を起こすと、地面の上に腰を下ろした。石壁に猟銃が一本立てかけてある。男はわたしが落ち着いたのを確認すると、こちらを見つめ、そして、ゆっくりと話をはじめた。

12

東京滞在の最終日、羽田空港へ行く途中に新宿駅の改札でモルンと待ち合わせることにしたわたしは、改札を出るとしばらく構内の人混みを眺めていた。すると、真後ろから「兄貴」とあの声が聞こえてきた。振り向くと、明らかに日本人とは体格の違う、大きな男が立っている。

「八百年ぶり二度目」

わたしはつい冗談でそうつぶやいた。それを聞いたモルンはにやりと笑っている。

「やっぱり兄貴だったね。すぐわかった」

確かに初めて会ったような気はしない。もちろん、そういうことはときどき起こるのだ。

「兄貴は、そのとき、おれの年下だった。ああきっとそうだ。年下だった。兄貴はもっと背が小さくて、すばしっこい感じだった。なんかそんな感じがするね。会えて嬉しいよ」

初めて出会った謎のモンゴル人にそんなことを言われたわたしは、適当にモルンの言葉を聞き流した。しかし、不思議と言葉が頭から離れない。わたしはつい、背が合わないモルンと肩を組んだ。近くに知り合いがやっている喫茶店がある。二人でそこでゆっくり話すことにした。先日、モルンが酔っぱらった、と言ったことを思い出した。わたしも少しそんな気分になっているのかもしれない。混雑した店内に入ると、目の前のテーブル席がちょうど空いた。わたしはモルンをそこに座らせて、カウンターへ向かうと珈琲を二つ注文した。

「お久しぶりだね、兄貴」

モルンは珈琲を一口飲むと、そう言った。オールバックした髪が濡れたように見える。川で水浴びしたばかりのようだった。チェックのシャツの胸元には「US　NAVY」と小さく書かれている。年齢はわたしと十歳ほど離れているのだが、確かに年上に見えた。父方の親戚のおじさんともどこか似ていた。

「まず、純粋な読者として、本にサインしてよ」

彼はそう言うと、ジーンズの後ろに差し込んでいたわたしの薄い本を取り出した。わたしは表紙をめくり、サインをした。そして、署名の横に絵も描いた。人間の輪郭線。顔から伸びるように目玉を二つ描き、黒目が点滅しているように、周辺に放射線を付け足した。その人間の肩には一羽の鳥がとまっている。爪はがっしりと肩をつかみ、体は大きい。鳥に目玉はなかった。人間と鳥は同じ方角を眺めている。わたしは描き終わると、モルンが見やすいように本をひっくり返し、彼の前に差し出した。モルンは急に真剣な顔になり、首をかしげている。つい調子に乗って変な絵を描いてしまったのかもしれない。すると、モルンが口を開いた。

「この鳥は何の鳥?」

何も考えずに描いたが、それは先月、動物園のナイトサファリで見たハヤブサだった。そのときにハヤブサと目が合ったのだ。わたしはハヤブサがこの動物園にいることを知らなかった。そもそも実物のハヤブサを見たことがなかった。檻の前の看板を読むと、怪我をしているところを発見され、野生復帰が見込めないためにここで飼育されている、と書かれている。檻の中を覗き込んだわたしは、生まれて初めてハヤブサと出会った。

「たぶん、ハヤブサだと思う」

「ハヤブサ?」

「うん、たぶん、だけど」

「ハヤブサって、どんな鳥?」

そこでわたしはポケットから携帯電話を取り出し、ハヤブサをモンゴル語翻訳してみた。

「шонхор」

液晶画面を向けると、モルンは両手をすりあわせながら、首をもう一度かしげている。

「兄貴、ハヤブサをなぜ今、描いた?」

「動物園で見たハヤブサを思い出した。とくに意味はないよ」

すると、モルンは深く息を吸い込んでから、小さな声で言った。

「ハヤブサは、おれたちの部族の象徴の鳥だ」

別にわたしは何かを彼から感じ取ったわけではない。人間だけじゃなんだか絵が物足りなくてつい描いただけだ。しかし、モルンはまったくそう受け取ってはおらず、わたしは困った。

「この前、電話でも話したけど、不思議なことに兄貴はおれの曾祖父《ひいじい》さんとまったく同じことを考えてる」

「そう言われても困るよ。こっちはただ自分が感じてる言葉を書いているだけで、モンゴルのことなんか『スーホの白い馬』のことが好きで、小学生のときスーホになりたいと思っていたくらいで、あとは何も知らない」

「曾祖父さんの代まではおれたちの部族も遊牧民だった。曾祖父さんの言葉は、代々うちの部族に伝わってきたもので、おれたちはそれをいまでも年に一回、お祭りするときに一緒に思い出す。そのときに使う言葉の中のいくつかが、兄貴の言葉とまったく同じなんだ。兄貴は自分で考えて言葉を使ってると思ってるかもしれないけど、それは直感ではない」

「モルンの曾祖父さんがテレパシーでも送ってきてるって言いたいの？」

わたしは否定したが、モルンはなおも笑顔のままだ。

「もう曾祖父さんは死んじゃったから直接会うことはできないけど、兄貴と話してると曾祖父さんと話しているような感覚になる。夢で、おれは兄貴が地面の上に枝で描いた文字やら絵を見ていた。ハヤブサ族の仕事は『お使い』なんだ。おれたちの仕事は人間でも虫でも川でも砂でもなんでもそうなんだけど、誰か必要な存在を、背中に乗せて、連れて帰ってくること」

「それでモンゴルに一緒に行こうってわけ？」

「うん。ぜひ、うちの長老に会ってほしいんだ。頭の中にあることを全部、声にしてほしい。そうやって体の外に出してほしいんだ。そのために、おれは六年間もモンゴルに帰らずに、日本語をマスターしたんだから」

わたしはモンゴルに行ったら戻れなくなるのかもしれない、と感じた。

「兄貴はチョウチョみたいだね」

モルンが突然言うので、今度はわたしが首をかしげた。

「チョウチョは鳥に食べられないように飛ぶ。決してまっすぐ飛ばない。チョウチョは葉っぱの落ち方から学んでる。チョウチョの幼虫は枝の上で生活をしながら、落ち葉をずっと眺めながら覚えていくんだ。そんなわけで、鳥はチョウチョの飛ぶ方向を予測することができない。チョウチョは決して無理して飛んでいるわけじゃない。あれがチョウチョにとってのまっすぐなんだ。兄貴は、そんな思考の動き方をしてるよ。それでも一つ言っておく。兄貴、おれがいま、兄貴の前にやってきたのは、おれだけの都合じゃない。兄貴にとってもこれは一つの徴候なんだ」

そう言うと、モルンは腕相撲するように肘をテーブルにつけて、わたしの右手をやわらかく握り、目をつむってうつむいた。しばらくすると、モルンは目を開けて、心配そうな顔をこちらに向けた。

「兄貴、自分では気づいていないかもしれないけど、体に負担がかなりかかってる。このまま放っておくと、いつか動けなくなるよ。兄貴は忘れっぽいから、すぐにおれのことも忘れるでしょ。おれはそれが心配。できるだけ忘れないでほしい。まあ、こんなこと読者から言われても、ただの変な奴ってことで終わるかもしれないけど、時々は思い出してね。でも、おれにはよく見えてる。一緒にモンゴルを歩いている姿が。あの草原を見せたいんだ。見れば、すぐにわかるし、きっと思い出すさ」

「そろそろ時間なんだけど」

わたしは携帯電話で時間を確認しながら、モルンに伝えた。モルンは一緒に羽田空港まで付いてくるという。そこまで心配されるほど、いま、体調が悪いわけではない。「何の心配もない」と伝えたのだが、付いてくると言って聞かないので、わたしはモルンの切符も購入した。喫茶店で話していたときと違って、歩きながらモルンと話すとまた酔いが戻ってきたようで、わたしはつい電車の車両の中で飛んだり跳ねたりした。手すりにぶら下がっているわたしの姿を、モルンは優しい目で見ている。品川駅で電車を乗り換える途中、階段を駆け上がりながら、わたしはモンゴル文化の中で唯一会得していたホーミーという口笛を吹いた。

「兄貴、ホーミーが出せるの？」

モルンは驚いた顔のまま、あっけにとられている。

「二十歳くらいのときだけど、ホーミー奏者の変な友達がいて、そいつにやり方をちょっと教えてもらったら、すぐ倍音が出たんだ」

わたしは数年ぶりに吹いたホーミーの音色に懐かしさを感じ、驚いているモルンをほっといたまま吹き続けた。

「おれはいま、ホーミーの練習をしてる。おれたちには必要な技術なんだ。でもまだうまく吹くことができない。やっぱり兄貴はうちらの部族の人間だよ」

ラッシュ時の品川駅は、通勤帰りの人でごった返していた。ホーミーをどれだけ鳴らしても、誰も気づいていない。ところが、モルンは両手で耳を塞ぎながら、わたしに向けて大声でどなった。

「ホーミーをそんなに勝手に吹いちゃいけない。ここではだめだ。やめてくれ」

モルンは顔面蒼白になっている。焦ったわたしはすぐにホーミーを止めた。立ち止まったモルンの前を、気にすることなく人々が急ぎ足で通り過ぎていく。脱力したわたしはぼんやりと吹き抜けの高い天井を眺めた。すると、そこになぜかハヤブサが羽を広げて飛んでいる。

「モルン、ハヤブサが飛んでる」

モルンはこちらに近づいてきながら、顔をあげた。飛んでいたのは真っ黒なハヤブサだった。天井から紐でぶら下がっている。カラスよけの案山子《かかし》だった。真っ黒な猛禽類の形をした鉄板が風に揺れていた。

「兄貴が呼んだの？」

「いや、あれはただの案山子だよ」

モルンはそれから空港までずっと黙っていた。保安検査所へ向かう前、モルンはもう一度わたしの右手を強く握った。

「必ずまた連絡する」

モルンはそう別れを告げると、見えなくなるまでずっと手を挙げていた。

13

わたしたちは呼ぶ声に従ってまっすぐ歩いていました。それが声じゃなく、匂いであると気づくまでに、わたしたちは何度かばらばらになってしまいました。いくつかの道に分かれていたのでしょう。わたしたちはそれらの道の一つを歩いている集団の一部にすぎないのです。道の数を知ることはできませんでした。もしかしたら道は一つだったかもしれません。もはや、これが道なのかもわたしたちにはわからないのでした。そんな状態で、進んでいたものですから、わたしたちは自分たちがどこへ向かっているのか、忘れてしまっていました。遊びの名手はいたずら好きですので、これもまたそんないたずらにすぎないのかもしれないのです。わたしたちはこれが前に進んでいるのか、後ろに下がっているのか、ときどき確認しなくてはなりませんでした。わたしたちに方向感覚はありません。感情を一つ二つ覚えたくらいでは、自分がいまどこにいるのかなんて把握することは不可能なのです。竜巻の中に放り込まれたみたいになっていました。そもそもわたしたちは竜巻に運ばれてきたのです。いつ、どこで、どのような大きさの竜巻に飛ばされたのか、それはおのおので違っていました。しかし、竜巻を経験したことがないものはいませんでした。なぜそんなことがわかるのか。それは、それぞれに傷があったからです。傷といっても、特に痛みはありません。むしろ傷があることを忘れてしまっていました。気圧が低くなっても、痛みがぶり返すこともありません。ですからそれらは傷というより、特徴みたいなものにすぎませんでした。竜巻によって、みんなそれぞれ傷が違います。たまに似ている形をしている砂と出会うと、近いところからやってきたのだと感じることができました。それでもそれがどこなのかを知る術がありませんので、わたしたちは同じ村からやってきたのだという実感をもつことがありません。人間にはそれぞれに生まれた場所があるようで、郷愁という感情を持っていると知りました。しかし、わたしたちにはそれがないのです。ところが、懐かしさを知らない、と断言することはできません。わたしたちはいつもそれが不思議でした。どの竜巻から生まれてきたのか。わたしたちはやはり風によって、生まれてきたはずです。それは確かな情報でした。なぜならわたしたちはみな傷を持っていたからです。痛くもない傷を。舐め合う必要すらありません。逆にそれが懐かしさを生み出しているのかもしれません。わたしたちはいま、この瞬間、自分が忘れていたことを思い出すことで、なぜか遠くの記憶と再会したような気持ちになりました。しかし、わたしたちには母親はいません。父親もいません。わたしたちには家族という考え方がないのです。わたしたちは常に竜巻から生まれてきます。母なる大地、のような言葉をわたしたちは使いません。大地であるはずのわたしたちは、実はどこから来たのかわかっていないのです。その上で繰り広げられている郷愁の嵐を、わたしたちは竜巻に似たものなのかと想像することしかできません。しかし、それが合っているのかどうか確認する術もないのです。わたしたちはそのとき竜巻のことを思い出しました。傷も見ずに、ふと思い出したのです。遊びの名手はこのようないたずらをよく仕掛けます。いつも、忘れていた感情を引き出すのです。それはわたしたちにとって決して楽しいことではありませんでした。かといって辛いものでもありません。ただわからなくなるのです。わたしたちがいったいどこから来て、いまどこにいるのか。それがひたすらわからなくなるのです。かといって、不安になるのでもなく、わたしたちは出自を確認するための方法を見つけ出さなくてはと考えはじめてしまいます。それは一つのきっかけです。このように、遊びの名手はきっかけをつくることが得意でした。わたしたちのまわりには今も匂いが漂っています。さっきとは違う匂いです。しかし、別の誰かは何も変わっていないと声をあげています。匂いとは何なのでしょうか。わたしたちはそんな話をみんなとしました。これだってきっと遊びの名手の仕業に違いありません。匂いについて人間が書いた本を何度も読みましたが、わたしたちの中でその正体を知るものはいないのです。人間は知っているのでしょうか。匂いの正体を。もしかしたら、わたしたちと同じように実は知らないのかもしれません。匂いは目には見えないはずです。もちろん、わたしたちは実際には目など持っていないわけですし、それはあくまでも想像の範囲を超えることはできません。見えないものを書くことに人間が成功しているようには感じられませんでした。そこでわたしたちは、もしかしたら目に見えないものを見えるようにすることが、人間が行っていた行為なのではないかと考えはじめたのです。わたしたちが確認するためにとった方法は、人間のこのような行為からヒントを得ています。匂いを感じていないものではなく、匂いを感じたもののほうにわたしたちは従うように決めました。誰かが少しでも匂いを感じたのなら、そちらへ歩いていくことにしたのです。わたしたちに足跡などというものはありません。そもそも方向感覚がないのですから。起点となるようなポイントがないのです。しかし、方法を決めると事はすんなりと進みました。それによってわたしたちも迷子になっている感覚が徐々に減っていったのです。迷子の感覚とは、誰かが感じていることを封じ込めていただけだったことに気づきました。とうとうわたしたちはある場所に到着しました。到着したと感じたのは、それ以上、進む場所がなかったからです。別に壁があったわけでも、旗が立っていたからでもありません。たとえ壁があったとしても、わたしたちには何一つ問題ではありません。吹き溜まりになっている風を階段のように登るだけでよかったからです。匂いもそこで消えました。だから誰もそれ以上動きませんでした。それからずいぶん長い時間がたちました。疲れて眠るものもいました。空を見ると、もう夜になっていました。月は出ていませんでした。雲一つない夜空でした。今日は月が出ない日だったのでしょう。どこかから、こつん、こつん、と音が聞こえます。わたしたちの内側で鳴っているのかもしれません。わたしたちは耳ばかりか鼓膜一つ持っていないのです。それなのに時々、内側のこつん、こつんという音を振動で感じました。音色はありません。わたしたちは色を持っていないのです。わたしたちは久しぶりに遊びの名手のことを思い出しました。つまり、それはわたしたちが鳴らしている音でも、わたしたちが聞いている音でもなかったのです。気づくとわたしたちはみな寝転んでいました。その音は、遊びの名手が鳴らした音だったのです。もしかしたら、遊びの名手が聞いた音だったのかもしれません。遊びの名手はそうやって、わたしたちの前に突然、姿を現します。今日は祭りの日でもなんでもありません。ただ、月が出ない日ではありました。わたしたちの前に現れた遊びの名手は、ゆっくりとわたしたちそれぞれの額の上に座り込むと、小さな声で、わたしたちに向かって話をはじめました。

14

こうやっておれらが会っているところを誰かに見られたらまずい。ここでは、相談することが禁止されている。全部自分で考えるんだ。自分の頭を使うしか、ここでは生きる道はない。命令なんてものもないかわりに、誰か仲間がいるわけでもない。勘違いするなよ。おれはいまからお前に話をするが、別にそれは仲間として助けてるわけじゃないからな。どうせ、おれの言ったことだってお前のためには何一つ役には立たん。お前は、いま、正常だと思っているかもしれないが、それはまったくの間違いだ。お前は、いま、いかれちまってる。そのことに気づけ。そう言ったって、それはおれの視点だからな。おれの視点とお前の視点は違う。たとえ、ここが避難所だとしてもな。お前にはあの木の棒が何に見えているか知らんが、おれには恐ろしいものに見えている。手に持とうとは思わない。別に何をやってもいいんだ。ここは戦場だからな。面白いもんだ。ここでは誰も死にはしない。ここには、死なんてものが端から存在しないんだよ。おれもそれに気づいたのは最近のことだ。だから、これもただおれがそう思っているだけなのかもしれない。でも、それだって、おれの視点だ。おれの視点は他の誰かにとっては間違いだろうがなんだろうが、おれにはそう見えているんだからそれは一つの真実だ。ここはそういう場所なんだ。いろんなやつがお前に話しかけてくるだろう。しかし、それはお前がそうさせているってことを忘れるなよ。ここではあらゆることがどんどん砂の城みたいに崩れ落ちていく。お前が気づかないうちにな。忘れてしまうんだ。朝、目が覚めたらいつも昨日のことを反芻する。確かにつながっていることを自覚するんだが、どうやらそれ自体が嘘くさい。それはおれの記憶じゃないんだ。かといって誰かの記憶なのかすらわかりもしない。ここでは誰もお前を苦しめるやつはいないよ。だから、ついつい、言葉を鵜《う》呑《の》みにしてしまう。でも気をつけろよ。おれは恐ろしい。なんで、自分の記憶がおれのものなのか、誰かが勝手につくったものなのかって毎日考えなくっちゃいけないんだ。そんなこと毎日やってたら、どうなるかすぐに見当がつくだろ。そうだよ。狂っちまう。誰でも。狂ったら最後だ。そいつは木の棒でも石ころでもプラスティックのかけらだってなんでもかんでも見たものが凶器に見えてくる。お前も凶器を見つけたら決して近づくなよ。それを手にしたら、町の人間なら誰でも、とにかく見境もなく、傷つけたくなるから気をつけろ。誰一人として殺しちゃいけない。ここはそういう戦場なんだ。あの運転手も言ってただろ。しかし、あいつももう随分おかしくなっちまったからな。もう時間の問題だ。おれはつい、お前を呼び止めてしまった。理由はわからない。おれは誰ともこの場所について話をしたことがない。この避難所だって、誰にも教えていない。それなのに、なぜおれはお前に声をかけたんだ。おれも少しずつおかしくなってきてるのかもしれない。それでも鍵を持っていたことは思い出せた。まだ遅くはないはずだ。ま、車で会ったのも何かの縁だ。ここでは犯罪なんてものは存在しない。誰に迷惑かけたって文句は言われない。国家の存在を感じるのは郵便局くらいだ。身分証明書も何もいらない。特別な社会システムで動いているわけでもない。かといって無法地帯というわけでもない。確かにここには法律はない。おれはおれのやり方で生きるだけ。おれには目があり、耳があり、手があり、足がある。脳みそなんかここじゃ役に立たん。ただ体だけだ。一人でじっとしているばかりじゃ体は腐る。しかも、ここには家という概念がないからな。ずっと気候もいいから、みんな外で寝てる。雨が降るときもあるが、夜までにはちゃんとやむ。別に機械仕掛けではない。それがここでの自然なんだ。誰だって、そういう場所にいればそれが自然ってことになる。自然ってのは、別に好き勝手に動いているわけじゃない。木が倒れるのは、木が倒れたいから倒れるんだ。おれらが寝るのと何一つ変わりはない。雨が降るのだって、一緒だ。ときどき朝まで起きてるときだってあるだろ。だから雨が夜にはやむっていうおれのこの話も嘘と言えば嘘だ。しかし、ここには家がない。理由は簡単だ。ここは誰のものでもないからだ。だから、自分の場所だからって境界をつくることができない。壁一つつくっちゃだめなんだ。しかし、この町にはたくさんの壁がある。誰かがその昔つくったのかもしれん。確かに、これは人の仕業だということはわかる。でもそれはとにかく昔の話だ。昔の人間は勘違いしていたんだろう。使われてる文字も違うところを見ると、ずいぶん時間がたっているはずだ。それでもこの町はそのときから変わらない。この町は全部、同じ材料でつくられている。どこか壊れると、気づくと誰かが直している。爪みたいなもんだ。形は変わらないが、毎日、変化している。ここはそういう町だ。お前もまずは寝床を探すんだ。おれは昼に寝て、夜動いてる。今日だって、これから、ここで昼寝するんだ。昼と夜で、この町は姿を変える。それに気づいたのは、ある一団をこの目で見てからだ。そいつらはおれが寝ている横を、ただ黙って通り過ぎていった。黙っているどころか、足音一つしない。そいつらは何かを手に持っていた。楽器みたいなものに見えたが、音は鳴っていなかった。おれはおかしいなと思って目を凝らそうとしたが、睡魔がすごくて、気づくと熟睡してしまっていた。翌朝になると、記憶が完全になくなっていた。しかし、これはただおれがそういう夢を見ているだけなのかもしれない。でも不思議なもんだな。お前が車の中の窓を開けたとき、風景が変わった。これはおれの見方だからお前がどう感じたか知らんが、窓からはおれの知らない世界が見えていた。だから、おれはお前に話しかけたんだ。お前を見てたら、いろんなことが浮かんできた。おかげでおれは自分がなぜ夜、起きだしたのかを思い出したんだ。といっても、夜、起きだしたのはもうずっと前の話だ。だから、驚いた。お前を見てたら、おれは自分のことを思い出したんだ。連れ去られる前のことまで思い出してしまった。ひょっとしてお前は何か知っているのか。おれはそれが気になっていたのかもしれない。だから、お前を見つけたとき、正直言うと、ほっとした。おれは何かを忘れてしまっている。大事なことかどうかすらわからないが、それはおれが持っていた風景だ。それをなぜかお前が見せてくれた。おれはそのとき、いろんなことを話した。夜、行動していることと何かつながりがあることは確かだ。おれは危なかった。狂いそうだったんだ。あの木がおれには銃に見える。人に向けて、発砲してしまいそうで恐ろしかった。だから夜、眠れなかった。そうだ、おれは夜、眠れなかったんだ。だから、おれは昼に寝るようになった。あれはただの木の棒だった。お前がおれの記憶を変えようとしているのか。違うか？ あのときに見えたものはまだ瞼《まぶた》の裏にある。しっかりと。でもそれを口にすることはできない。おれはそれを今、ただ味わっている。不思議なもんだ。これはすべて今日の出来事なんだろ？ おれにはよくわからん。夜は音がしないもんだから、おれはずっとそれを夢だと思ってた。そう考えると、もしかしたらおれはずっと寝ているのかもしれん。それでも今、おれはお前と話している。そして、あそこにあるのは木の棒だ。それは確かだ。お前は見るな。おれはお前のことを恐ろしいと思っているのかもしれない。夜、おれはただ足を動かして歩いてるだけだ。何も触らない。音も聞かない。何も見ない。黙ったまま、一団の後ろをついていくだけだ。場所は毎夜変わるもんだから、見つけられない日だってある。この町にはいくつか石碑がある。それももちろん、昔、誰かがつくったものなんだろうよ。それが目印だ。もちろん、それはおれにとっての目印だ。お前は自分で目印を探すこった。とにかく気をつけるのは、人を殺さないことだ。その前に、狂わないことだ。正常か異常かって区別は自分で判断しないといけない。気をつけろよ。狂ってしまうと自分をやっちまう前に人を殺しちゃうからな。人は殺しちゃいけない。でも自分も殺しちゃいけないんだ。忘れるなよ。ここは何も起きない穏やかな町に見えるかもしれないが、れっきとした戦場だからな。死ぬことはない。死ぬ前にふっと消えるんだよ。気づかれることもなく、知らぬ間に消えちゃってるんだ。誰かから思い出されることもない。それはそれで気持ちがいいと言えばいいがな。じゃあそいつはどこに行くかって？ それは誰も知らない。天国や地獄なんて生きている人間の言う場所だ。そんな場所なんかどこにもない。景色が見えないのに、あると信じ込んじゃだめだ。見えないものは存在しない。だから、おれは恐ろしいよ。消えたくない。かといって人を殺しちゃだめなんだ。自分が消えたくないからといって、人を殺しちゃいけない。人を殺したらどうなる？　もちろん、それもわからない。だから、こうやって夜起きて、一団のあとを追ってる。そいつらが知っているのかどうかわからんが、それでもあいつらが夜、動いていることは確かだ。どうも不思議なのは、お前が車を降りたときに会った女がいるだろ？　あいつも夜、ときどき見かけるんだ。あいつは一体、何者だ？　お前の知り合いか？　一団に加わっているのでもない。かといって何か目的をもって歩いているようにも見えない。あいつもただ黙って歩いている。いつもうつむいているが、隠れているわけでもなさそうだ。一度、目が合ったことがある。そのときも平気な顔で、ただ通り過ぎていった。ま、おれが言えるのはこれくらいだ。とにかく女にもう一度、会ってみろ。タクシーでは目的地を言っちゃいけない。適当なところで降ろされる。それがお前の歩く場所だ。お前には選択肢はない。ここはおれの避難所だ。お前は別のところを探してくれ。そろそろ寝る時間だ。じゃあな。

15

手にもっているモルンからのメモには、チンギスハーン空港を出て左へ行ったところにタクシーの絵が描いてある。しかし、空港前には一台の車も見当たらない。わたしはポケットから煙草を取り出すと、ベンチに座ってしばらく時間を潰した。煙草のけむりの向こうに、砂色の団地群が見える。モルンはウランバートルの実家に帰っていた。「まずは師匠に会ってもらいたい」とモルンは言った。わたしには当然ながら故郷に帰ってきたというような感慨などなく、むしろ虚しさを感じた。煙草もまずかった。何度か妙な音の咳をした。痰《たん》も出ない。ただの乾いた咳だ。すると、後ろから老女が近寄ってきて、躊躇《ちゅうちょ》することなくわたしの背中を何度かさすった。驚いたわたしは後ろを振り向くと、老女の顔を覗き込んだ。老女は軽い笑顔を見せ、こちらに向かって右の手のひらを差し出している。しわが薄く、真っ白な手のひらだった。わたしは、老女の穏やかな顔に安心し、「サエン・バエノー?」と機内で覚えたばかりの挨拶を声に出した。老女は頷きながら、わたしの肩を二度、優しく叩き、かざしたままの右手で通りを指差した。一台の車がわたしのベンチの前に止まっている。色あせた黄色の古いカローラであった。わたしは幼い頃、父親がこの車に乗っていたことを思い出した。運転席には浅黒い肌の男が座っている。男はわたしを指差すと、こちらに来いと手招きした。わたしはとりあえず、メモを渡し、待ち合わせ場所の住所を指差した。彼は無言で、わかった、という顔をして、親指で後ろに乗れと指示した。老女は手を振っている。もう一度、周辺を見渡してみたが、車が来る気配はない。わたしは仕方なく、ため息をつきながら後部座席に座った。男はふてくされたような顔で、ギアを乱暴に入れると、急発車した。

空港からの景色は、緑いっぱいの草原ではなく、ただの砂漠だった。建設中の軀《く》体《たい》がぽつぽつそびえ立っている。夏に来ればよかった、とわたしはすでに後悔しはじめていた。川を渡ると、少しずつ建物が増え、大きな並木道が見えてきた。タクシーの運転手はワイヤレスイヤホンを耳にはめ、誰かとずっと話している。ウランバートル市内の中心部に入り、ビルが立ち並ぶ目抜き通りを過ぎると、タクシーは小さな路地に入り込んだ。古い町並みが残っている通りだった。しばらくすると、タクシーはある店の前で停まった。運転手に住所を見せると、ウインクをした。窓から覗くと、自動ドアが開き、男が出てきた。モルンだった。モルンはにんまりと皺《しわ》をつくって笑いながらこちらに近寄ってきた。

「兄貴、本当に来たね。うれしいよ」

そう言いながら、モルンは運転手とも握手をした。

「いくらなんだ?」

「ここはおれらの村だから、なんの心配もない。おかえり」

車は小さなクラクションを鳴らすと、急ぐように去っていった。

「兄貴、お茶飲む?」

疲れていたわたしは頷き、モルンの後ろをついていった。モルンは店に入ると、店員と挨拶し、わたしをモンゴル語で紹介した。店員の男はジョアーと名乗った。ジョアーはカウンター奥の扉を開けると、中に入るようにと手招きをした。通されたのは、二畳ほどの小さな個室だった。真ん中に丸テーブルが置いてあり、円形のベンチが置かれている。モルンはまるで自分の部屋のような慣れた手つきで壁に取り付けてあるキャビネットを開けると、ガスバーナーと薬缶《やかん》を取り出した。

「湧き水をくんできた」

モルンは肩からかけている羊毛で包んだアルミニウム製の水筒を取り出し、薬缶に注いだ。しわくちゃになった白い紙包みの中には乾燥した茶の塊が入っていた。

「うちらの村では、これでお茶をつくるんだ」

熊本の新麹屋《しんこうじ》という江戸時代からの茶屋で見たものと似ていた。そこで売っていた磚茶《たんちゃ》と形がそっくりだ。

「熊本で、そのお茶を見たんだけど」

「えっ？」

「同じものかわからないけど、形はまったく一緒だよ」

「兄貴だけでなく、熊本にも縁があるのかもね」

モルンは笑いながら、小型ナイフで茶の塊を削り落とすと、沸きはじめている薬缶の中に入れた。しばらく煮立たせたあと、塩と牛乳、最後に粟のようなものを注ぎ、長い真鍮製のスプーンで混ぜている。

「これがおれら遊牧民が人を迎えるときに出すツァイだ。兄貴、よく来てくれたな」

モンゴル人たちは笑顔で、わたしをじっと見ている。わたしは何を話せばよいのかまったく見当が立たず、ただ黙って熱いツァイを飲むことしかできなかった。

16

わたしたちはみんな寝転がって、遊びの名手の話に耳を傾けた。ときどき風が吹くと、仲間たちが飛び散っていく。わたしたちは、彼らに別れを告げた。彼らはどこまでも飛んでいき、わたしたちとは別のものになっていった。遊びの名手は、両手をこすりながら、こちらに近寄ってくる。彼らは何をわたしたちに伝えようとしているのだろうか。誰もわからなかった。わたしたちはとにかく遊びの名手の言葉を聞き逃さないように集中しようとするのだが、そうすると眠くなるので、力を抜く必要があった。体の力の抜き方は、遊びの名手に以前教えてもらっていた。力を抜くのは、疲れを取り除くためではなく、遊びの名手と対話をするために必要な技術だった。わたしたちは何も知らないとは言えなかった。つまり、わたしたちの中には、実はもうすでに知っているものもいた。今から何がはじまるのかを知っている。これから遊びの名手になる者が選ばれるのだ。この中から、誰かが選ばれる。どうやって選ばれるのか。遊びの名手がただ選ぶのである。わたしたちの上を静かに宙を舞いながら、遊びの名手は観察していた。わたしたちは、選ばれることに慣れていない。わたしたちは常に複数だからだ。複数という感覚すらない。わたしたちはいつも一緒にいたし、消えていってしまったものたちの経験も書き残している。そのため、誰かだけ選ばれるという状態に、動揺を隠せないでいた。誰も声をかけ合わないが、確実に驚いていていた。それが振動で伝わってきた。わたしたちは次々と、震えてしまった。震えているものを見つけると、遊びの名手はすぐに近づいてきて、ふっと息を吹きかけるのである。すると、彼らはまたたくまに消えていなくなってしまった。恐ろしいのに、震えることもできない。だからこそ力を抜く必要があった。しかし、力を抜いた途端、遊びの名手が目の前で踊りはじめる。恐怖心を持ってしまうと、わたしたちは振動し、吹き飛ばされてしまう。そうならないためには、遊びの名手の踊りに合わせて、わたしたちもまた体を揺らし、踊るしかなかった。

17

男が一人、わたしの前に座っている。長髪の浅黒い男だ。男は目を閉じていた。わたしの手の上には草が置かれていた。男はわたしに向かって、何か言葉を発しているが、うまく聞き取れない。声は届くのだが、意味が届いてこない。質問しようとしたが、口が動かない。だが、不安ではなかった。ようやく聞こえてきたのは、わたしたち、という言葉だった。わたしたち。それはわたしと男を指して、言っているのだろうか。わたしはもっと聞きたくなって、つい体を動かした。草が二、三本手のひらから落ちていった。男はまだ目を閉じたままだ。男のまわりには明かりがぽつぽつ灯っていた。あれは街の灯りだろうか。わたしはこれまでの道のりを思い出した。確かに車に乗っていたはずだ。わたしには車から降りた記憶はなかった。なぜ、わたしはこんな寒いところにいるのだろうか。風が吹いたのか、草が動いた。草は岩を飛び越えると、こちらにもっと寄ってこいと言った。わたしは男に確認する前に、自然と体を動かした。水に流されているようだった。

男は、目を閉じたまま立ち上がると、草を編んでつくった乗り物にまたがった。わたしは、男が向かう方へ自分の体をうまく誘導していった。動力は常に体のほうにあった。わたしには力を発生させる役目はなく、目を使って、次に向かう場所を指し示すしかできなかった。沿道には人が集まり、彼らはみな紫色のちゃんちゃんこを着ている。軽石をこちらに投げるものもいた。わたしの顔に当たるとみな大笑いし、わたしの頬からは血が出てきた。痛みはなかったが、血はどばどばと音を立てて、川の中に落ちていく。血液は水中で散らばり、文字のように見えた。わたしはふと男のことを思い出し、顔をあげた。しかし、そこにいたのはさっき会った女だった。その女は、レイと名乗った。レイは口をすぼめて、ふてくされている。わたしはどうしたらいいのかわからず、いまもまだ書き続けている。草はまだわたしの肩に座っており、まっすぐ歩けと命令してくる。わたしは、レイの手をとって、一緒に行こうと合図した。レイはしぶしぶついてきた。わたしはどうにか彼女を笑わせようと必死になった。しかし、くすぐっても笑わない。顔はうつむき、地面に埋もれそうになっている。わたしは腰を両手で引っ張り、樹木のようになっているレイの体を抜き出そうとした。ところが、やってもやっても骨がぐにゃりと曲がるだけで、わたしはだんだんと恐ろしくなり、つい手を放そうとした。すると「やめて」という、女の声が聞こえてきた。レイの声なのだろう。しかし、わたしは手を離してしまった。男がその隙に、木々の間を早足で逃げていく。「わたしたち」と草はまた声にならない声を出した。白い息はそのまま丸くなり、地面の上をころころとこちらに向かって転がってくる。気づくとレイは着物を脱ぎ捨て、誘ってきた。わたしは、レイの体を全身舐め回したい気持ちになってしまい、誘われるままに手を伸ばした。わたしの手の皮膚は溶けているように見えた。わたしはそのただれた指で、金属のようなレイの体に触れた。匂いも嗅いだ。レイは笑っている。わたしは笑えなかった。それでも、わたしの体は衝動を止められない。男は太い枝の上に乗ったまま、こちらを黙って見ている。わたしは首に巻いていた布を取ると、レイの全身を覆い隠そうとした。しかし、溶けた指がレイの体にひっつき、身動きがとれない。男は言った。「その体がお前であり、わたしたちである。わたしたちは、お前のすべてであり、お前の指である。指は、樹木であり、水である。水は女であり、いつもお前のことを見ている。見ていることは、お前の一部であり、わたしはわたしたちの一部である。わたしたちはいつもお前を見ていた。これまでもずっと見るだろう。そして、今、お前はわたしたちを知ろうとしている。なぜ、お前は、ここに座っている？　なぜ、この場所にやってきた？　ただ好奇心につられてやってきただけだとお前は言うだろう。しかし、そうではない」男はそう言いながら、縄を伝って、地面に降りた。落ち葉を踏んだ音がした。小動物が音を立てて逃げた。男は少しずつこちらに向かってきた。わたしは一歩引いた。レイの体は曲がったまま、地面の中に指先まで入り込んでいた。わたしはいつか見た夢と似ていると感じたが、「勘違いだ」と男は言った。「レイを助けたい」とわたしは言った。「わたしたちは、そのことを知っている。わたしたちの見ているものを、この女ははじめから狙っていた。そのことを知っている。だから、お前は選ばれ、狙われていた」と男が言った。そのとき、レイが立ち上がった。何もなかったかのように。わたしが勝手につくり上げていただけだ。そのことに気づいたわたしは、顔を二、三度ぶるると横に振った。急に、寒気を感じたわたしは足を生ぬるい水の中につけた。足は揺れている。水草と一緒になって、ぬるぬると溶けそうになっている。水中の生き物はみな、この光景を眺めていた。わたしは、わたしたちではない。むしろ、わたしは水底の砂に似ていた。わたしがこれから話す内容は、ここで見た話ではなく、この水底の砂から聞いた話である。つまり、これはわたしが見てきたものではない。だから、本当のところはわからない。彼らがわたしに教えてくれたのは、わたしとはまったく別の人間の話だった。人間ではないものも含まれていた。おそらくわたしは、すべての話を手で摑みとれてはいない。それでもわたしは今、必死に自分が見ている景色を、どうにか頭蓋骨の内側に光を当てて、映し出そうと試みた。まず、体から、いくつかのわたしを取り外す必要があり、それを男は「三つ」と名付けた。「三つ」は、胃や筋肉などとは違う場所にあった。脳みそとも違う。三つは、体の外にあった。体の外にある自分は、わたしたちにとっては、とても馴染み深いものだったらしいが、わたしにとっては未知の器官で、どこから手をつければいいのか、さっぱり見当がつかない。もちろん、本にも書いてない。誰に聞いても「それは自分で見つけるものだ」という返事しか返ってこなかった。わたしは「三つ」の在《あ》り処《か》を探していた。レイに聞いてみたらいいかもしれない、と思ったが、レイはすでに根っこのような姿になってしまっており、容易に対話できる状態ではなかった。根っこの割れ目からは、樹液のようなものが垂れており、わたしはそこに口を当てた。レイはくすぐったいのか、水しぶきをあげた。魚も何匹か通り過ぎた。わたしは今ここがどこなのかを知りたいと思ったが、道具一つないことは男の目を見れば明らかであった。わたしは諦めると、草の上に寝転がった。そこにいたのは、籠をもった男で、さっきの男とは別人だったが、目と口元はそっくりだ。親子か親戚なのだろうか。わたしは声をかけなかった。質問は無意味なのだ。もちろん、聞けばみな答える。すぐに言葉にしてくれる。しかし、ここには答えはないし、そもそも答えは重要ではなかった。「三つとは何か?」の答えはきっと、わたしを混乱させるだろう。そこで、わたしは「三つ」と言いながら、踊った。いろんな部分で踊った。耳で踊ったり、鼻で踊ったり、胃袋で踊ったりした。踊っていると、面白おかしい笑い声が至るところから聞こえてきた。「三つ」の在り処は意外にもすぐ見つかった。根っこみたいなレイに穴があいていた。わたしはその穴に近づいた。穴に入る前に準備したものは、光、空気、そして、男からもらった籠だ。わたしは籠の中に電灯を入れ、大きく息を吸い込むと、穴の中に滑り落ちていった。穴はずいぶん深くまで掘られていた。わたしは底に落ちる前に、たくさんの小さな横穴を見つけた。わたしはその一つに口を当てて思い切り吹いてみた。確かに音が鳴った。聞いたことがある音だ。打楽器のような低く鈍い音だった。地震が起きた。地面が揺れた。溶けるようにトンネルの壁が垂れている。草はどこまでも広がっていた。一体、どこからが男の言葉で、どこからが目にしていることなのか。レイの中に入っているわたしは、レイに聞くことができない。レイはすでに人間ではなくなっていた。体が疲れた場合は、外に出て一度休憩することができる。外といっても、ここは別に内側でもない。なにかの避難所でもない。傘もない。屋根もない。それでもなにかの境界線はあって、それがすぐに理解できた。「われわれは、遊びの名手である」。そんな言葉が聞こえたのは、しばらくたってからのことだ。遊びの名手とは、一体、何ものなのか。わたしは少しだけわかっていた。なぜなら、わたしはそれを書いた記憶があるからだ。しかし、それはわたしの仕業ではない。わたしはただゆっくりとソファに横になったまま、ただ耳を傾けていただけだ。そこにはいろんな器があった。器からは音が出ていた。音が出ては、布を揺らした。気づいたときにはお茶はもう冷めていた。人々がわたしの前に立っている。わたしはなにか一言、言うべきなのかどうか考えていた。青い服を着た男がこちらに近寄ってきた。

18

男は言った。

「今からはじまることは、これまで起きていたことだ。だから、お前はどうすればいいのかどうかをあらかじめ知っていることになる。しかし、それは変えることもできる。お前の判断ですべてを変えることができる。しかも、お前がどこを変えるのか、それらをわたしたちはあらかじめ知っている。つまり、これははじめからわかっていたことだ。わたしたちは時間を経て、もう一度、同じときに戻る。戻ってきたとき、わたしたちは次に変化する方向を知っている。しかし、わたしたちには動かすことができない。動かすのはいつ

も お前である。いつも誰か違うものだ。人間だけとは限らない。犬かもしれないし、虫かもしれない。風であることもあるし、砂であることもある。今はお前の番というわけだ。すべてのものにこの順が回ってくるわけではない。回ってこないまま死んでいくものもいるし、そもそも消えないものもいる。それははじめからわかっているのだ。しかも、変えることができる」

わたしはそのとき森の中にいた。いや、森といっても、その周辺は植物すら生えておらずただの荒れ地だった。車を降りたわたしはただ前に進んでいった。わたしはその場所を知っていたわけではない。しかし、迷うこともなかった。どちらへ行けばいいのか、わたしは結局好き勝手に選んでいたはずだ。それなのに、体は少しも不安に思っていないようだった。わたしは森の中に入っていった。木漏れ日が差し込む、気持ちのよい場所があった。思わず、わたしはそこに立ってみた。いろんなことを思い出した。どこかを走っていた。雨の匂いがした。布団の匂いも。誰かを思い出した。犬もいた。わたしは誰かの家の中で、集まって食事をしていた。わたしの横の女が肩を近づけてきた。わたしはその女に声をかけた。いま、わたしが立っているところについて聞こうとした。女は「自分で選んだところが、その場所だよ」と言った。わたしは自分で選んでいるのではないような気がしていたので、変だなと思った。気づいたときには男たちに囲まれていた。男たちは四人いた。体格のいい男たちで、みな長髪だった。

「なぜ、お前はそこに立っている?」

男の一人がわたしにそう問いかけた。

「いや、わからない。別にここめがけて来たわけじゃない。たまたま立ち寄っただけで、とくに意味はない」

「お前の都合はどうか知らないが、そこはわたしたちにとっては大事な場所なんだ。ちょっとこっちに来い」

男の一人がポケットに手を突っ込んだ。銃を持っているかもしれないと思ったわたしは体が硬直し、身動きが取れなくなった。男たちは恐る恐るこちらへ近寄ってきた。男たちはわたしの前に立つと、それぞれ手を開いた。そこには白い花びらが一枚ずつ握られていた。しおれている。しかし、白い花びらはなにかを伝えているように見えた。わたしは花の名前を思い出そうとしたが、すぐに男たちによって制止されてしまった。彼らは「思い出すな」と無言でわたしに伝えてきた。思い出すな。言葉はずっと残ったままだ。わたしは頭を休ませた。わたしはただ男たちの前に身を投げ出した。その場で倒れて、両膝をついた。上を見た。葉の間から、いろんなものが見えた。そこは空ではなかった。いろんな景色が通り過ぎていった。男たちの仕業だろうか。わたしにはわからない。いくつもの動物が通り過ぎたが、鳴き声は聞こえなかった。わたしは、彼らに抱きかかえられた。そのうちに眠りこけてしまった。目を覚ますと、日が暮れていた。焚き火の炎が見え、目が痛い。体は少し冷えていたが、出された茶を飲むと、温まった。男も女も老婆も子供も集まっていた。しばらくすると、老夫がゆっくりとこちらに歩いてきた。男たちは散らばっていった。恐怖心はなかった。もうどうにでもなれ、と思った。

わたしたちは、別れに慣れることはなかった。たとえそれが一過性の付き合いであっても、わたしたちは家族のように一緒に食事をした。涙を流すことはできないが、その気持ちは理解できた。わたしたちはいつも乾いていた。水気のないものにも、涙はあるのだ。夢を見ることも涙の一つだった。夢を見る。しかも、複数によって見るこの夢は、人間の夢とは違う。もし仮に、わたしたちが人間だったらと考えると、それはそれで興味深い。夢が違うということは、それぞれが違う世界に住んでいるということである。体も分かれている。人間は夢の中で、ここことは別の世界を持っているということだ。わたしたちは違う。わたしたちは夢の中でも常に一緒であり、風に飛ばされてしまったものの視界も、自分の経験として感じてしまっていた。つまり、わたしたちに別れはなかった。しかし、ある日、わたしたちは奇妙なことに遭遇した。もしかしたら、これが人間が見ている夢に近い状態なのかもしれない。わたしは、もはや、わたしたちと書くことはできない。なぜなら、それはわたしが見た景色であり、わたしが歩いた町であり、わたしが経験した感情だからだ。わたしたちは、そう書き残した仲間の言葉を、今、読んでいる。わたしたちは、もういなくなったこの「わたし」を探し出したい衝動を感じた。その頃にはもう、わたしたちはすっかり衝動を抑え込むことなどできないことを知っていた。わたしたちは衝動を持たなかったのではなく、それを的確に言い表す言葉を知らなかっただけだった。わたしたちは、言葉にできないことをすべて経験しているとは言えない。わたしたちには記憶というものが存在しない。わたしたちは書き残されたものだけで、どうにか自分たちが砂であると自覚しているが、実際のところは、ただ、起きて、集まり、風に飛ばされ、また言葉のない世界に行くだけの生活である。しかし、一度、書いたものは、二度と消えることがなかった。だからこそ、わたしたちは、すべてを忘れた。そして、文字を、生きた証だと勘違いしたまま生きている。息をしている。息は風である。わたしたちはそうやって、いろんなことをここで考え直している。「わたし」はどれだけ孤独だっただろう。わたしたちには、一人でいるという人間の行動が理解できない。動物は人間とはまた違っていた。中でも馬たちは、わたしたちと親しかった。話をしたことはない。馬はもうずっと食事をしていなかった。ずいぶんやせ細っていた。次々と馬は死んだ。息をしなくなった。心配になったわたしたちは、代わりに息をした。すると、馬はこちらを見た。風がたてがみに触れると、ガラスが割れたような音がした。驚いて近づいていくと、馬は少しだけほっとしたような顔を見せた。早く歩み寄ればよかったのかもしれない。しかし、わたしたちの行動のすべてに理由があるわけではなかった。そのことをどうにか説明したいのだが、うまくいかない。馬は自分が死んだことにも、理由があるのではないかと考えていた。だからこそ、安らかな死に顔をしているのかもしれない。わたしたちは、自分たちが勘違いされている可能性があると宴で言い合いになった。その日の夕食はとてもじゃないが、美味しいとは言えなかった。食事係はうつむき、新鮮な材料であるにもかかわらず、無駄とも思えるほど手が入っていた。湯気が立ち上っている。風が少ない夜だった。馬は横たわったままだ。死後、かなりの時間がたっていたかもしれません。すると、列車がやってきました。車掌は固い生地の布でつくった担架をできるだけ多くの手で持ち、静かに馬の前で止まりました。遊びの名手も今日ばかりは黙ったままです。奥の林から大きな光が一度点滅し、爆発音を鳴らしました。地面が揺れましたが、誰も驚きません。車掌のうしろから、虫がついてくるのが見えました。あれはなんの虫なのか。風が吹いていたので、何も見えなかったが、音が聞こえたので、わたしは見たと記憶違いをしているのかもしれない。わたしは、馬が安心できるように、近づくと手を当てた。まだ体温がほのかに残っていた。皮膚に触れた瞬間、馬が触れてきたり、食べてきたものの姿を見た。内臓の動きも、事細かに知ることができた。内臓を食べている乞食の姿が河原に見える。わたしが川を見たのは、そのときがはじめてだった。乞食は、馬を食べていた。うまそうに食べていた。乞食はもう長いこと、この河原に住んでいた。ここから遥か遠くの場所だ。なぜ、そんな遠いところからこの馬は、わざわざ砂漠にやってきたのだろうか。わたしにはわからないし、今ではそれを馬にたずねることもできない。それでも馬の皮膚はまだかろうじて、生きていた。わたしは、馬の皮膚に触れながら、乞食を眺めていた。乞食は、すぐにわたしの気配に気づいた。乞食は、近づいてきた。わたしは、自分が何者であるのかを言いかけたが、黙っていた。乞食は「腹が減っていないか？　お前は夕食をもう食べたのか？」と聞いてきた。わたしは無言のまま、首を振った。すると、乞食は優しい顔を見せて、こっちに来いと言った。内臓はまだ外に出てきたばかりのようで、まだ、脈を打っていた。じんわりと生ぬるかった。わたしは、何度もこの温度を味わった。わたしが暮らしていた場所を思い起こさせた。乞食は、さっと懐から小刀を取り出すと、腸を切り取った。馬の目は開いたままだ。息はしていない。しかし、目はまだ生きていた。目はどこを見ているのか。乞食はまったく気にすることなく、腸をさばいている。わたしは、砂漠のことばかり思い出していた。「わたし」は、一体、どこへ行ったのか。わたしたちは今もときどき考える。乞食は、枝に巻きつけた腸を、焚き火であぶった。しばらく時間がたった。その間、乞食はわたしにどこから来たのかをたずねた。しかし、わたしは黙っていた。乞食はそれ以上、質問してこなかった。馬は近くで生まれたという。馬はこの周辺で暮らしていた人間の家で育てられた。馬に乗っていたのは、乞食の親戚だった。神社の子で、乞食もまた神社の子であったそうだ。しかし、乞食の父親は早くに亡くなり、なぜかその親戚が跡取りになった。しかし、乞食はそのことに恨み一つ持っていなかった。金も居場所もなくなった乞食はある日、河原で暮らす集落の中に忍び込んだ。乞食は、歌が好きだったため、快く受け入れられた。しかし、集落の中で暮らすことはせず、その外れの葦原《あしわら》の近くに、周辺の材料を使って、小屋を建てた。かまどから出た煙が目に入った。わたしは、乞食の言葉に静かに耳を傾けた。わたしは風に吹かれて、乞食の着ている布の網目に紛れてしまった。わたしたちは、静かなままだ。月は上のほうだけ欠けていて、満月ではなかった。空の色が確かに違う。わたしたちは、相変わらず、砂漠にいた。河原の乞食は、石をいくつか拾いあげると、川に向かって放り投げた。馬の腸が焼ける匂いがする。馬の目には、いろんな模様が映り込んでいた。わたしは、ここがどこなのか知らない。乞食を呼ぶ声がする。しかし、乞食には聞こえていない。乞食はかまどに木を焼《く》べた。動物の足音が聞こえた。

人間の大声が小屋の中にまで届いた。わたしは顔を出した。そこには一頭の馬がいた。馬にまたがっている男は乞食の親戚だった。乞食は小さいとき、ずっと馬と一緒にいた。人間よりも馬を好んだ。それをよく思っていない人間が多いのも知っていた。別に何かに抵抗していたわけではない。ただ馬が好きだっただけだ。馬もそれを知っていた。わたしも知っていた。わたしたちは知らなかった。わたしたちは夢を見る。みんなで夢を見る。わたしは夢を見ることが最近減った。いつも見るのは一人だ。今日は誰の夢を見るのか。わたしの夢に本当のわたしは姿を現さない。わたしは、馬に触れた。乞食の見た夢を思い出した。乞食はわたしを見た。夢の中でわたしは乞食と会っていた。馬に触れたとき、馬の皮膚はまだ生きていた。皮膚はわたしに馬の記憶を見せてくれた。翌日は満月だった。わたしは風で飛ばされた。そのときのことを、いま書いている。おかげでわたしたちは、馬の見た景色を知ることができる。乞食はその後もずっと河原で暮らした。親戚は知らぬうちに死んでいた。馬はまだ息をしている。荒いが静かな息だった。馬の目はまだ生きていた。馬の目にはわたしが映っていた。

20

おれは何にも考えないままで、ただそこに向かった。森は険しくなかった。とても森と呼べるようなものではなかったが、おれは森だと感じたんだ。一本だけ巨木が枯れ木から突き出ていたので、そこへ向かうことにした。ところが、森の中に一歩足を踏み入れると、どうも様子がおかしい。人が通った形跡がない。そもそも道がない。おれはどうしたもんかと途方にくれた。そのとき、木漏れ日が目に入った。落ち葉が光っていて、ついおれはうとうとしてしまった。おれは光が落ちている場所に座りこんだ。落ち葉が生きているみたいにがさごそっと動いた。おれが座ったあとも、落ち葉のこすり合う音は消えなかった。おかしいなとは思ったが、そもそも森自体が変な顔をしていたわけで、それだけが特別、奇妙だとは思わなかった。落ち葉の音は少しずつ、こちらに近づいてきた。おれは身を引き締めた。やってきたのは、四人の男たちだ。おれは焦った。このまま、こいつらに殺されちまうんじゃないかって。それでも目を見りゃすぐわかった。向こうも驚いていた。

「なぜ、お前はここにいる?」ってたずねてきた。男たちは顔を見せ合って、何か話をしている。おれにはさっぱりわからん言葉で話していたから、またうとうとしはじめたんだが、不思議なことにちゃんと耳に入ってくる。意味も聞き取れるんだ。おれは頭がおかしくなっちゃったのかと思って、何度か自分の顔を引っ叩いた。すると、男たちがやめろと騒ぎ出した。男たちが敵ではないことを知ると、おれもほっとしたのか、再び座りこんだ。男たちは円を描くように座ると、おれをじっくりと見た。しばらくすると、男たちの目に映るおれの姿が変化していった。嘘じゃない。おれは突然、液体みたいにどろどろ溶けていったかと思うと、ところどころは沸騰《ふっとう》していて、その湯気が眉毛の上を通過していった。男たちはただ座っていただけだ。こいつらは一体何者なんだと恐ろしくなったが、それ以上に、男たちがおれに対して恐れを感じているようだった。おれは何もしちゃいない。ただそこに座っていただけだ。それなのに、おれは何かしでかしたような気分になって、爽快だった。男たちは、おれのそんな気持ちの変化にも気づいているようで、突如立ち上がると、こちらへ来いと歩き出した。別に他に何か予定があるわけでもない。おれは時間潰しにもってこいだと思って、疑いもせずについていった。連れていかれた場所は、森の中の一角だ。干し草で掘っ立て小屋が建てられていて、十軒ほど立ち並んでいた。男が口笛で鳥の鳴き声を真似ると、奥から白髪の男が現れた。ジーンズをはいていた。しばらくすると、小太りの女も出てきた。顔は可愛かったが、二重顎だった。白髪の男は、おれの前に立つと「今宵、集まる」とみんなに届くような声で言った。話を聞くと、どうやらおれが座っていたところが、この集団の集会所だったらしい。おれが座ったところが聖地だって言う。おれはたまたまそこに座っていただけなのに、勘違いされているようで、獣の毛でつくった帽子とマントを渡された。匂いがきつく、おれは身に着けたくなかったが、男たちの顔を見ると、そういうわけにもいかなかった。しかも、顔や腕を真っ黒に塗られた。その墨も生臭い匂いがした。そこらじゅうで、干し草が燃え、煙をあげている。おれは生《いけ》贄《にえ》になっちまったのかもしれないと思った。死を覚悟した。でも、おれは死んでもいいやって思うくらい、楽になってた。でもおれは生きている。そして、お前と話している。だから、おれは死んでない。でもな、おかしいんだ。あれからずっとおかしい。おれは死んではいないが、生きているとも言えないんだ。この状態をなんと言ったらいいかわからない。お前にはどう見える？　おれに教えてくれないか。そんなこと言っても無駄なのもわかる。白髪の男は、大きなガラス瓶にたっぷりの水を入れてやってきた。おれはまだ眠たかったから、用意してもらった小屋で横になった。そのときに変な夢を見た。いや、あれが夢なのか、そもそもこれが夢なのか、もうよくわからないんだ。おれはいま、自分が見た夢の話をしているのかもしれない。細かいところまで、よく覚えている。だから、あれは夢じゃないはずだ。おれは普段、夢なんか見ないからわからん。なぜ、おれはこんなところに来たんだ。珍しくおれは後悔した。長老は濁ったその水を飲めっていうんだ。気持ち悪いのなんのって。中にはアメンボがたくさん入っていた。甘い香りがした。ところが、飲んだら苦くて、おれは気持ち悪くなって吐き出した。小屋にいた連中はそれを見て笑った。それは、あの大きな木から漏れ出てきた湧き水らしい。嘔吐物はぜんぶ女たちが手ですくってもっていった。変な集団に巻き込まれてしまったもんだ。おれは呆れて、また小屋へ戻って寝ようとした。ところが、いつまでたっても、小屋が見つからない。おれは、気づくと、また森の中にいた。誰もいない。すると、岩が見えて、その上に何か乗っている。近づくと、そこに置いてあったのは、女の足だった。血はきれいに拭き取られ、足は金属みたいに光ってた。おれの目的はそれだった。おれは目的を思い出したんだ。おれは女を埋葬するためにここに来た。だから、そこに置いたのはおれなんだ。ところがまったく記憶がない。そもそもこの場所には初めて来たはずだ。そんなことを考えていると、白髪の男がおれを呼んだ。男たち、女たちも集まってきた。そして約束通り、夜の集まりがはじまった。白髪の男は、あのガラス瓶をもって、真上にあげると、一気に水を飲み干した。周辺にいる人間たちが手のひらで落ち葉をこすっている。がさごそかさかさしゃかしゃかしゃらしゃらしゃら。静かな夜だった。女たちが白髪の男のまわりで踊りはじめた。首を反ったり、前に曲げたりしながら、片足を上げた。口を開け、つぶやくように歌い出した。おれのことを歌っていた。おれの歌だった。おれの容姿が歌われ、おれが過ごしてきた日々が歌われ、おれは歌の中で、歩き出した。おれがそこにいた。おれにもおれが見えはじめた。そいつは落ち着いた顔で、歩いている。小屋の中で水を飲んだ。アメンボは、真上に飛んだ。それがとんでもない高さなんだ。アメンボがあんなに飛ぶなんておれは知らなかった。そもそもここには湖や川なんかないんだぞ。それでもところどころ水たまりならあった。アメンボはその水たまりを飛び回っていた。歌の中のおれは次第にやつらと一緒に踊りはじめた。遠くで打楽器の音が聞こえてきたが、きっとあれはおれの心臓の音だった。おれの歌をみんなでうたった。あいつらはおれの幼いときのことまで知っていた。親戚ですら、親ですら知らないことを次々と歌うんだ。おれすら忘れてしまっていたことを次々と、恥ずかしいことまですべて、おれが生まれてからの時間を、一日とか一時間とか区別せずに、好き勝手に遡っていった。おれはすっかり退屈してしまって、眠くなった。女たちが食事を用意していたので、匂いにつられて、おれはそっちへ向かった。歌はずっと終わらなかった。女たちの食事はうまかった。とうもろこしやら、じゃがいもやら、スパゲッティみたいな麺状の食べものもあって、どれも同じような味のソースがかかっている。おれは貪るように食いついた。腹が落ち着いてくると、他の人間たちと同じように、おれもまた踊り出した。おれはそこにいないみたいだった。もうどれくらい時間がたったのかわからなかった。退屈なおれの話は赤ん坊を通り過ぎ、母ちゃんの腹の中にいるときに移っていた。そうなると、もうおれの知らないことだ。おれの歌ですらない。もちろんどこかに記憶はあるんだろうが、おれに思い出せと言われても無理な話だ。どこまで行く気なのか。つい、踊りながら、おれは歌にたずねることにした。

21

踊る。舞う。体を動かす。動かしながら、口を震わせる。唾液はその中に入り込んでいく。油となって、体を柔らかくする。柔らかくなった肉は、肉であることを忘れる。ひとときの間、忘れることによって、今まで固まっていた凝りが、一度、すっかりなくなる。そうすると、わたしたちの動きは、別の生き物の動きになる。飛んでいる虫になることもある。おかげで、なぜ羽が生まれたのかを知ることができた。しかし、それを言葉にすることはできない。時間の中では、言葉にできない。言葉は歌とはまるで違うものだ。歌をうたうと言葉を忘れる。言葉は意味を持っているように感じさせてくれるだけだ。音楽を忘れたことで。歌は言葉が忘れたことを思い出す。だからわたしたちは歌の中で集まる。歌の中では、わたしを失う。集まりは、誰でもない。だから、わたしは集会を今日に決めた。わたしたちがわたしを忘れたときにはじまる。白髪の男はそう言いながら、こちらに近寄ってきた。この男は、場所を知っていた。つまり、わたしたちが招いたのだ。わたしたちはこの男を招いた。ここに。そして、男はやってきた。森もまた知っていた。森が呼んだ。森は使いを出した。あの鳥だ。あの鳥は、わたしのことを考えていた。考えながら、わたしの意志は、食欲に変化した。いや、もともとがそうだ。わたしたちの夢は、鳥の食欲なのだ。鳥は虫めがけて翼を勢いよくはばたかせた。羽は風を切った。風は押し出され、下に流れていく。わたしたちには見えない。しかし、鳥の翼は知っている。食欲は胃を刺激する前に、食道を振動させた。ドラムの音だ。ドラムの音が鳴っている。どーん、どーんと鳴っている。心音か、それは心音か。勘違いするな。それはわたしの心音ではない。鳥の心音でもない。どこかから聞こえてくる心音が、遠くにいる虫を焦らせる。水に伝わる振動を見ながら、草むらの虫たちはいっせいに動きはじめた。そこにいたのは蜘蛛《くも》だ。蜘蛛は横糸を出す穴から、見えないほど細い糸をゆっくりと押し出した。匂いがした。蜘蛛はいつもその匂いが嫌いだった。だから、おれは横糸を出したくないんだ。横糸なんかなくたって、ちょいと飛べば渡り歩けるからな。おれは横糸をほとんど出すことがなかった。だからいつもおれの罠は、頼りなかった。そもそも腹が減ることもほとんどなかったから、それでよかった。おれはいつの日か、虫なんか食べなくても生きていけるようになっていた。どーん、どーんとドラムの音が鳴っていた。ほらまた来るぞ。いつもの調子だ。罠を緻密《ちみつ》に仕掛けるほど虫はどっさり獲れる。ところが、だ。そいつらはみんな鳥に食べられちまう。鳥はそういうことをよく知っていた。人間に教えてもらったんだ。人間は適当に怖がるからいいんだ。鳥には恐怖心がない。だから、あいつらは空を飛べるようになった。いつからあいつらは飛んでるんだ？　実はおれも飛べる。飛ぶために横糸を出すんだ。おれにとって横糸はそのためにある。でも匂いが臭くて嫌なんだ。だから、たまにしか飛ばない。別に飛ばなくてもいい。川沿いをぼちぼち歩いていけばいい。水を飲めば腹の足しになることを知ったからな。それを教えてくれたのは、人間のような形をした生き物だった。でも、あいつらはきっと人間ではない。誰一人として、声を出さなかったからな。あいつらは、それでも意思疎通ができていた。時々、笑い合っていた。それはおれでもわかる。おれだって声はない。言葉はある。おれだって、風景を見て、感じることはある。だから、あいつらの動きを見ていると、おれは自分と同じ生き物なんじゃないかって思うときがある。それでも、近寄れないんだ。あの形が悪い。人間と同じ形をしているもんだから、おれは近寄りたくても、おれの体が近寄らない。足が動かないんだ。胴体はまだよかった。胴体とおれは話をした。内側ではどれだけでも話すことができた。おれは考えないが、話はする。おしゃべりなんだ。話し方にもいろいろある。体の中で音を鳴らしたり、体の部位をつないでいる管の中を通っている神経の信号を調整して、おおよその意味を伝えることもできた。おれの目には何も映らない。ぼんやりとしている。だから、人間みたいな形をしているだけで、人間と判断し、近づくのをやめてしまうんだ。おれはあいつらが人間じゃないことを知っていた。体温が人間とは明らかに違ってた。匂いも違う。おれは匂いに異常に反応した。匂いのほうが視界よりも鮮明だからな。あいつらは川で水浴びをしていた。楽しそうだったから、おれも一緒に遊びたくなった。ところが、足が言うことを聞かない。おれは声が出ないから、そういうときはもう足を引っこ抜きたい気分になる。しかし、足がなくなったら、また横糸出して、用心深く渡り歩かないと食っていけない。足のないおれはただの臭い団子だ。それは勘弁してくれ。それでも水浴びをしたかった。しかし、足が許さない。おれは目を細めて、人間の形をした変な生き物の動きを注視した。人間のようなその生き物は、一通り水遊びを終えると、ゆっくり水を両手ですくって、飲みはじめた。うまそうなこと！　うまそうなこと！　おれは自分が蜘蛛であることをうっかり忘れた。しかも、一瞬だけでなく、それからしばらく忘れちまった。その途端、足がひとりでに動きはじめた。足は本当に気分屋で、おれが引っ張らなくなった途端に動きはじめた。草を急ぎ足でのぼっていく。お前らは何をするつもりなんだ？　おれは逆に不安になった。その予感は的中し、草の先端に二本足でバランスを保ちながら立つと、これまで嗅いだことがないほど、臭い匂いを放ちながら、横糸を出した。風が吹いた。鳥はおれを狙っていた。今、思い出しても恐ろしい。いつものおれだったら、動かずに草のふもとでぼうっとしていたはずだ。罠にかかった虫たちをおとりにしてきっと逃げ出している。ところが、足はのんきに背中をかいていた。おれはおれの体とまるで離れてしまっていた。おれは孤独だった。それでも風は止まることを知らない。風がおれを避けることはない。横糸の匂いはさらに風を呼ぶように、そこらじゅうに漂った。やめろ、とおれがつい口にしそうになったとき、風は横糸をさらっていった。ただの横糸一本。そんなわけがないと思うだろ。しかし、おれは飛んだ。横糸は縦糸と違って、バカみたいに細いんだ。しかも、軽い。おれは終わったと思った。そのまま川面に落ちて、待っていた鳥にパクリと食われるんだろう。水中の魚だって、よだれを出して待っている。食べられたあいつは今頃どこにいるのかな。あいつは決して消えてない。あれはなんの魚だったかな。小魚だった。ふてくされた顔をしてた。あいつはあれからどこへ行ったのか。おれは寂しくて、あれ以来、川には近づかなかった。それなのに、人間みたいな生き物のせいで、あいつらの笑う顔を見て、おれは、むかつくどころか、空を飛んでしまった。魚に食われたあいつは、糞になって川を漂っているのかもしれない。おれはあいつがいなくなった場所で、今もあいつの匂いを嗅いでいる。あいつの横糸もまた臭かった。あいつの匂いは人一倍臭くて、村で嫌われていた。嫌われるだけならまだしも、あいつは追い出された。それで一人暮らしをはじめた。おれはあいつのことが好きだった。あいつの家によく遊びに行った。そのことを思い出した。そんなときだ、おれが飛んだのは。風は横糸にひっかかると、パラシュートみたいに広がった。臭くて不要だと思っていた横糸も使い道があった。それでおれはあいつらのところへ向かった。対岸の草むらに落ちると、おれは急いで川沿いへ向かった。そのとき、おれと足は同期していた。目的は違っていたはずだ。足の目的はなんだったのかと何度聞いても、あいつらは答えてくれない。水を飲んだ人間のような生き物は、おれのあやふやな目で見ても明らかなくらい激しく溶けていた。水かと思ったが、それはあいつら自身だった。人間は溶けない。おれは何度か溶けたことがある。といっても、それはおれじゃなく、前のおれの話だが。おれは蜘蛛だが、それは一時的なもので、何度か、変化する。その一時期が、おれなんだ。おれは溶けるらしい。らしい、というのは、おれのからだの中で、それを記憶しているやつがいるんだ。その記憶番が、なんと呼ばれているのかは知らない。おれは足と胴体と目くらいしかわかっていない。考えたりしないからな。しかし、話すやつは無数にいる。おれの中に無数に存在している。話すといっても、ただ胴体の中で、その空洞の世界で、音が鳴り響いているだけだ。溶けた人間のようなやつが、おれに話しかけてきた。水を飲めって。で、おれは水を飲みはじめるようになったってわけさ。その後、おれはすぐに鳥に食べられた。鳥はおれを飲み込んで宝箱みたいなところに仕舞いこんだ。あんまり大事にしてくれるもんで、痛みは感じなかった。悪いものじゃないなと思うと、すぐあいつの顔が浮かんできた。魚の内臓は息苦しいんじゃないかって思っていたが、鳥の場合は悪くなかった。鳥はすぐに森へ帰ろうとした。おれはもう少し、楽しみたかったから、ちょっとどこかに寄ってくれって話しかけた。どーん、どーんとドラムがまだ鳴っている。「それはできない」と鳥はおれに言った。おれは食べられた身だ。わがままは言えない。おれは自分がどうなっていくのか知りたかった。変形したおれは内臓にいた。今でも言っておきたいことがある。鳥の内臓にいたおれには、はっきりと意志が働いていた。鳥には鳥の意志があったんだろうが、おれにもあった。おれは別に食べられたわけじゃない。おれは自分でそこへ向かったんだ。そうやって、気持ちを整えると、おれは散歩でもするみたいに、内臓の奥へ入り込んでいくことにした。

22

わたしたちはどこかへ行っていたのだろうか。しかし、それを知るすべはない。作業を続けるしかない。わたしたちは書くことしかできない。風景がいくつも通り過ぎていった。だが、わたしたちにはわからない。記憶を持っている人間のことを思うと、もどかしい。わたしたちにはそれがない。わたしたちは忘れることを強要されて、忘れているのではない。忘れているのではなく、記憶することができないのだ。わたしたちにできることは、いま起きていること、そのときにわたしたちが話したことを、話すままに、話すように、書くことしかできないのである。これは「書いている」ことになるのだろうか。わたしたちは考えることができない。書くこととは何かを考えることができない。そればかりか、考えるということが何かわかっていない。わたしたちは話している。わたしたちに声はある。しかし、声帯を震わせることができない。声はどこから来るのだろうか。それはわたしたちを通過していくものなのだろうか。疑問を持つことはできる。しかし、そのあとが続かない。そこで終わらせるわけにはいかない。わたしたちはまた別のわたしたちへと変わっていく。それが変化なのかさえ今やわからない。わたしたちがわからないだけで、いつかのわたしたちはわかっていたのかもしれない。しかし、それはいつまでたっても交差しない。声はわたしたちのものではないのだろう。記憶がないのではなく、わたしたち自身が、記憶なのかもしれない。人間が言う「記憶」というものに対して、なぜわたしたちはこのように関心を抱き続けているのだろうか。匂いを感じた。わたしたちは問うことしかできない。確信のないまま、漂っているのは気持ちが悪かった。しかし、風が吹けば、踏み潰されていたはずのわたしたちは元の姿に戻っていた。わたしたちが疑問を持つことを、風は決して許さなかった。わたしたちは、またどこかへ吹き飛んでいった。去っていったものと、また会えたりするのだろうか。わたしたちにはまだわからないことばかりだ。しかも、それがわかるのかどうかさえわからない。わたしたちは苦しいから考えないのだろうか。それならば、人間は、なんと強い生き物だろう。そんなことを言いながらも、書くとき以外に、人間を思い浮かべることはない。わたしたちにはいろんな仕事があった。やらなくてはいけないことだけでなく、暇つぶしの仕事だってあった。それもまたわたしたちには必要なことなのだ。誰かが決めたわけではなかった。それが自然だったのだ。しかし、ときどき、遊びの名手がそんなわたしたちを攪乱《かくらん》する。遊びに連れていく。そして、わたしたちは気づくことになるのだ。はじめから決められたことなど何一つないことに気づく。風はいつも、気づいたあとのわたしたちをばらばらにした。また遠くから風がやってきた。もう駅は古びていた。到着を知らせる笛も鳴らなくなった。わたしたちに聞こえていないだけかもしれない。わたしたちが聞きたくないから聞こえないのかもしれない。笛を鳴らす者が用事のためにどこかへ出掛けてしまっているだけなのかもしれない。しかし、いつまでたってもわからなかった。一方、夢は日増しに鮮明になっていった。夢では誰も問わない。わたしたちはその景色を、できるだけ克明に書き記すだけだった。夢についての頁は増え続けていた。次第に、それが宴の様子なのか、夢での出来事なのかわからなくなるほどであった。しかも、わたしたちは、たびたび本を読み返すようになった。読み返すと、いつも不思議な気持ちになる。わたしたちの見た景色ではないはずなのに、わたしたちはその場にいることができたからだ。これは誇張ではない。わたしたちは確かにそこにいた。森の夢は日光を浴びて、少しずつ拡張していった。今では生き物もそこで暮らしはじめていた。わたしたちの視線は、数が増えるだけでなく、それぞれの角度を調整することもできるようになっていた。一つの視線は八つの角度を持ち、それぞれに見えている景色が変貌した。それによって読み方も変化した。わたしたちは、風で飛ばされるのも悪くないなと思えるようになっていた。森の夢の中では、むしろ積極的に風を待っていたくらいだ。遊びの名手が言う通り、恐れるものは何もなかった。わたしたちは、読み返すたびにそう思った。もちろん、実践に移すものは誰もいない。なぜなら、そのとき、わたしたちがわたしたちではなくなることは、自明のことだったからだ。もちろん、それでもかまわないと言いながら消えていくものもいた。彼らはどこに行ったのだろう。また別の本を書いているのかもしれない。不思議なことに、遊びの名手もまたずっとここにいた。しかし、昼間は変装し、わたしたちと同じ砂の姿をしているので、ここにいるのかいないのか実はわかっていない。わたしたちは、読み返すことに夢中になりすぎて、何度か宴を忘れた。もう何日も食事をしていない気がする。前の宴で酔っ払ったまま、まだ寝転んでいるものもいた。本の頁はいくつか破れてしまっていた。誰かが破ったものなのか、それともただ古くなっただけなのか。確認するすべはない。しかも、本はどんどん厚くなっており、なかなか読み通すことができない。読み返してばかりいると、声がわたしたちを追い越していくのだ。もう身を任せればいいのかもしれない。しかし、わたしたちはそうしなかった。手分けしながら作業を続けた。ある者は、声を聞き取り、ある者は、読み返した。ある者はただ横になって遊びの名手の登場を待った。気づくと、横たわっていたものたちは天井の文様をなぞっていた。そして、わたしたちはその様子を記録した。読み返したことすら書いていたので、記録は膨大な量になっていた。時間のことを気にする暇はない。ところが夢では相変わらず、ゆっくりとただ生きていた。体の動作を、一つ一つ確認するように、丁寧に観察した。夢の中のわたしたちは、わたしたちには見えなかった。みんなで一緒に夢を見ては、顔を見合わせ、これはわたしたちではないかもしれないと言い合った。それくらい、ゆっくりと動いていた。慌ただしさは感じられなかった。森に漂っているあらゆるものが、こちらを見ていた。わたしたちは見ているだけでなく、同時に見られていることを知った。しかし、あちらは記録しているようには見えない。なぜ、わたしたちは書いているのか。そもそもわたしたちは意味を感じて、夢を記録しているわけではなかったが、それでも問われた気がした。問うことはあっても、問われたことはなかった。わたしたちが見る夢は明らかに、形をもちはじめていた。宴の回数は減っていたが、本当に減っていたのか、ただ書かれていないだけなのかわからなかった。そもそも記憶がないことをわたしたちはすっかり忘れてしまっていた。

23

モルンは細長い木の管に煙草の葉を詰めると、わたしのライターで火をつけた。目を閉じたまま、ゆっくりと煙を吸い込むと、顎を上に向けた。周囲には青い布をまとった男女が、大きな円を描いて立ち並んでいる。円の中心には、拾ってきた古い木材や、アルミサッシ、錆びた鉄の棒などが積み上げられていた。塔のようなそのオブジェは、わたしにはただのゴミの山にしか見えなかった。四方に広がる草原はどこまでも黄土色で、青草一本見当たらない。モルンは煙草をわたしに回した。一気に吸い込めとモルンが無言で伝えてくるので、見よう見まねでやってみた。丁子《ちょうじ》の味がした。肺の中に入り込むと、心臓が一度、ばくんと大きな鼓動を打った。しばらくすると眠くなってきた。わたしは草の上に体を横たわらせた。

「体が兄貴から離れていくから、体がやりたいようにやらせてあげたらいいよ」

モルンはそう言いながら、肩にかけていた厚手の布をわたしの枕元に敷いた。体が重くなった。足は疲れていない。腰も無事だ。肩甲骨のあたりが少しだるい気がする。首は固かった。わたしはモルンの言う通り、体がしたいように動かすことにした。ゆっくり息を吐きながら、力を抜いてみた。蟻《あり》の行列が見えた。わたしの視界は次第に絞られ、ぼんやりとしていた焦点周辺が灰色でベタ塗りされているように見えた。

「これはただの煙草だから。別に変な成分は入ってないからね、兄貴」

モルンは声を出さずに笑った。わたしはモルンの背後に広がる空を見ていた。左ひじに枯れ草が刺さった。体が一瞬、浮いた。草の先端は折れていた。蟻は、わたしの目に向かってくる。蟻の皮膚は波打っていた。地面に触れたわたしの耳に心音が響いている。どこかで犬の鳴き声が聞こえた。地平線が見えた。わたしは体半分、地中に埋まっていた。モルンはそんなわたしを放置したままだ。塔の先から紐が空の向こうに伸びていた。モルンは体を起こし、持っていた木棒を地面に叩きつけた。振動は耳だけでなく、鼻の穴にまで伝っていく。犬は、狼なのではないかと思えるほど、獰猛《どうもう》な鳴き声を発していた。わたしの体はさらに地中深く埋まりはじめた。焦って起こそうとするが、体が言うことを聞かない。体はわたしが思っていたよりもずっと重くなっていた。体は横になったままでいることを求めていた。足はぴくりとも動かない。蟻が次々と右足を越えていった。ズボンのポケットに入っていた携帯電話が地面に落ちた。振動し、着信音が鳴っている。電子音が地中から聞こえてきた。モルンはこちらを見ている。わたしは目をそらすために、草を見ようとした。しかし、目が動いてくれない。わたしはモルンを直視したままだ。着信音は次第にゆっくりと間隔があいた。気づくと、耳鳴りのような音になっていた。地底から聞こえてくる。左目はもう完全に地中に埋まっていた。土の粒が、まつ毛を押しのけて、眼球の中に入り込んでいく。痛くはなかったが、痒《かゆ》かった。背の高い帽子を被った女が近づいてきて、鈴を鳴らした。モルンが視界から消えた。わたしは寒かった。体はまだ地中に沈んでいく。左の指先が突然、機械のように地中を掘りはじめた。掘った土が次々と口の中に入っていく。わたしは土を食べていた。何度か噛《か》んだことがある砂利の味とは違っていて、甘味を感じた。さっき飲んだお茶の甘さが残っていたのかもしれない。「そうじゃないよ、兄貴」と声が聞こえた。モルンの姿は見えない。爪に土が食い込んでいる。腕はどこまでも伸び、指先はせわしく土を掻いていた。乾いていた土が、柔らかくなり、次第に濡れてきた。右足はまだ地面に乗ったままだ。いつのまにか体の大部分は地中に埋まっていた。指だけが高速で動き続けている。しばらくすると、指に土の感触がなくなった。わたしの頭は地中の穴の中に引きずり込まれていった。穴の先は、空洞だった。わたしは天井から顔を出していた。天井から大きな木が生えているのがうっすら見える。水の音がした。下は水たまりになっていた。よく見ると、さっき見た男や女が水たまりのまわりに全裸で座っている。光がどこかから漏れており、彼らをぼんやりと照らしていた。むっとする。男や女たちは肩まで水に浸かった。モルンもそこにいた。モルンはこちらを一度見ると立ち上がり、集団に向けて話しだした。

「わたしが見たのは、男の姿でした。わたしは男に声をかけようとしました。しかし、男は言葉を忘れてしまっていて、まったく通じません。そこでわたしは、音を出しました。思い出させようとしたのです」

モルンが話しているあいだ、他のものは首をこくりとしてばかりで、しまいには水に浮かんだまま、眠ってしまった。わたしはモルンに声をかけようとしたが、どれだけ大きな声を出しても、まったく音が響かない。すると、モルンは三度、水面を軽く手のひらで叩いた。

「わたしたちは忘れるだろう。しかし、忘れないことも忘れてはいけない。そのために夢がある。それでもわたしたちは当然のように忘れる。だから夢はいつもそれを思い出させる。だからわたしは男の夢を見た。わたしは男を探しに行きます。彼はわたしたちが忘れていることを、忘れていない人間です。わたしたちは人間だが、人間はまた別の人間に変わるのです。同じ時間を生きているわけではない。人間は意味を持っていない。人間はわたしたちではない。わたしたちは何か。忘れてしまっているそれを思い出すために男を探し出さないといけない。わたしはそんな夢を見ました。わたしは男と会います。いつか会うでしょう。男は言葉が通じないでしょう。だから、そのための言葉をこちらで用意する必要があります。だからこそ、わたしたちはいまここにいる。浮いている。上の森はそのための一つの装置です。わたしは男がどこにいるのか知っているようです。それを教えてくれた体は、もうすでにあちらへ向かっています。男と会っています。男と話をしています。そして男もまた、ここにやってくることを選んだ。彼はまだ何も知らないし、わたしたちもどう伝えればいいのかわかっていない。しかし、男はやってくる」

光は消え、真っ暗だった。モルンは見えなくなっていた。声は聞こえていた。わたしは生ぬるい水に浮いていた。どこまでも広がっているように見えた。わたしは目を開いたが、真っ暗なので閉じているのか、開いているのかわからない。モルンの声は次第に聞こえなくなった。覚えのある匂いをかいだ。しかし、わたしには何一つ見えないままだった。

24

「兄貴、見えていることだけを書けばいいんだよ。その目で。その体で」

喫茶店を出たわたしは、モルンの案内に従って新宿を歩きはじめた。偏頭痛がする。しばらくすると、細い路地に入った。そこは小さな商店街になっていた。初めて歩いた通りだった。商店街を抜け、小さな交差点を左折しすぐのところに緑の雨よけがかかっている古びた店があった。モルンはそこへ向かうと、躊躇なく入口のガラス戸を開けた。白髪の老人が一人、ガラス張りのカウンターで秤《はかり》を触っている。男はモルンと目が合うと、声をかけてきた。

「いらっしゃい」

男はわたしを見ると、日本語で声をかけてきた。

「日本人かい？」

「はい、そうです。あなたは？」

「わしはモンゴル人だよ。ここで薬屋をやってもう二十年になるけどね」

店は昔ながらの日用雑貨店に見えた。しかし、並んでいる商品は見たことがないものばかりだった。商品のラベルにはタイ語もあれば、ヒンディー語や中国語もあった。

「ビールを1リットルちょうだい」

モルンがそう言うと、男は壁のほうを向き、ビールサーバーのレバーを握ると、茶色の器にビールを注いだ。モルンは真鍮製の小さなカップを二つ籠から取り出している。ビールを受け取ると、モルンはモンゴル語で男と声を交わし、カウンター横にあるドアを開けた。わたしはモルンの後を追って、階段を上っていった。

階段は三階建ての屋上まで続いていた。モルンは勢いよくドアを開けると、大きく深呼吸した。そんなに広くない屋上には草が生えていた。小屋が一つ立っている。モルンは小屋の扉を開けると、中から真っ青の毛布を引っ張り出してきた。ぷんと埃の匂いが漂ってきた。モルンは屋上の柵に二、三度毛布を叩きつけて汚れを落とすと、草の上に敷き、風で飛ばされないようにビールの器を角に置いた。

「横になっていいよ」

わたしは言われるままに、体を横にした。モルンは真鍮のコップにビールを少量注ぎながら、モンゴル語で何かつぶやいている。わたしはうつ伏せになると、シャツをズボンから引き出し、背中をむき出しにした。モルンはビールを一口飲むと、わたしの背中にも垂らした。

「体は全部つながってる。そして、動いている。生体反応は、死体反応とまるで違うからね。胃は消化するところ、腸は吸収するところ、大腸は便をつくるところ、なんてきっちり分かれているわけじゃない。消防署からみんな火事を消すために出動しているときに、消防署自体が燃えちゃったら、隣の警察官だって、近所に住んでいる人だって、バケツリレーをするだろ？　それと同じだ。胃が動かなくなれば、腸が消化しようとする。もちろん腸は消化があまり得意じゃない。だから、下痢になる。胃が鬱々として動かないときは、大抵、腎臓の調子が悪いときだ。腎臓は腰の異常からはじまる。つまり、下痢のときは、腰をまず見る必要がある」

そう言いながらモルンが取り出したのは、爪楊枝《つまようじ》のような一本の細い金属針だった。

「これは金の針。別に刺すわけじゃないから心配ないよ。触るだけ。横になるのは大事だよ、兄貴。結局は爪だって、髪の毛だって、目玉だって、皮膚だって、臓器だって、唾だって、脳みそだって、それこそ見たり、匂ったり、考えたりするのだって、血液のおかげだからね」

モルンは腰に手を当てた。そして、ゆっくり心臓のあたりを指で軽く押した。針を小刻みに動かしはじめた。とても心地よくなり、眠気がおそってきた。わたしは、無言のまま目をつむった。

「血を送り込むのは心臓。横になると、ポンプ役の心臓が休憩できる。休むことの重要さを心臓に認識させるんだ。心臓が知覚すると、体全体が休まる。頭が痛いときに、痛みを消して体を動かしたり、考えさせたり、ものを見たりしたら、心臓は余計に鼓動を強めてしまう。まあ、きついときは横になって寝てろ、という単純なことなんだけどね」

言葉を聞きながら、わたしは自然と心臓のほうに目を向けた。意識すればするほど、脈を打つ動きは鮮明になっていく。血管が線路に見え、わたしは電車に乗っていた。モルンも横に座っていた。車が走っている。車窓からは工業地帯の煙が見える。海も見えた。島もあった。橋がかかっていた。車が走っている。駅が近づいていた。

「血のもとになっているのは、毎日吸い込んでいる空気や食べ物でしょ。つまり、人間が考えているんじゃなくて、空気が考えているわけよ、兄貴。もちろん、おれが吸い込んだ空気と、兄貴が吸い込んだ空気は違うことを考える。一つ一つの空気は、それぞれ違う顔をもっているからね。おれと兄貴が出会ったように、空気や血液中でも、結婚や遭遇やすれ違いや諍いが起きている」

工場からもくもくと煙が漂っている。この煙も考えているのか。交差点では事故が起きていて、渋滞になっている。幼稚園児たちが横断歩道を渡っていた。わたしはそこにもいた。幼いわたしは救急車の音を聞いた。夕方になっていた。体は温まっていた。モルンは荷台に載せていたリュックサックを取り出し、ポケットから切符を取り出した。わたしはどこに着いたのか聞こうとしたが、やめた。聞いたところで、モルンは答えないだろう。窓からはぬるい光が差し込んでいる。温かくなったわたしは駅が近いにもかかわらず、眠くなってしまった。首を何度かこくりとしたが、モルンは笑ったまま、別に起こそうともしない。針はまだ当たっていた。風がむきだしの背中を通り過ぎていった。わたしは現在地を確認した。カウンターの男の顔を思い出した。わたしは新宿にいる。安心したわたしは、また目を閉じた。気づいたときには完全に熟睡していた。

25

わたしたちが書いたことは、実は文字になっていない。どんどん消えていってしまっている。あなたに伝えたいことではなく、わたしたちはあなたと一緒に見ている風景をそのまま書こうとしている。一緒に見えたものだけを書こうとしている。あなたのおかげで、わたしたちは書いている。わたしたちはあなたがいないかぎり、書くことはない。わたしたちは息をしない。だが、死ぬこともない。わたしたちは変わり続けている。わたしたちは砂である。わたしたちは砂であることを知っている。あなたに砂の言葉を伝えたいわけではない。あなたと同じ風景を見ていることを伝えたいのである。あなたがこの文字を読むとき、わたしたちは目の前に現れる。いま、わたしたちは書いている。しかし、今わたしたちはそこにいない。わたしたちはあなたがこの文字を読むときだけ、書いたものとしてここに現れる。

おれは鳥の中にいた。間違っても死んではいない。その自覚はあった。自覚があるくらいだから、死んじゃいないだろう。しかも、今こうしておれは声を出しているわけだから。しかし、鳥の中に入ったのは生まれて初めてで、なるほどこんな感じなのかって、おれは穏やかな気持ちになった。食べられたやつの話なんか聞けないからな。おれの仲間だったあいつも穏やかだったんだな。あいつもまたどこかで生きている。おれはそんなことを考える余裕すらあった。鳥は勢いを増して、どこかへ飛んでいった。鳥は森に戻っていった。おれは自分の体が少しずつばらばらになっているのを見ていた。この目で見ていたんじゃない。分解されたおれは、それぞれに触覚を持っていた。だから自分がどうなっているのかをいろんな角度から眺めることができた。中にはおれじゃないやつも交じっていた。とてもじゃないが、おれとは思えないやつもそこにいた。そいつがおれのことを笑った。おれは気持ち悪いやつだとはじめは思っていたが、次第にそいつが気になりはじめた。そいつは一人で、おれがちりぢりになっていくのを喜んでいた。そいつは溶けた顔をしていて、まるでこの世のものとは思えない。鳥の中ってのは、一体どうなってるんだとおれは一瞬怖くなった。おれがだ。おれに恐怖なんてものはなかった。面倒くさいってのはあったが、誰かが怖いなんて感じたことがない。そいつが何者かまるでわからなかったからだろう。ただれた顔のまま、口だけ笑っている。そいつの笑い声は小さいにもかかわらず、内臓じゅうに響いた。そいつは、無数にちらばっていくおれに交じって、ときどき、主導権を握っては、鳥の内臓を這いまわりはじめた。おれは自分の体はそっちのけに、そいつのあとを追った。時々そいつの視線がおれの目の中に入り込んできたこともあった。そいつは昔から、内臓の中にいるのか、やたらと道に詳しかった。そんなところに道は続いていないだろうというところでも、カーテンのように柔らかい壁をめくっては扉を見つけ、そこに隠れた。おれは「そんなところに隠れてないで出ておいで」と優しく声をかけた。そのときにはもう気持ち悪くはなかった。内臓にはところどころ水たまりがあって、それでおれの顔も見てたからな。おれの顔もそいつと同じように焼けただれたようになっていた。ここではそれが当たり前なんだろう。そう思うと、急におれはそいつが可愛く見えてきた。体の大きさから考えると、まだ子供のようだった。ちょこまか動いて、いたずらばかり仕掛けてくる。何が楽しいのか、こちらにはさっぱりわからん。そうかと思うと、突然、発狂したような声を出した。きっと鳥も気づいていたはずだ。鳥は鳴き声を出し、追い出そうとしていた。おれの一部は、扇型の袋の前で座ってた。そこから鳴き声が出るんだ。音ってのは不思議なもんだ。鳴ると、こちらまで体が振動する。びっくりしたり、喜んだり。どちらにせよ、要は気になるってことだ。鳥ってのはすごいなとおれも思う。おれもこうやって音を出したい。おれだって、話すことはできるが、音は出せない。だから、こうやって今も内臓の中で、ぶつぶつつぶやいてるんだ。鳥はそのへんちょっと違うな。ぶつぶつ言わない。鳥はただひたすら鳴いて、あのいたずら小僧を外に追い出そうとした。あいつは鳥の内臓なのか？　最初、おれはそう思っていたが、どうも違うようだ。おれはそいつをとうとう捕まえた。別に手荒にしたわけじゃない。かくれんぼしているように見せかけて、つかまえたんだ。そいつはやっぱり子供だった。子供の顔をしていた。ただれていたが、指先なんかは完全に子供だった。おれはそいつに「いつからここにいる?」と聞いた。すると、子供は「鳥が生まれる前から」と言う。「そんなわけないだろう。鳥が生まれる前はどこにいたんだ?」と聞いても「ここにいた」の一点張り。「ここってのはどこなんだ?」と聞くと「いろんな生き物の内臓」と言った。そいつはどうやらいろんな動物の内臓の中をずっと遊び回っている子供で、別に生き物の生き死になんか関係ないらしい。内臓から内臓へちょいと飛び回ることができるんだと。だから、そいつは別にこの鳥の中にいるってわけじゃない。突然、おれは手を引っ張られた。おれの一部は、鳥の鳴き声を聞いたり、糞になって外に飛び出したものもいた。どんどん頭の中に、いろんな景色が見えはじめ、おれは完全に混乱した。おれはもうすでに蜘蛛でもなんでもなくなってた。おれは鳥のような気もしたし、子供の仲間かもしれなかった。しかしその区別も、もうどうでもいい。おれがそのとき感じたことは、その区別がなくなったという確信だ。おれはもともと蜘蛛じゃなかった。どんどん、いろんなものに変わっていくんだ。気づいたら、鳥の内臓の一部になっているときもあるし、内臓に消化されているときもある。あの子供は自由すぎて、そんなこと気にすらしないだろう。おれは昔のことを思い出した。思い出せば出すほど、体は分解していった。しまいには体の重さなんかもうほとんどなくなっていた。どーん、どーんと音が聞こえてきた。あの音が、おれの変化のきっかけだ。あのとき見た森へ鳥は戻っているんだろう。子供は「あそこがお家《うち》だよ」と言っていた。家なんかあるのかと聞くと、木のかけらが家らしい。そこにはいろんな生き物がいるそうだ。おれは、水のことを教えてくれたやつらを見たときのことを思い出した。おれは自分が鳥であると自覚する必要もなかった。おれはおれだ。おれはそのまま自分の目で見ればいい。おれにはもう目はなかった。それでもよかったし、むしろそのほうが好都合だった。目がないおれは目を持っていた。その目で見ればいいんだ。簡単に景色は広がった。それはおれの妄想だったのか？　おれはそう思わない。おれはその絵を描きたいくらいだ。ところが子供が暴れ回ってうるさいので、落ち着いて作業ができない。おれは気持ちを鎮めるために、目をつむった。いろんな風景が次々と通り過ぎ、ある景色で突然止まった。おれは蜘蛛だった頃に見ていた鳥だった。おれを狙っていた。不思議なことにおれが狙われていると感じていたあの視線はおれのものだったんだ。

27

「ずいぶん、深く眠ってたね、兄貴」

わたしのお腹の上には金属皿が置かれている。

「これは乾燥したヨモギの葉。体全体があったまるよ」

モルンはそう言いながら、ビールを飲んでいる。わたしが体を起こそうとすると、一度、制止し、口の中のビールをぶーっとわたしのお腹の上で吹き飛ばした。

「はい。これで終わり。兄貴」

「眠ってたのか」

「うん、三時間も寝てたよ。治療は三十分で終わったんだけどね。気持ちよさそうに寝てるから放っておいた」

「舟に乗ってた」

「舟？」

「うん。舟に乗ってた。海じゃなかった。大きな湖みたいなところだ。突然現れた三階建ての貨物船に招かれて、行列に並んでた」

　モルンは黙って、耳を傾けている。

「モルン、お前、何をしたんだ？」

「兄貴、おれは何もしてないよ。ただ兄貴のからだを視《み》ただけだ。それは兄貴の持っているからだだし、兄貴の世界だよ。おれも見たことはない。それは兄貴が目で見ている世界じゃなく、兄貴の中の世界だ」

　モルンはそう言うと、カップにビールを注いだ。二人で小さくカップを鳴らし、一気に飲み干した。烏《からす》が鳴いていた。わたしは携帯電話で時刻を確認した。飛行機の時間が迫っていた。わたしたち二人は一階までおり、カウンターの男に挨拶をすると、新宿駅まで急いで向かった。

「見えていることをそのまま書く。それはとても難しい作業だよ。修行が必要だ。兄貴の視界はぼんやりとしているし、まだ迷いがある。もっと素直になるといい。その世界をおれも知りたい。つくったらだめだ。つくりものはすぐだめになる。それは建物だからね。揺れたら、倒れてしまう。つくらないこと。風景をそのまま素直に描写すること。それだけでいい。ところが、それが一番難しい。おれが兄貴に会ったことにはやっぱり意味がある。それはまだおれもわからない。しかし、きっといつかわかる。意味がわかるというよりも、その世界をそのままからだで感じられるようになるんだろうね」

28

わたしたちは、いまでも夢を見る。森の夢はなくてはならない存在となった。夢を見ることがなかった日のことを思い出せないわたしたちは、夢を当然のことと思ってしまっている。しかし、そうではなかった。夢が見られるようになったのは、ごく最近のことだ。もうすでにトカゲは化石になっていた。わたしたちはトカゲと一緒に遊んだことだってあった。しかし、彼はもうわたしたちとは離れてしまった。わたしたちはずいぶん年をとってしまったのかもしれない。しかし、どれくらい時間がたったのか、わたしたちには相変わらずわからなかった。目を覚ましても、夢見心地でいることが多くなった。緑の葉を手に持ったまま戻ってくるものもいれば、今もまだその空気を吸っていると言い張るものもいた。今日は風が穏やかだ。森に吹いている風と似ていた。ずっと昔この砂漠にいたという砂がやってきた。彼らは旅先での生活のことを忘れてしまっていた。わたしたちは思い出話の一つでも聞きたいと思ったのだが、それは不可能だった。しかし、彼らの顔色を見ればわかった。遠くからはるばるやってきた彼らは逃げてきたわけじゃない。もちろん大変な目にもあったのだろう。彼らには独特の傷があった。その傷は深くえぐれており、血が流れたあともあった。わたしたちは彼らを水浴び場に連れていき、疲れをとるように促した。図書館のちょうど上に、わたしたちの手でつくった水浴び場と宮殿がある。宮殿といっても、わたしたちがそう呼んでいるだけで、実際は細い柱と屋根だけの貧相な建築だった。それでもそこには影ができ、熱い日光から一時的に避難することができた。わたしたちにとって太陽の光は生きるために必要な栄養だったが、旅する者にとっては過剰すぎた。水浴びを終えた旅行者は、決まって横の宮殿でしばらく休みをとった。わたしたちは彼らの話を聞きたいばっかりに、疲れていることを知っていながら、つい横で耳をすました。しかし、誰も旅の話はしなかった。遠い場所に運ばれた彼らがどんな日々を送っていたのか、ついたずねたものもいる。しかし、彼らは誰一人として答えなかった。言えないことがあるのではなく、ただ忘れているように見えた。そのかわり彼らはわたしたちが聞き耳を立てはじめると、立ち上がり柱に向かった。からだをこすりつけ、柱に引っかき傷を残した。わたしたちには解読不能だった。傷のあとはそれぞれに違っていて、角ばっているものもあれば、丸っこいものもあった。色をつけていくものもいた。傷の深さで濃淡を表すなど、表現技法に凝ったものもいた。その中で唯一、わたしたちと同化できないものがいた。彼が駅に到着したのは、真夜中のことだった。わたしたちは鐘の音を聞いて、身を潜めていた。ほとんどが図書館の中に隠れていて、扉には鍵をかけていた。風が通り過ぎると、誰かが、すぐに地表に出ていっていている、と声がした。わたしたちは階段を上って、顔を出すと駅のほうを見た。駅に明かりがついていた。風はやんでいた。宴も終わり、砂漠にいるものはみな眠りこけていた。駅から降りてきた旅人は、楽器をもっていた。見たこともない楽器だった。動物の骨を使っていた。わたしたちは動物と久しぶりに出会った。わたしたちはからだをその骨に寄せ合い、旅人を歓待した。旅人はわたしたちの顔を見た途端、わたしはここにいたことがある、と口にした。そして、彼は骨を一度、軽く叩いた。骨には工夫がこらしてあり、いろんな音色を出すことができた。わたしたちは彼のまわりに座った。遊びの名手とは、また違う風貌だ。遊びの名手はどこかに行っているのだろう。動物の鳴き声が聞こえた。わたしたちは、懐かしかった。しかし、誰一人として、彼の顔を覚えているものはいなかった。それが悲しかった。食事よりもまずは水浴びを、と彼は言った。水浴びの準備をするために、わたしたちは貯蔵庫へと向かった。貯蔵庫には皮袋にためた水が置かれている。わたしたちはその一つを取り出すと、紐をゆるめ、水浴び場に水をこぼした。わたしたちは森の夢の中で見つけた水を砂漠に持ち帰ることができるようになっていた。それは水弾きたちの仕事だった。砂漠には相変わらず水はなかった。そもそもわたしたちに水は必要がなかった。水浴び場は旅人のためにつくった。わたしたちは水浴び場のまわりに集い、ゆっくりと水に浸かっている旅人の声に耳を傾けた。彼は骨を水に浮かべ、手でゆっくりと揺らした。骨の中からまた違う音が聞こえてきた。

29

　目の前におれがいる。おれはびっくりしたよ。そいつはさっき食べられたばかりのおれだった。何か躊躇している。飛ぼうともしない。鳥はまったく危険を感じていなかった。おれが見ていたはずの人間らしき形をしたやつらはそこにはいなかった。あいつらはどこかに姿を消していた。おれは尻に目が二つもあるんだが、そのどちらかが夢でも見てるんだろうって高《たか》をくくってた。おれには鳥の視界が広がっていた。もちろん真ん中にはおれがいた。かといっておれに焦点が合っているわけでもなかった。ぼんやりと、おれがそこに立っていた。もちろんおれだって馬鹿じゃない。鳥と目が合えば、すぐに逃げるさ。だから鳥だって、おれの気配だけ見落とさずに、ぼんやりと監視を続けていた。正確なところはわからんさ。おれはただの目にすぎなかったからな。おれはまだ内臓の中で、分解され続けていた。子供はいなくなってた。警報音を怖がって逃げたのかもしれん。大きな鳥だった。ここらへんでは見たことがない鳥だ。恐ろしい嘴《くちばし》を持っていて、おれなんか食べたところで腹の足しにはならないことは一目瞭然だ。おれはどこかにいた。おれは足元を見た。それはいつもの草だった。感触も同じだ。これは尻の目が見ている夢だ。おれはそう感じた。そうなればこっちのもんだ。怖いなんてことを感じること自体が無駄なんだ。川の向こうに見える鳥だけでなく、対岸の景色すらおれには見覚えのない世界だったが、恐怖心は煙になって消えていった。尻は一体、どんなこと考えながら、毎日動いているのか。おれはほとんどあいつらと話したことがないと気づいた。それは間違いだったかもしれない。それでもいま、気づけた。それでいいじゃないか。おれは二つの尻に声をかけた。おい、お前らは一体、何を見てるんだ。尻はずっと黙ったままだ。そりゃそうだ。尻には声なんかない。おれは蜘蛛なんだから。おれは蜘蛛を動かしているその大元なんだから、尻の目にこんな難しいこと聞いちゃいけない。対岸は何もない荒れ地だった。岩がごろごろ転がっていた。その一つに、まるで山みたいな岩の塊の上で鳥は背筋を伸ばして立っていた。目は優しかった。休息しているのかもしれない。おれの分解はさらに進んでいた。痛くもかゆくもないのが不思議だった。しかしそれだって、誰も見てないからなんとでも言える。おれは誰も経験したことがない状態を味わっている。痛くも痒くもないって教えてあげなきゃな。あいつはおれに何か伝えようとしていた。人間らしき形したやつらってのは、もしかしたら、魚に食べられたあいつだったのかもしれない。おれはふとそんなことを思った。これが尻の目が見た夢の中であっても、そう感じられたのなら、ありがたいことだ。おれは感謝した。尻に。あいつに。そして、おれを見ている鳥にも。今こそ、おれは飛ぶときなんだ。たぶんな。

30

わたしはここに見覚えがある。わたしはもともとここにいた。駅を降りたとき、そう感じた。だが近づいてみるとどうも違う。町の姿がすっかり変わってしまったみたいだ。ここにいたという記憶をもっていないため比較することができない。本当にここにいたのかどうか知ることができない。しかし、わたしのある部分がこの場所に反応していた。それをしっかりと感じた。わたしはすぐにあなたたちと同じようになるだろう。水浴びを終えたら、きっとあなたたちと同じように疲れて寝てしまうだろう。旅の疲れが残っている。わたしの疲れはあなたたちの疲れとは違う。わたしは風に乗ってここまで運ばれてきた。わたしの意志ではない。風がこっちに来いと呼んだので来ただけだ。理由などない。しかしそれなのに、わたしは戻ってきたと感じている。不思議だ。だから、わたしはつい自分がここに以前いたことがある、と言った。わたしはあなたたちの顔を凝視した。しかし、ここには見知ったものなどなにもない。わたしが育った町だというのに、わたしの知っている景色はここにはない。これはとても奇妙なことだ。あなたたちにはなんのことやらわからないだろう。はっきり言うと、わたしだってそうだ。わたしだってここで暮らしていたときにはわからなかった。わたしになることなど、考えたこともなかったからだ。それはある日のことだった。わたしは食事を終え、なんとなく気分がよくなかったので、思い切り空気でも吸ってこようと地表に出た。もう夜だったからか、誰もいなかった。食事のあとの燃えかすから煙が立ち上がっていた。わたしは、顔を出すと真っ暗な空を見た。今日みたいに月が見えない日だった。そんなことをこれまで一度も思い出したことがなかった。しかし今、わたしは言葉にしている。わたしは記憶をもっていないと思っていた。しかし、実際には記憶という考え方を持っていなかっただけで、景色はしっかりとこの目に焼き付いたままだった。だから、わたしは声にすることができる。わたしはあのとき声を持っていなかった。声は旅の中で身につけた。その技術はある男に教えてもらった。その男はわたしは向かって「もう時間だ」と言った。わたしはしばらく無視していたが、気づいたときには鬱蒼と植物が生い茂る場所で二人きりになっていた。わたしはいままで自分がどこにいたのかを一瞬忘れた。いまではそのことすら思い出すことができる。わたしは風に飛ばされて違う町へ行ったのだ。暮らしてきた世界とはまるで違う場所だった。人間が生きていた。人間たちは境界線をつくっていた。しかし、わたしにはそれを感じることができなかった。わたしにはその境界線が見えなかったのだ。だから、わたしはただ町を歩いた。靴で踏まれることもあったし、大きな道具で根こそぎ掘られ、移動させられた。自動的に移動するんだ。わたしに不安はなかった。痛みもなにもないのだから。わたしには仲間がいなかった。そのことも初めてのことだった。わたしは寂しいと思ったのだが、それを思い出したのはたった今だ。ついさっきまで知らなかった。わたしはなに食わぬ顔で町を移動していた。わたしは、人間たちと初めて会った。わたしは砂漠で記録を残していた。わたしは声を知らなかったから、文字を教えてもらった。誰からというわけでもなく、自然に。知らぬうちにわたしはその日に起きたことを、自分で考えるよりも早く記録することができるようになっていた。それが正しかったのかどうかわからない。自然とそうやったんだ。誰もわたしの行動を止めるものはいなかった。そもそもわたしに何かやらねばならないことがあるわけでもなかった。それなのに、わたしはやむにやまれず行動していたようだ。いまは振り返ることができる。水浴びのおかげかもしれない。あの男と出会ったときも、わたしは男と二人で水浴びをしていた。大きな湖だった。男は柔らかい肌をしていた。再び見ると、男は女になっていた。もともと女だったのかもしれない。男のような女は、胸をむき出しにしたまま、結んでいた髪を解いた。長い髪が水面に当たっている。髪はそのまま水の中に沈んでいった。生き物のように水中を漂っている。髪の先から睨まれた気がした。わたしは女に向かって、いまからわたしはどうなるのかと聞いた。声が出た。女はなおも黙ったまま、今度は泳ぎだした。わたしは、つい女のあとを追った。わたしは泳いだ。湖はどんどん膨れ上がっているように見えた。しかし、そのとき、わたしは自分の目に確信を持てなかった。男が女だったからだけではない。わたしは見たこともない植物に囲まれていた。夢を見ているのではないか。その可能性はいつまでたっても消すことができなかった。女は岸辺に到着すると、わたしを抱きしめた。わたしは体をもっていた。体のことなんかすっかりと忘れていたのに、わたしは自分の手や足と再び会った。ないものと思い込んでいた。確かに実際いなくなるときだってあった。しかし、彼らはいつも戻ってきた。女はそんなわたしを見て、少し小馬鹿にするような目つきで笑った。わたしは、自分が恥ずかしくなった。女は裸だった。わたしも裸になるべきだ。裸になってみたいと思った。わたしは覆っていた布を剥いだ。ところどころ、皮膚とくっついているところがあったが、わたしは思い切って剝ぎ取った。わたしの皮膚はただれていた。血は流れていなかった。わたしは自分の血など見たことがなかった。わたしはなにも知らないまま生きてきたのだろう。そのことを女は知っていた。だからわたしを誘ったのだ。わたしは女の匂いにつられていた。それくらい、強い匂いを放っていた。水の中にいようが、その匂いはなくなるどころか、時間がたつにつれて強くなるばかりだった。しまいには鼻を押さえておかないと、匂いだけで卒倒しそうになった。確かに、わたしは女のあとを追っていった。どこからわたしは自分のことを、わたしだと認識したのか、今となってはわからない。さっきかもしれない。いまかもしれない。ただこれだけは言える。わたしは、いま、いままでの記憶を持っている。思い出している。忘れていなかったことを知っている。だから、わたしはあなたたちに言いたい。わたしは疲れている。わたしはこのあとすぐに寝るだろう。そして、起きたときにはあなたたちと同じようにまたすべてを忘れてしまっているだろう。しかし、いま、わたしは覚えている。あの日のことを。いま、わたしがここに戻ってきたと感じていることを。わたしは何一つ失ってはいないことを。わたしはいま、あなたたちと違う。しかし、同時に、わたしはあなたたちに言いたい。あなたたちは何一つ忘れてなどいないのだ。記憶がない、と口にしたとしても、文字に残したとしても、消えることはない。町は変わる。常に変わる。時間を持たないわたしたちはそれをときどき忘れてしまう。町が変われば、その町の景色はもう二度と戻ってはこない。しかし、わたしは戻ってきた。つまり、町はもう一度、必ず戻ってくる。もう一度だけ必ず戻ってくる。風はいつもそれを教えてくれた。町は修復することができない。わたしたちもまた修復することはできない。しかし、誰かが戻ってくる。そのとき、町が戻ってくるのだ。町が戻ってきたとき、あなたたちは一度だけ変化する。溶けていく。揺れる。恐がらないように、誰かが戻ってくる。誰、が重要なのではない。わたしは大して重要ではない。重要なのは、あなたたちがわたしのまわりに座ったことであり、眠れなかったことである。

眠れないことには理由がある。町が変わる時間が迫っているということであり、植物たちが動いているときであり、生き物がくしゃみをするときである。内臓はいまもずっと動いている。あなたたちは地中という内臓に生きている。地表は外の世界ではない。風はあなたたちを迷わせるものではない。わたしはいま、そう感じている。それを口にしたい。だから、声となってあなたたちに届いている。ここには音はない。わたしは声の音を聞いたことがない。しかし、わたしは忘れていない。わたしが音楽に合わせて、踊ったときのことを。それは遥か昔のことだったのかもしれない。わたしにはまだ傷が少なかった。子供と言っていいのかわからないが、わたしはよく隠れていた。どこかに隠れ場所がないか、よく探していたものだ。誰もわたしを見つけることができないでいた。そのまま一日が過ぎることだってあった。そんなとき、わたしは満足したものだ。わたしはわたしたちから遠く離れて、たった一人で遊んでいた。わたしは日が暮れているのか、まだ太陽が昇っているのかわからない場所にいた。暗くはないその場所は、どこからか眩しい反射光が漏れていた。地中にはそんな場所がまだある。わたしは少しずつ、あなたたちに馴染んでいっているようだ。少しずつ、わたしの記憶がおぼろげになっている。わたしはそのことに不安を感じないが、それはそう感じていたほうが楽だからだろう。わたしは、わたしのままでいたい。それはとても貴重な時間だ。そんな時間があることすら忘れてしまうのが、わたしたちの世界だ。しかし、そこでわたしたちは生きている。わたしたちは、町が変わっていることに気づいている。失っている時間があることも知っている。しかし、わたしたちには止めることができない。それが悪いことなのかもわからない。悪いことなど何一つない。そんな気分が全身を貫いた。そのとき風が吹いた。わたしたちは体を縮こませた。わたしたちは音楽に身を浸していたときのことをすっかり忘れてしまって、遊びの名手のことも思い出そうとしなかった。わたしは遊びの名手だったのかもしれない。いまとなっては確認のしようがない。だから、わたしは自分の傷をそれに近い形で復元しようとしている。この柱はそんな誰かによって、つくられたものだ。宮殿があることを忘れてはいけない。しかし、わたしたちはきっと忘れるだろう。これはわたしたちがつくった町だと勘違いするだろう。そうやって町は変わっていく。変わったことを覚えているものは、風に飛ばされてしまう。しかし、わたしはまた戻ってきた。わたしは変わり続けたが、今はまたここにいる。

31

わたしたちには変化が起きていた。旅人のせいだけではなかった。夢を見すぎていたからでもない。何かが変わりはじめていた。そう感じるまで時間はかからなかった。そもそもわたしたちは時間を持っていなかった。時間を感じたのは、相変わらず夢を見ているときだけだった。しかし、それが理由なのではない。原因はもっと別のところにあった。それでも夢の話からはじめるとしよう。今では森の中に深く入り込んでいけるようになっていた。夢の中では何一つ決まりがないことに気づいたわたしたちは、それではまずいのではないかと感じるようになっていた。わたしたちは、夕食を食べ終わると、よく無言になった。音楽は鳴らなくなっていた。前に聞いた音楽がどんなものだったのかを忘れ、音楽自体の記憶も少しずつ消えていった。それは自然な現象だとわたしたちは互いに言い聞かせた。風が運んでくる旅人はひっきりなしに、町に訪れるようになった。いつのまにか、電灯の数も増え、理解できない言葉も行き交うようになった。新しい音楽が鳴りはじめた。しかし、それはわたしたちが集まったときに鳴っていたものとは違っていた。高い建物が建てられ、宮殿は一日中、日陰に隠れるようになった。わたしたちが根こそぎどこかへ連れ去られるということも何度か起きた。しかし、わたしたちは抵抗することを知らない。そんなことをする必要があるとすら感じなかった。わたしたちはただ変化を感じていた。仕方がなかった。しかし、わたしたちは諦めていたわけではなかった。わたしたちはただ変化していたのだ。いつものように図書館へ向かうと、扉はもうほとんど崩れ落ちていて、入口の役目を果たしていなかった。中に入ろうとすると、砂が次々と入り込んでくる。もちろん、その砂もわたしたちの一部であることには違いない。なぜ、それを区別するのか。そんな声が聞こえてくることもあった。水弾きの仕事は減っていた。それは夢の中の水の量が減ったからではない。そもそもわたしたちに水が必要でないことにただ気づいただけだ。わたしたちは必要でないものを排除しようとしていた。理解できないものが、まわりに増えてしまったからかもしれない。人間たちはどうやっていたのだろう。わたしたちはそれを知りたいと思った。だからこそまた図書館へ向かった。しかし、図書館は廃墟と化していた。わたしたちが書き残したものですら、いくつか紛失してしまった。しかし、誰も悲しまなかった。つまり、わたしたちは焦っていなかった。何かしなければと、行動に出るものもいなかった。ただ耳をすませていた。わたしたちはまわりの喧騒とは別の声を、見つけだそうとしていた。それは旅人のおかげだ。夢での経験によって、わたしたちは音を出すことはできないまでも、声を聞き取る技術を身につけていた。旅人はわたしたちが耳をすでに持っていることを知っていた。だからこそ、水浴び場でわたしたちに語ったのだ。わたしたちがまわりに座り込んだ理由もそうだ。不思議だったのは、初めて会ったような気がしなかったことだ。旅人たちがどこから来たのかたずねないと気が済まなくなっていた。駅があるということは、その向こうにも駅があるはずだ。しかし、わたしたちは地図を持っていなかった。わたしたちが図書館から出る決意をしたのは、地図をつくろうと決心してからのことだ。それは旅人のおかげであり、夢の広大さゆえでもある。夢はさらに拡張していた。どこからどこまでという範囲すらわたしたちが認識するのは難しかった。地図の断片を持っている旅人に出会うこともあった。しかし、それは彼がつくったのではなく、誰かがつくったものだった。それが誰だかは彼も知らなかった。旅をはじめる時間は迫っていた。そもそも夢は旅ではないのか。夢はわたしたちにとって幻なのか。そうは思えない。わたしたちは夢の中で、仕事が割り振られていた。仕事はさらに増えていた。水弾きだけでなく、夢での時間を計る「砂時計」、夢での汗を拭き取る「布師」、足りない色を足す「顔役」、夢での風景を写し取る「筆足」、いくつもの視線を一挙に把握することのできる「目蜘蛛」、夢での食事を担当する「無飯」。その他にもいろんな仕事があった。わたしたちはできるだけ仕事を細分化しようとした。なぜなら、夢の中ではわたしたたちの視線はその砂一つ一つに違い、「わたしたち」とひとくくりに言うことができないほど独自のものだとわかってきたからだ。夢を見ないことを選ぶものもいた。彼らに何が起きたのかわからない。心配になったわたしたちは、早めに夢から戻り、食事の準備をしていた彼らに聞いてみた。しかし、彼らは何も言わない。はじめは彼らが何かを恐れているのだと思っていた。森の夢にはいくつかの深みがあり、みなに恐れられていた。わたしたちは何度かそこへ向かった。向かったのは、夢の中で自然とできあがった集団だ。意識することなく、わたしたちは砂漠とは別の集団を形成するようになっていた。夢の集団での会話は目を覚ますと忘れてしまっている。彼らは今のわたしたちとは明らかに違う思考回路を持っている。だからこそ、わたしたちは本を書き連ねているのだが、回ってくる順番と夢の濃度は一致しないことが多かった。日増しに夢の存在は大きくなっていった。どこまでがわたしたちなのか、わからなくなっていたほどだ。わたしたちは森の夢のようにどこまでも広がっているように見えた。手が届かないほど遠くのわたしたちは、別の生き物のようだった。わたしたちは迷っていた。夢の集団は匂いを伴うようになっていた。食事の味が変化していた。誰かが少し動いただけで、時間が緊張するようになった。わたしたちはそもそも時間を見たことがない。それなのに今、時間と書いている。夢の集団が体験した時間がこちらの世界にまで浸透しはじめていた。だからこそ、わたしたちは書き残す必要があった。いつ変化したのか。なぜ変化したのか。それを知ることが重要なのだと感じていた。旅人の言葉のせいなのか、夢の集団による会議で決定したことなのか。正確なことはわかっていないが、わたしたちは書き続けている。書く理由まで変化しているのかもしれない。わたしたちはときどき、砂ではないものに成り代わって書いたりもした。夢の中で何度も変身したからだと書いてある。今、わたしたちが書いている間も、寝ているものがいる。彼らはどこへ行っているのか。わたしたちは筆足を呼んだ。筆足は、腹の中に巻いている透明の布をしぶしぶ取り出すと、わたしたちの前に広げた。風が吹いた。布ははためき誰かの顔を覆った。そのたびに布に描かれた絵がにじんだ。誰かがため息をもらした。にじんだ絵の一部は、また別の景色を表しているように見えた。森の夢は天候がたびたび変化した。大雨が降るときもあった。雨かと思っていたら、雨ではなかったときもあった。あの水はどこからやってくるのか？　布に描かれた絵を見ると、そんな変化を確認することができる。わたしたちの中に砂ではないものがいるように感じた。森の夢では、別の生き物の視界が、たびたびわたしたちに入り込んできていた。わたしたちの目はそのうちの一つにすぎなかった。一体、わたしたちが見ていたものは何だったのか。わたしたちは混乱していた。しかし心配は無用だった。筆足の絵を見て混乱したとしても、また夜が来れば気にすることなく眠りにつけるのだ。しかし、わたしたちは次第に眠れなくなっていった。森の夢に到達できない日も多くなった。しかし、そのおかげで旅人に会えるようになった。そんなふうに、わたしたちは少しずつ変化していた。わたしたちは自らの裡《うち》に別の存在を感じはじめていた。だからこそ、寝付けないのかもしれない。いや、だからこそ、変化しているのだ。それはとても奇妙な経験だった。はじめてのことだった。しかし、夢の中ではずっと経験してきたことだった。わたしたちは目を覚ましたことにすら驚くようになった。風がまた吹いた。いつものことだ。いつもと違っていたのは、図書館を出て地上へ向かおうとみなで決めたことだ。そんなことをすれば、本を書き続けることができなくなってしまう。「夢で迷子になっているものがいる」と誰かが叫んだ。寝ていたものが起きてきて「大変なことになったかもしれない」と汗をかいている。汗を拭くはずの布師はまだ寝ていた。役目を担うべきものがまだ夢の中にいた。頼るものがいないのに、わたしたちは地上へと出てきてしまった。そのとき、わたしたちは人間と出会った。見たこともなかった人間と地上で出会った。人間は消えたはずだった。わたしたちは夢を見すぎていたのかもしれない。人間は夢から出てきたのかもしれない。いや、これ自体が夢なのかもしれない。わたしたちは森と砂漠の区別ができなくなっていた。境界線がぼやけてしまっていた。人間は言った。「地図はどこだ？」

32

そのときのおれはどうかしてたんだ、きっと。おれはまだ内臓にいた。そして、おれは自分が蜘蛛だったことを思い出した。まあ、そこまではいい。しかし、そのとき、おれは自分のことをまた思い出した。蜘蛛じゃないおれを。何を言ってる？　蜘蛛がしゃべれるわけがない。つまり、いま、しゃべっているこのおれは蜘蛛じゃない。それくらい、おれにもわかる。それでもおれは蜘蛛だった。しかも、蜘蛛ってだけじゃない。おれは食べられたまま、おれを見ていた。それがおれだとなんでわかったのかわかるか？　自分の姿はたとえ蜘蛛だとしてもわかるんだ。なんのことかわからんだろうが、お前もお前を見たらわかるだろう。でも蜘蛛を見たって、それが前見た蜘蛛と同じ蜘蛛なのかどうかはわからんはずだ。おれだってわからん。ところが、おれは蜘蛛だった。だから、あれがおれだってことがすぐわかった。奇妙だ。おれは死んでいたはずだからな。おれは死んでいなかった。そのかわり、どんどん溶けていった。目の前のおれに向かって、とにかくおれは叫んだ。内臓の中で。しかも、横の子供がまた笑ってやがる。おれはつい小突いた。すると、子供は泣いて助けを求めはじめた。子供の親かなんかが出てくるのかと考えただけで、おれは吐きそうになった。おれは思い出話をしているわけじゃない。おれはまだそこにいる。おそうじゃなきゃ今頃、すっかり忘れてしまってる。いま、どこにいるかなんて考えたら、ダメだってことくらいおれにもわかる。これをお前に言ったって、お前は嘘つきだと思うだろう。それでもいい。助けてくれとも思わない。おれは内臓のあの子供とは違うんだ。内臓は子供のおかげでさらに活発に動き出した。轟音を立てるもんだから、おれは管の中を逃げ回るはめになった。しかも、おれは複数いた。おれの頭の中には草の上で平気にしている蜘蛛のおれもいて、溶けたおれは内臓にいた。そこが鳥の内臓だということもわかっていた。草の上のおれが鳥を見ていたからな。おれは食われてしまった仲間を思い出しながら、いま食われているおれのことを考えていた。おれは助けてくれと、おれ自身に叫んだ。いまおれはお前に向けて言っているが、この言葉はあのときのおれに言っている。どっちのおれも、いま目の前にいるんだ。これは妄想でもなんでもない。だから、恐ろしくもない。直面しているときに恐ろしいもへったくれもあるもんか。あるのは、ただその光景だけだ。内臓は音を立てて動き出した。おれも声を上げたが、子供とは違って屁みたいな音しか鳴らない。おれの耳の中で鳴っていただけで、外には一切響かなかった。しかし、おれはこういうことが何度もあったから別に驚きもしなかった。夜、眠れなかったときに叫んだ、子供の頃を思い出した。自分が何者なのかわからないって言っているんじゃない。おれは複数いたが、分裂していたわけじゃない。おれはあのとき、つまり、今だな、今わかったんだ。おれは蜘蛛で、鳥の目で、食われたあとの内臓で家族をつくっていて、その子供は、どこか別のやつの子供なのに、おれの子供ということになっていた。一体、いつからおれは蜘蛛になったんだ。そのとき、おれは人間らしき形をした、輪郭線が光っている電球みたいなやつらと会った。おれは視線の数だけそいつらと出会った。おれはいま会っている。目の前にいる。なんでも質問してみればいい。なんでもおれは答えるぞ。おれはなんでも言える。声は聞こえるんだろ？　いま、この声はお前のところに届いているんだろ？　おれはいま、お前が頷いたその顔を見て安心したよ。お前の存在に安心したんじゃない。勘違いするな。でもおれは同時にお前がいてくれてうれしい。おれはどこにいるのかわからなくなったわけじゃない。おれは自分の足で、向かったんだ。そこへ向かった。そして、いろんなものと出会った。出会っただけじゃない。いろんなやつらと話をした。死んじゃったやつもいた。おれが知らないやつもいた。昔のやつらも、いつか会うことになるやつもいた。それだけおれの視線は無数にあった。おれはきれいに分かれていた。おれが蜘蛛であり、死んだ蜘蛛でもあり、生きて喜んでいる蜘蛛でもあった。蜘蛛が喜んでいるってどんな状態かわかるか。お前は喜んだことがあるか？　あるならわかる。

それと同じだ。お前が喜んでいるときはどこかでお前の蜘蛛が喜んでいる。しかし、同時に食われた蜘蛛は恐ろしい目にあっている。おれは声を出している。だから怖くない。つまり、おれはお前に声を出しながら、恐怖に怯えそうになっている内臓の中のおれに向かって、恐がる必要がないことを伝えようとしている。おれは太鼓の音を聞いた。内臓で鳴っている。あれは鳥の心音だろう。でも、草の上のおれも聞いた。あれは銃の音か？　しかし、おれは銃なんか持っていない。どこかで何かお祭りでもやっているのか。川面が揺れて、波紋が広がった。人間らしき形をしたやつらはまだ水浴びしてた。なんで、こいつらは恐ろしくもなんともないんだ？　つい、おれは聞きたくなって近づいた。おれは体を持っていた。蜘蛛でもあるし、鳥の目でもあったわけだから。おれは近づくことができた。おれは鳥に食われても、一向にかまわない。鳥の目だっておれなんだ。ところが、鳥の目には腹が減っているかどうかなんてわからない。確かにいま、おれは腹が減っていない。腹が減るなんてことをすっかり忘れちまってる。腹が減っていることに気づいたら、何か食えばいいんだ。女たちが準備してくれてるはずだ。確か、そうだったはずだ。おれはいま、腹が減っていない。だから、まだこの世界を見ることができる。おれは、別に何か違うものを見たと言っているんじゃない。おれはここにいる。おれはここに立ってる。おれは踊っていた。いま、ここでおれは体を動かしているわけだからな。太鼓の音が鳴っていたんだ。太鼓の音が鳴っている。太鼓は近くて遠かった。そりゃそうだ。いまも鳴ってるし、あのときも鳴っていた。思い出した音のほうが大きいときもある。音ってのは変なんだ。あとになってから作用することもあるからな。おれはぐにゃぐにゃに溶けていた。内臓はさらに活発になった。おれはもうそのときにはすでに恐怖心をすっかりと忘れてしまっていた。力がみなぎっていたわけじゃない。むしろ、力は抜けてた。内臓のおれをずっと見ていた。鳥の目だったのかはわからない。しかし、いま、おれは目が見えていない。おれにはお前の姿が見えないんだ。お前は目の前にいるんだろ？　お前はどこか夢の中の人間ってわけじゃないんだろ？　何か声をかけてほしいが、まだ待ってくれ。声が入り込んでくると、景色が揺れてしまうんだ。波紋みたいにぐらんぐらんって揺れてしまう。だからまだ声は出さないでくれ。まず、おれの言葉を聞いてくれ。忘れないでくれ。書いたって無駄だ。どうせ、読み返しはしない。今しか会うことはできない。次、どこで会うか約束したところで無駄だ。どうせお前も忘れちゃうんだ。おれのことを。おれの蜘蛛を。鳥の目を。太鼓の音はまだ鳴ってるか？　おれの耳にはよく聞こえるぞ。まだ。どーん、どーんって。

33

人間はわたしたちを見て、なぜ、文字を持つ砂であるとわかったのだろうか。わたしたちとただの砂には違いはないはずだ。わたしたちは、人間と向かい合った。人間は「あてもなく道を歩いてきた」と言った。わたしたちが人間と出会ったのは初めてのことだった。だから、わたしたちはそれが人間であると、すぐにはわからなかった。人間は想像していたよりも大きかった。しかし、元々わたしたちには大小の区別などなかった。遠くから眺め続けている山は小さいとも大きいとも感じたことがない。わかっているのは、山がわたしたちとは違うということだけだ。しかし、人間はわたしたちと山を区別していないように見えた。また人間の声が聞こえた。この人間はたった一人で、地図を求めてさまよっていた。普段であれば、わたしたちは旅人をすぐに宮殿に連れていくだろう。しかし、相手は人間である。彼らにはわたしたちのことが見えているのだろうか。それすらわからなかった。人間の目をはじめて見た。他の生き物の目とは幾分違っていて、それはどこか物欲しげな目であった。しかし、わたしたちは何も与えるものを持っていない。わたしたちは砂であり、持っている道具も人間にしてみればすべて砂にすぎないのである。わたしたちは宮殿をもっていたが、それも人間にしてみれば、ただの砂の塊にすぎなかった。すでに宮殿は人間の足で踏まれ、粉々になっていた。しかし、わたしたちは悲しむこともなかった。それが人間だからだ。破壊することを恐れない生き物。それが人間であった。わたしたちは本を読んで知っていた。彼は別に悪気があってしたわけではない。たまたま足が当たっただけだ。そもそもわたしたちが宮殿をつくっていることなど、考えたこともないだろう。人間は無垢な目をしていた。破壊者の目ではなかった。彼らは悪魔ではないようだ。この人間は嘘をついているのかもしれない。その可能性もなくはない。嘘をつくのが人間である。しかし、わたしたちには彼が嘘をつく理由がわからない。なんのために嘘をつくのだろうか。わたしたちは嘘をついていないのだろうか。ついしばらく考え込んでしまった。沈黙が続いた。人間は水浴び場も破壊した。今度は指で押しつぶした。人間はどこまで破壊する気なのか。わたしたちのことが見えているのだろうか。わたしたちが大事にしているものを狙って破壊しているようにすら思えた。しかし、そんなはずはない。これもまた自然の動きなのだ。しかも、わたしたちは痛みを感じることができなかった。人間は自分がやってしまったことの重大さを感じていなかった。人間は嘘をついているわけではなかった。わたしたちが嘘という言葉を知りすぎていただけだ。嘘という言葉を知らないものだから、嘘という言葉を使いたいだけだったのかもしれない。わたしたちはときどき、そういうことをしてしまう癖があった。わたしたちは目に見えている景色をできるだけそのまま書き写すよう心がけていた。ところが、今となっては目がないことも知っていた。わたしたちは人間を前にして、持っていない目についていては書けなかった。人間は他の生き物とはまるで違う反応をした。わたしたちはただ書いていたのではなかった。わたしたちは自分が感じていることを、そのときの状態に合わせて、わかりやすくするのではなく、なぜか複雑に書こうとしていた。そもそも宮殿などなかった。それはわたしたちが感じていた空間にすぎなかった。水浴び場の水が、水ではないことくらい誰もがわかっていた。人間はそれを知らせに来たのだろうか。わたしたちは人間のことをじっと見つめた。人間はわたしたちに気づいているのだろうか。それとも、彼ら特有の幻覚を見ているのだろうか。わたしたちを何かに投影しているのだろうか。地図屋はどこだ。本屋はどこだ。案内所はどこだ。人間はそう叫んでいるのだろうか。わたしたちの町は動揺していた。どこも焼け野原になっていた。人間が歩いたあとはどこも破壊され、更地になった。トカゲとは比べものにならなかった。トカゲは自分たちの存在の重さに気づいていた。だからこそ、彼らは自分たちでつくった道を繰り返し歩き、わたしたちはその周辺に町をつくった。しかし、人間はそうではなかった。本で知ってはいたが、しかしここまでとは思わなかった。わたしたちはこれまでつくり上げてきた町が簡単に崩れ去っていくのを見ながら、眠くなっていた。また夢に行こうとしているのかもしれない。しかし、人間が来た今、わたしたちはこの目の前の情景こそが夢であると思わないではいられなかった。確かに夢に似ていた。あの森に似ていた。わたしたちは森の夢へ帰ろうとしたが、そこがわたしたちの故郷ではないことを人間が教えてくれた。そもそもわたしたちに故郷はない。元々そこからはじまっていた。わたしたちの両親はどこにいるのか。誰も質問する必要がなかったように、わたしたちはどこからやってきたのかさえ知らないのだ。しかし、知りたがる人間を前にして、わたしたちは地図を手にしたいと思った。わたしたちも欲しい。わたしたちは知らないことが多すぎる。そして、それをあまりにも長い間放置してきた。人間はなおもわたしたちを見ていた。図書館だけはまだ残されている。地中につくっていた理由がわかった。わたしたちは何一つ忘れていないのかもしれない。しかし、それを人間の言葉で伝えることができなかったのだ。わたしたちは人間のつくりだした言葉を使うことで、わたしたちの伝達を可能にした。そのかわり、わたしたちは自分たちの言葉をすっかり忘れることで、どうにか生きのびようとしていたのだ。そんなわたしたちの変化に気づいたのか、人間は水筒を取り出し、口元に近づけた。水は一滴も出てこなかった。しかし、人間は喜んだような顔をしている。人間は笑っていた。雄叫びをあげた。目をつむった。空から強い日光が射していた。今日も太陽は空の真ん中に見えた。いつもあそこにいた。月はときどきいなくなったが、太陽はいつも真ん中に居座っていた。人間は汗もかいていなかった。これは夢ではないとわたしたちは感じた。そのとき一滴の水が落ちてきた。雨が降りだした。人間は泣いた。破壊されたはずの水浴び場にも水があふれ、大きな波を生み出すと、わたしたちを町もろとも飲み込んでいった。

34

おれがいろんなやつになりかわっているんじゃない。いろんなやつのうちの一人がおれというわけでもない。おれはいくつかに分解されていた。だが、同時に、おれは一つにまとまろうともしていた。それがおれ自身の姿なのかどうかさえわからない。しかし、これだけは言える。おれはいま、まとまろうとしつつ、同時に分解されている。その二つは矛盾しているように見えるかもしれないが、実はそうじゃない。一つになんかならなくていい、というわけでもない。おれは確実に一つの何かに戻ろうとしていた。何かになろうとしていた。戻っているのか？　帰還しているような気はしていた。しかし、それは過去ではない。昔のもとの姿におれは戻っているんじゃない。おれは分解されたまま、それぞれの目を持ったり、感情を抱いていた。感情なんて、おれ一人のものじゃない。感情はお前のその爪の中にだってある。おれとお前と爪が別々のものだと言っているんじゃない。おれはただ爪を見て、今そう思っただけだ。嘘か本当かは重要ではない。重要なのはおれがそう感じたってことだ。おれがそう感じているだけなのかもしれない。相変わらず鳥は太鼓の音を聞いていた。おれも聞いていた。そこに違いはないんだ。鳥は自覚していた。太鼓の音が帰る時間を伝えていることは知っていたからな。おれはあいつを思い出した。思い出したとは簡単に言えない。おれの目には、つまり鳥の目ってことだが、その視界にはあいつがいたからだ。おれは驚きもしなかった。それが当然なんだ。鳥がどんなものを見ていたかなんて、いままで考えたこともなかった。それが当然なんだ。鳥がどんなものを見ていたかなんて、いままで考えたこともなかった。それが当然なんだ。鳥がどんなものを見

ていたかなんて、いままで考えたこともなかった。それがなかったん

だ。お前はあるか？　おれはなかった。もちろん、ふと思いつくことはあった。しかし、鳥になろうとしたことはなかった。もちろん、内臓で何が起きているかなんて一度も考えたことがない。それでいいんだ。それでいい。お前もいつかそういうときが来るかもしれない。そのときはおれのことを思い出せ。おれにはわかる。お前が思い出している姿がおれの目に浮かんでいる。これから起こることを言っているんじゃない。お前は子供だった。小さな子供だ。まだ何か考えたりすることなんかできないくらい小さかった。だが、おれには見える。お前は、分解されているおれの横で泣いていたあの子供そっくりなんだ。どうして似ているのかおれにもさっぱりわからん。しかし、答えなんかここで見つけたとして、それでどうなる？　どうもならんさ。おれの目にはしっかりとその光景が映っている。鳥は勢いを増して、羽をまっすぐ横に伸ばした。風はすっかり消えてなくなっていた。落ちる気配もない。分解されているおれは沈黙の中、子供の横にいた。誰が出てくるのかわからない。そのときには恐怖心なんてものはきれいさっぱりとなくなっていて、つい踊ってしまいそうになっていたくらいだ。そこが胃の中だったか、小腸だったかわからない。

どっちでもいい。恐ろしいもんだ。おれらはすぐに区別するからな。しかし、本当はそこに違いはない。どれもみな、動いているものだ。動いているだけだ。動いているから役目を与えられているだけで、お前だってご飯食べたり、寝たり、泣いたりするだろう。子供だって、そうやって泣いていただけなんだ。お前は子供だった。お前はなんのことやらわからんだろうが、いま、おれは目の前に浮かんでいるものを、つまり、おれがいま経験していることを話している。だから、黙って聞いていればいい。質問なんかしなくていい。質問なんか一つも浮かばんだろう。疑問がないんだ。かといってそれはすべて正しいわけでもない。ただの時間だ。そこに流れていると感じたときに、現れる一つの絵だ。絵といっても、誰かが描いた絵じゃない。絵は描くものじゃない。絵は、そこに現れるんだ。そこに現れたときに見たもの。それが絵だ。いま、お前が思っている絵だ。おれは今、分解されつつ運ばれている。その景色。おれは蜘蛛だった。蜘蛛だったおれは、人間らしき形をしたものたちが水浴びしている姿を見ていた。あいつらはおれやお前とはまるで違う形をしている。あいつらは肉を持っていない。それなのに透明ではなかった。半透明でもない。ちゃんとおれにはあいつらが見えているし、なんなら触ることだってできるはずだ。おれはいま、お前の前に立っている。しかし、おれは無数の視線を持っているからな。もっと言うと、おれはその人間らしき形をしたやつらの視線すら持っていた。いま、お前を見ているのは、その水浴びしているおれかもしれない。おれはいま、そう言った。そう感じていないのにそう言った。つまり、おれの中に今いろんなやつらが入り込んでいる。しかし、それはおれが不純物だらけのどうしようもないやつだからってわけじゃない。お前にだって起きるさ。鳥はまだ飛んでいた。蜘蛛のおれは飛ぼうかどうか迷っていた。水浴びしているおれは六つの手を持っていた。おれらは何人もいた。手を持たないやつもいたし、足を余計に持っているやつだっていた。笑っているやつばかりかと思ったら、そうでもないやつが一人交じってた。それぞれの家で暮らしていた。家といっても簡単なつくりだ。ただ屋根がついているだけの吹きっさらしのものもあった。ところがやつらときたら、それでも全然平気そうな顔をして水浴びを続けている。溶けるやつまでいた。溶けてそのまま水面に漂いはじめた。おれは死んだんじゃないかって思って、目を覆った。飛ぶのはそれくらい怖かった。鳥は、蜘蛛のおれを無視しなかった。あいつはずっと森を見ていたと思っていたんだがな。違ってた。おれはみんなに見られていた。そして、おれはいろんなものを見ていた。しかも、今もまだ見ている。おれはその様子をどのように伝えたらいいのか、お前にわかるように説明しているつもりだ。だから、それは少し後の光景だとお前は思うのかもしれない。声だって、この空気を漂って、お前のところに届くわけだからな。時間差がある。しかし、時間差はなかったことにしてもいいんだ。お前はいま、おれの言葉を聞いているが、その前からわかっていたはずだし、おれもお前の知らないことを伝えてるわけじゃない。おれは、自分の経験してきたことをお前に話しているように見せているが、これはただの演技だ。おれは舞台にのぼっているだけだ。本当はお前だって蜘蛛なんだ。藻屑かもしれない。魚かも。お前は魚だったのか。お前はおれの一番の仲間を平気な顔して食いちぎった魚か。そうだった。お前はあいつだ。魚だということは、お前はおれの仲間じゃないか。おい、お前の話を聞かせてくれ。おれにもお前の分解された世界の話を聞かせてくれよ。いまもそこにいるんだろ、お前も。おれはずっと遠くに飛ばされていた。鳥は飛んでいる。風は水面を揺らした。そうだ。お前の番だ。今度はお前の経験を聞かせてくれ。だから、おれはいま口を開けたんだ。人間らしき形をしたやつらがお前に近づいている。つまり、それはおれだ。おれがお前に近づいているだけだ。どーん、どーんと太鼓が鳴ってるぞ。太鼓の音は近い。あいつらは船もないのに、どうやってここまでやってきたのか不思議でならんよ。羽もないっていうのに。おれはお前と会うために、ここまでやってきた。壇上の足はお前の足だった。お前は血を流したりしなかった。お前はただ足を置いていった。そうだろ。それはわかっていた。だから、おれは泣きもしなかった。泣いたのは内臓の中のあいつだけだ。あいつただ一人だ。おれはもっと近づいている。足なら三本ある。手は六つ。頭はどこにもない。おれの頭はどこだ。お前はもしかして、おれの頭なのか。教えてくれ。いま、教えてくれ。時間なんか探したって、どこにもないぞ。おれは逃げも隠れもしない。ただいろんなものになりかわっているだけだ。お前だってそうだろ。あのとき、おれはお前を失ったと思った。おれはお前が死んだと思ったんだ。しかし、そうじゃないってわかった。そうじゃないって言ってくれ。おれは無数の蜘蛛の目を持っていた。尻のあいつもおれだ。そうだ。だから、あの視線はおれだったんだ。おれはしっかりとお前を見ていた。人間らしき形をしたお前は手を六つ持っていた。お前はいくつもの形に分かれていた。おれは窓の先を見ていた。鳥が一羽通り過ぎていった。おれの家は小さな家だった。誰もいなかった。なんで、あのとき誰もいなかったんだ。親はどこに行った。他の家族は？　おれは自分の家で飼っていた犬までいなくなっていたから驚いた。一体、そんなことあるか？　あいつらはどこか旅行にでも行ったのか。鳥しか見ていなかったおれはそんなことを考えていた。鳥はいつも同じ時間、おれの前を通り過ぎていった。だから、おれは外に出て行った。そこで出会ったんだ。おれは自分が忘れていたことに気づいたよ。いま。おれはこの酒場でただ酒を飲んでいるだけさ。ここにはいろんな人間たちが集まっている。お前が昨日まで何をしていたかなんかおれは聞かない。おれが気になっているのは、おれとお前の間にもう一人、誰かの気配がすることだ。あいつ、なんて言葉じゃ呼んじゃいけない気がする。おれはその人間に対してある感情を持っている。お前もそうか？　おれには見える。お前にも見えるだろ。ほら、普通の顔して、まわりの人間と挨拶なんかしている。あいつは別に幽霊でもなんでもない。人間の形をしているだけだ。どーん、どーんってさっきからうるさいな。太鼓の音か。おれは蜘蛛だった。おれは鳥だった。おれは内臓だった。あれはお前の内臓だったのか。つまり、お前は鳥だったのか。いま、起きていること。それがおれが話していることだ。おれには、昔のことなんか何ひとつわからない。おれはただ目に見えていることを、お前に話しているだけだ。だから、お前も言ってみればいい。お前に起きていることを。そのまま、従軍記者のようにただ克明に書くだけでいい。意味じゃない。一つ大事なことを言っておく。命は粗末にするなよ。おれはお前が死ぬとは思っていない。おれは死んだと思ってからしばらくたつが、いまも生きていて、お前と酒場にいる。鳥はまだ飛んでいた。森はもう近い。

わたしたちは洪水に流された。わたしたちはばらばらになった。しかし、わたしたちは今、書いている。そのときの情景を書いている。これは語られてきたことなのだろうか。わたしたちの経験ではない。水はわたしたちを等しく飲み込んだ。誰かわたしたちの中で助かったものがいたのだろうか。いつものように痛みは感じなかった。わたしたちは人間を前にして少し鋭敏になりすぎていたのかもしれない。わたしたちは嘘をついていた。洪水の中わたしたちは飲み込まれながら書いている。わたしたちは今も流されている。人間はまだそこにいた。わたしたちは濡れていた。しかし、わたしたちはまた忘れてしまった。人間は呆然としていた。あのとき、わたしたちは人間の目から落ちる水を見て、喜びを感じた。あれが涙というものか。人間は確かに泣いていた。しかし、それはわたしたちの知らない感情だった。わたしたちが感情だと思っていたものは、一体なんだったのだろうか。人間を羨ましく思った。彼らが文字を持つからだろうか。声を持つからだろうか。鳴き声と声は違うのか。わたしたちは違うと感じた。しかし、トカゲは違いはないと言った。トカゲはなぜそこまで断言できたのだろうか。しかし、わたしたちはトカゲにそれ以上聞くことができなかった。トカゲはいつも大事なときにいなくなる。わたしたちは空気を食べるトカゲと、再会したいと思っていた。その日を静かに待っていた。わたしはどこかへ流されている。人間はなぜ泣いたのか。人間の感覚を知りたいと思った。しかし、声をかけることができない。わたしたちは互いの体を寄せ合い、話をはじめた。わたしたちの声は、人間にどのように聞こえているのか。人間の目にはわたしたちがどのように映っているのか。それを知るためには、人間になるしかないのだろう。馬鹿な真似はやめておけという声がした。誰かがそう言った。旅人の声だったのかもしれない。わたしたちはまだ洪水に流されていた。経験したことがない状況に陥っていた。それでもわたしたちは書いていた。わたしたちには筆記具も必要がなかった。夢の中で書いていると思えばよかった。目の前のことはすぐに忘れるくせに、夢のことはすぐに思い出せた。夢の中で思い出すこともあった。夢の中でわたしたちは砂漠にいることを思い出した。わたしたちは夢を記録するためにいるはずなのに、砂漠の風景が目の前に浮かんできたのだ。水はいまもわたしたちを飲み込んでいる。息もできないほど大きな波がわたしたちを襲った。しかし、わたしたちは書くことができる。人間にはできないだろう。人間はわたしたちをただ俯瞰《ふかん》していた。わたしたちは知っている。人間たちは知らない。洪水に流されているわたしたちのことを知らない。人間はわたしたちのことを想像できるのだろうか。わたしたちに成り代わって感じることができるのだろうか。しかし、それはいつもわたしたちの仕事なのだ。わたしたちはいま書いている。書けばいい。人間に向けてではなく、わたしたちの状態をただ書くのだ。誰にも向けずに書く。向けない。向かない。人間はこちらを向いている。確かに目は向いている。わたしたちもつまりは人間を見ている。それでいい。向けるのは眼差しだけでいい。誰にも声をかける必要はない。声は届く。どこかに届く。しかし、それはどこにも目的地を持たない声でないといけない。わたしたちはそんな声を聞いた。人間の声？　風の音？　駅は洪水で流されてしまっていた。宮殿はもう跡形もなくなっていた。風が吹いた。また平らな世界になった。わたしたちは流されていた。人間から離れていった。しかし、声が届いた。わたしたちはその声を書こうとした。わたしたちは洪水の中でばらばらになっていた。だから、わたしたちはいろんなところで書いている。これまでのわたしたちとは違っていた。わたしたちは交代する必要がなかった。そのまま、思うまま、見えるままに書くだけでいい。図書館はどこへ行ったのか？　わたしたちは探さなくてはいけない。地図はどこだ？　人間がまた声を発した。その声は風に乗ってやってきた。わたしたちは洪水の中だった。地図はどこだ？　わたしたちに言葉は必要がなかった。図書館があれば十分だった。図書館はもともと人間がつくったものだった。しかし、人間は図書館の場所がわかっていなかった。わたしたちは人間を図書館まで連れていこうとしたが、それは無理な話だった。わたしたちはどんどん遠くへ流されていたのだから。しかし、いまもこうして書いている。図書館から離れても書いていた。人間は泣きやんだ。洪水も止まった。しばらく時間が流れた。何度かの食事の時間が過ぎていたはずだ。竈《かまど》の火も消えてしまった。人間は何度かまた町を破壊した。そのとき、遊びの名手が現れた。当然のように、彼らは流されなかった。わたしたちは彼らを同じ砂だとはとても思えない。遊びの名手は風に乗った。翼を持っていた。羽先まで動いている。わたしたちは人間の前に降りていく遊びの名手の後ろ姿を見た。静かに降り立つと、一礼をした彼らは太鼓の音を鳴らした。人間は気づいていた。そこに何か気配があることを。鳥と思ったのかもしれない。しかし、彼らは鳥ではない。風でもない。砂ですらなかった。わたしたちの前で声が聞こえた。聞いたこともない遊びの名手の声だった。それは人間の声だった。

36

おれは戻っていた。太鼓の音が聞こえたからだ。太鼓は人間が鳴らしていた。おれは人間と人間のあいだにいた。おれとおれのあいだにもいた。鳥と蜘蛛のあいだ。目と内臓のあいだ。どこにでもいたわけじゃない。突然現れたわけでもない。この日って決まっていたわけでもなかった。それは突然やってきたんだ。でも、それはおれにとっての突然であって、森はもとから知っていたんだ。おれは自分から迷い込んでいったんだ。なんとなく足を踏み入れたわけじゃないことは確かだ。足は知っていた。太鼓の音はどこかで聞いたことがあった。おれはずっとこの景色を見ていた。内臓ではまだ分解されていて、おれはいろんな形になっていた。そして、あらゆることを思い出した。おれが知らないことも思い出していた。人間たちが集まっていた。おれはそこに向かった。おれの巣の真下で人間たちは輪になっていた。人間たちは、樹木の欠片を使っておれの目を象《かたど》っていた。別にそれは罠ではない。森には駆け引きなんてない。そういう場所じゃないんだ。おれはいろんなものになっていたから、別に鳥の目がそれを発見したからといって、すぐそこに向かったわけじゃない。それまでにもいろんな過程があった。起きたことをすべてここで語るのは難しい。それはおれの仕事じゃない。おれは、ただの鳥の目だ。もちろん内臓では分解され続けていた。内側に針みたいなものが見えた。そのときのおれはまだ目ですらなかったんだ。針はただひたすら細く、鋭くなっていった。おれはまだ何も見ることができない。それなのにその光景を感じることはできた。だから口にしようとしていた。そのときはまだ口すらない。それでもおれは何か声に出そうとしていた。飛んでいたはずの鳥はどこへ行った？　あいつは巣に戻ったのか？　おれは置いてけぼりにされていた。太鼓の音はどんどん大きくなっていたのに、おれはどこにもいなかった。針は少しずつこちらに近づいてくる。お前は針に内側から刺されたことがあるか？　お前はただ知らないだけで、誰にでも同じように針は内側からやってくる。目で見られるようになるためには誰でもその過程が必要なんだ。目はいつもあるわけじゃない。内側の針を感じたときに目を持つことができる。いま、まさにその瞬間ってわけさ。人間たちは円を描いて座りこんでいたかと思うと、体を揺らしながら一人、また一人と膝を立て、いつのまにか両足で地面を強く踏みはじめた。おれは胃袋の中にいた。胃袋は微動だにしない。おかしいなとは思ったが、道は先まで続いていた。舗装されてもいないし、雑草がそこらじゅうに生えている。それなのに、おれには道が見えていた。獣道もなかった。それなのに、おれはまっすぐ歩くことができた。飛んでいたんじゃない。ただ歩いていたんだ。足でな。目じゃない。おれにはまだ目がなかった。足は誰かのものだった。おれの足じゃない。足なんておれは見たことがない。おれはどんどん小さくなっていた。ところが、分解されたおれはどんどん大きくなっている。そいつらが次々とおれに物語を語りはじめた。ざらざらとしていた。手につかんで確かめたりもしてるやつもいた。おれは何もしていない。おれはただ語り部の声を感じていた。とうとう針はおれの真裏にまで到達していた。別に恐ろしくもなんともなかった。好きにしてくれ。いま、おれはそう思っている。体は溶けきっていた。お前の目におれがどう映っているかなんて知らない。お前の言葉はどんなに大きな声でも、おれには聞こえていないだろう。さっきから何も聞こえないんだ。聞こえるのは太鼓の音だけ。耳を刺激してくるんだ。とっさにおれは身を投げ出した。そして力を抜くと、ただ横たわった。おれはいま、草の上に寝ている。根っこは地面から突き出ていた。蟻が歩いていた。蟻は大きかった。一体、おれはどれくらい小さくなっているのか。分解されるのは恐ろしいことなんだ。男が一人立っていた。おれはそいつに声をかけた。無駄なのはわかっていた。ところが男はおれのところに近づいてきた。いつのまにかおれの体に触れていた。おれはそう感じた。男が声をかけたような気がした。聞いたことがない言葉で話している。男はしっかりとおれのほうを見ていた。おれは男に聞きたいことがあった。ところが男にはおれの声が届かない。男は分解された他のおれにも話しかけていた。あいつらは聞こえているのか？　突然、針はおれを刺した。水風船でも割るようにぷつんと刺された。おれはニキビをつぶしたときの汁みたいに膜から漏れ出た。液体は原爆みたいに大きく膨らんだ。お前まで覆ってしまった。それくらい大きかった。きのこ雲みたいなおれはどんどん大きくなっていた。透明だった。だから、お前の姿も見えている。おれは、いま見えている。おれは鳥の目だった。釘のおかげでおれは目になった。いろんなことが同時に起きていた。お前、押すなよ。押すと割れてしまいそうだ。「慎重に扱え」と男が言った。男の声は相変わらず聞こえていた。何一つわかる言葉は聞こえてこなかった。おれはもう聞き返すのをやめた。お前にも聞こえたら、教えてくれ。おれの言葉は届いてるか？　おれの目はどこまで大きくなるんだ？　お前だけでなく、この酒場だって包み込んでしまった。おれが大きくなればなるほど内臓の管も広がっているんだろう。子供はまだずっとこちらを見ている。茂みに羽が当たる音がした。おれは戻ってきたんだ。人間たちが集まっていた。途端におれは重みを感じた。あの男もいた。雨が降っていた。葉っぱから露が落ちてきた。男にも水がかかった。外套を着ていた男は脱いで、その水を浴びながら上を見た。空は晴天だった。内臓の管は真っ白になっていた。おれは枝の上に止まり、人間たちを上から覗き込んだ。おれは鳥の目だった。いま、お前にはおれが人間に見えるんだろ？　これは変な質問か？　そうでもない。おれは自分の意志でこうなったわけじゃない。おれはただ分解されたんだ。それでも息はしている。人間たちはどいつもふらふらしたまま目をつむっていた。おれはどんどん膨張していた。どうやら太鼓の音は人間が鳴らしているんじゃなかった。人間が取り囲んでいる大きな木から聞こえていた。中が空洞になっているのかもしれない。おれはその木の枝で休んでいた。おれは葉っぱの上に溜まっていた水を一気に飲んだ。喉が渇いていた。酒を飲んだみたいに酔っ払った。音を立てて内臓に水が勢いよく流れ込んできた。逃げ道なんかない。水はおれのところにまでやってきた。枝の上のおれは穏やかな木漏れ日を感じているってのに、内臓では大惨事が起きていた。人間たちはただぼうっとこちらを向いてた。目を閉じたまま。指をこちらにさしているやつもいた。人間ってのは変だな。鳥の目のおれはそう思った。おれの目にはお前も映っている。音が聞こえないか？　怖がる必要はない。洪水だろうが、なんだろうが、みんな経験することだ。経験したことがないやつなんて、この世にはいない。ほら、耳をすませてみろ。目は開けたままでいい。おれを見てればいい。おれには目はないんだ。鳥の目になればいい。人間は目を閉じたままだ。一緒に飲み込まれてみればいい。そうすればわかる。内臓のおれはわかった。太鼓の音が大きくなった。そろそろくるぞ。水がくるぞ。おれは見ていた。分解されたおれはお前でもあり、あそこで眠ったまま立っている人間たちの指差した先にいる鳥の目でもある。地鳴りまで聞こえた。地中にもいるぞ。鯨みたいなやつがいる。力を抜けばいいんだ。それでそのまま流されるんだ。揺らされるままに揺れればいい。飲み込まれてみろ。どこへ行くのか考えたって無駄だ。どこかへは行くさ。どうせおれとお前はまた会うし、おれはまた見るんだ。おれにはそれがわかった。枝の上がおれの家だった。おれはただ家に帰ってきただけなんだ。

37

わたしは、真っ白い壁で囲まれた部屋の中にいた。見覚えがあると感じたが、わたしは自分の記憶を疑っていた。何度もそれで苦しめられたことがあるからだ。鍵はかかっていなかった。どこかから音が聞こえた。とっさにわたしは耳を触った。両耳ともちゃんとそこにあった。からだのどこかに痛みがあるわけでもなかった。わたしは、耳をすました。部屋の向こうから聞こえているのか、部屋の中で聞こえているのか。すぐにドアを開けて確認すればよかったのだが、わたしはただ布団に潜ったまま出ようとしなかった。避難所でもあれば、わたしはすぐに身を潜めただろう。布団の中で念じても、変化は起きなかった。聞き慣れた人間の声だった。家族の声かもしれない。すぐに出て行けばよかったのだ。その声はすぐに聞こえなくなってしまった。人の気配はなかった。しかし、不思議なことに孤独を感じることもなかった。布団は知らない匂いがする。誰か別の人間の匂いなのか？　獣の匂いかもしれない。毛みたいなものがそこらじゅうに落ちていた。わたしは身を守る必要を感じた。誰かが助けてくれたのかもしれない。洗面器が置いてあった。タオルが湿っている。タオルには見たことのない花柄が描かれていた。音がまた鳴った。わたしは監視されているのかもしれない。枕元に日記帳が置いてある。しかし、日記に書いている文章を読んでも、思い出せないことばかりだった。わたしは十八歳のときから日記をつけていた。日記といっても、その日に起きた出来事は一つも書いていない。そこに書かれていたのは、いくつかのメモであった。断片的な情報だった。いくつか読み上げてみたのだが、さっぱり理解できなかった。メモは仕事に関する調べ物のようだったが、わたしはまるで仕事をしていなかった。ただ部屋に閉じこもっていた。誰一人わたしに声をかける者はいなかった。そうなってから随分、時間がたっていたはずだ。わたしは無視されていた。兄弟が何人いたのかすらもはや忘れてしまっていた。そもそも人の声を最後に聞いたのはいつのことだったか？　もう誰とも会わないと一人で思い立ち、わたしはこの部屋に閉じこもっていたはずだ。わたしがこもっている間、人は気にすることなく、部屋の扉を開け、徘徊したり、探し物をしたり、人を待たせたりしていた。迷惑きわまりない。まるでわたしがいないような扱いだった。コンクリートブロックがいくつか転がっていたこともあった。わたしは仕方なく、それらを部屋の隅に並べ、本棚にした。わたしは時折舞い込んでくる、面倒なことを、さまざまな工夫で乗り越えた。大したものだと思っている。文句一つ言わなかった。もちろん文句を言える立場ではなかった。食事は、勝手に冷蔵庫の中のものを盗《ぬす》っ人《と》のように食べた。開封していないものには手をつけなかった。それはご法度《はつと》だと認識していた。誰もわたしにお金を請求するものはいなかった。しかし、次第に冷蔵庫の中は貧相になっていった。卵が一つだけという日もあった。そんなときは卵焼きをつくり、半分だけ食べ、残りはまた冷蔵庫にしまった。それくらいの良心はまだわたしにだってあった。どれだけ貧しくても、腹が減っていても、わたしには節度があった。しかし、誰も信用していなかった。時々、警告文のような赤い張り紙が冷蔵庫や台所の壁に貼られた。まるで、泥棒にでも書いているような厳しい警告文だった。わたし以外にも生き物が暮らしているのかもしれない。予想通り、数日後、わたしはある生き物と遭遇した。なさけない顔をした、毛むくじゃらの野生動物だった。生き物はわたしのところに近寄ってくると、冷蔵庫のほうを指さした。人間の世界を理解しているようだ。生き物は「誰にも見られていないから、問題はない」と言った。あまりにも毅然としているので、わたしは自分のほうが余所者《よそもの》のような気がした。その生き物は、よく部屋の外から中を覗いていたらしい。わたしも部屋から見かけたことがある。わたしはずっと昔から知っていた。害もないので、植物と同じようなものだと思っていた。わたしはその生き物を記録に残そうと日記を書きはじめたのだ。日記は何度か形を変えながらも、四十冊を超えていた。

枕元にあった日記帳は四十二巻と書いてあった。それは確かにわたしの文字だった。しかし、部屋の記憶がないためにいまだにわたしは不安だった。本当にこれはわたしの日記なのか。鏡文字で書かれている日記もあった。わたしは自分をまだ疑っていた。覗かれることを恐れていた。誰が監視しているのかわからないが、わたしは防衛策を練っていた。生き物は部屋の中にもときどき顔を出すようになった。さっきの音はその生き物の鳴き声なのかもしれない。簡単な作業を行うことすら難しくなっていた。部屋はそんなに広い空間ではない。それでも、わたしはできるだけ工夫を凝らした。あまりにもいろんな仕掛けを張り巡らせたばっかりに、今では自分でも抜け出し方がわからなくなってしまった。だからこそ、わたしは布団の中にいたのだ。生き物も横で眠りこけていた。よだれを垂らしていた。そもそも、部屋にこもるようになったのは、こいつのせいなのだ。ところが、わたしはこの生き物のことを心配してもいた。食事を与えても、感謝の言葉なんか一度も聞いたことがなかったのに。いつか返礼が来るのではないかと期待していたのかもしれない。日記第十三巻の五十六頁にはそう書いてあった。いまはそんなこと微塵も感じない。しかし、それもまたわたしだった。筆跡は違うけれども、日記の中のわたしはすべて自分なのだ。生き物はいつも同じ顔をしていた。成長をしていないように見えたが、いまではわたしよりも部屋のことを知っていた。わたしは布団までしか到達することができないのに、あいつはいつも昔の日記をくわえて出てきた。また声が聞こえてきた。わたしを呼び止めているのだろう。振り向くと、知らん顔をしている生き物が壁をひっかいている。きっとこれもわたしの仕業だと思われてしまうのだろう。弁解しようがない。それもこれも自分のせいだ。わたしがあまりにも恐れすぎたために、仕掛けを複雑にしてしまったのだ。仕掛けは罠になっているところもあり、むやみに手を出すと怪我をしてしまう。それにも懲りていたわたしは布団から動かなくなっていた。だからわたしの部屋だと思えないのだろう。わたしはタオルで額の汗をふいた。部屋は暑かった。窓を開けたかった。生き物とはまるで言葉が通じなかった。それなのに、わたしはこいつの言っていることがわかった。仕掛けをつくり続けているのは、生き物から自分を守るためだった。しかし、それなのに、今わたしは部屋の中で迷っていた。いつのまにか生き物の姿を見ることができなくなっていた。わたしはまだ布団の中にいた。日光が部屋に差し込んでいる。生き物は昼寝しているのだろうか。物音一つしない。布団をめくることすら困難になっていた。仕掛けの鍵を開けるまで長い時間がかかった。ついにわたしは部屋を脱出した。居間へ向かった。生き物はそこにはいなかった。生き物の声が部屋から聞こえてきた。あいつのためにわたしは仕掛けをつくっていたのかもしれない。つくらされていたのだ。部屋には二度と入ることができなくなってしまった。家と部屋のあいだにわたしは閉じ込められたのだ。わたしはいろんなことを思い出そうとしたが、どれ一つとして、わたしの記憶ではなかった。日記にはすべてが記録されている。しかし、もう読み返すことはできない。まったく困ったものだ。わたしの知らないことばかりが溢れている。町は静かだった。家の中も静かだ。生き物の鳴き声が聞こえた。わたし以外、人間は一人もいなかった。

38

わたしの話を誰も聞いてくれません。わたしにできることといえば、唯一、模倣することです。わたしは一度聞いたら、それがたとえどんな言葉でもすぐに覚えることができるんです。読み書きはできません。すぐにあの人も出てくるし、あの人はむちゃくちゃにしてしまうんです。わたしがうまくいっているときでも、すぐにあいつが出てきて、むちゃくちゃにしてしまうんです。わたしには好きな人がいました。でも、その人のことを好きになりすぎて、気づいたらその人になってしまってました。体型も、仕草も、口癖も、声の高さも全部模倣してしまって。その人自身になってしまうんです。わたしは女です。だけど、気づいたら、男になっていたんです。あまりにも似すぎてしまって、女の人から声をかけられるようになってしまいました。わたしは別に女の人が好きなわけではないんです。こんな声をしているからか、女の人からよく誘われてしまいます。それでもそのときだけはなんとなく救われている気がするので、つい付いて行ってしまうんです。わたしは完全に男になっていました。あの人に。わたしはあの人が好きなだけなのに。これは病気なんですか？　ただ真似するのが好きなだけなんです。九官鳥です。わたしはただの九官鳥なんです。それ以外になんの意味もないんです。使い物にならないんです。誰かになりたいんです。意味もわからないのに、違う国の言葉をただしゃべることができて、しかもそれは誰かの声なんです。しかも、わたしは女ですが、男でいるほうが楽です。わたしが人を好きになることは、他の人の好きという感情と違うんですかね。それでもいいのかわかりません。ただ好きなだけなんです。だからその人になってしまう。そういうことってにすぐ入るんですか。あいつはそれをいいことに、いろんな女を誘っては、それでホテルとか理解できますか。あいつはそれをいいことに、いろんな女を誘っては、それでホテルとかにすぐ入るんです。わたしは自分でいることに疲れました。もうこの繰り返しに疲れました。聞いてほしいんです。でも気をつけてください。あなたもきっと操られると思います。あいつから。もしかしたら、わたしはいまあなたを模倣しているのかもしれません。わたしはあなたが話している言葉を、ただ繰り返しているだけです。あなたのことが好きなのかもしれません。でも、心配しないでください。別にあなたと一緒にいたいと言っているわけではありません。そんなことありえないことだということをもうすでに知っているから問題ないです。それでも真似することをやめることはできないんです。離れたほうがいいと思います。わたしはただあなたの真似をしているだけです。あなたの声はすべてわたしの頭の中にあります。わたしはその声を毎日、夜、口にするだけでぐっすり眠れるのです。だから、これはすべてあなたの言葉です。不思議かもしれないけど、わたしはあなたです。だから、好きを超えているのかもしれません。わたしはあなたよりもあなたです。この言葉もすべてあなたが発したことですから。どこからあなたで、どこからわたしである、という区別がないんです。あなたはときどき、歌をうたいます。その歌がわたしは好きで、いまはわたしの歌のようにうたえます。そして、わたしはあなたと合体するんです。でも、わたしは女です。間違いないです。わたしはあなたが女だということを知っています。でも、わたしがあなたになるとき、あなたは女になっているのです。わたしはそう思っています。自分で言っていることを、そのまま九官鳥のように言われたら、気持ち悪いかもしれませんが、わたしはそれしかできないし、これはあなたの言葉なんです。あなたはあいつに嫌われるかもしれません。それはわたしにはわかりません。それでもあなたはいつも声を聞いてくれるから、わたしは真似することをやめません。でも、本当はただ好きなだけなんです。わたしはあなたのことが好きなのかもしれません。わたしは姿を消してます。いまはどこにもいません。わたしを探さないでください。わたしは声だけで、あなたの真似をしたいんです。これは真似ですらないんです。これはあなたですから。あなたはなぜわたしの真似をするんですか？　それがわたしには理解できません。あなたのことは知ってます。会ったことはないと思います。あなたの意味での会ったことはないと思います。でも、わたしはあなたになってますので、実は他の人があなたに会ったことはあるかもしれません。誰もわたしと会っているとは思わないはずです。あなたと会っているとわかっているはずです。あいつさえ出てこなければいいんですが。あいつはそれを壊すんです。あなたになることを妨げるんです。あなたはそれを嬉しいと思うかもしれませんが、わたしはいま、そのことに困っているんです。

39

忘れていたのは時間のことだった。わたしたちは地図をつくるときになってはじめてそのことに気づいた。誰かが夢から戻ってきたときに言ったわけでもなかった。地図をつくろうとしたとき、わたしたちは時間が流れていくのを見た。風が吹いていた。風はいつもとは違う形だった。形が見えたことは珍しかった。記録にはそう書いてある。わたしたちはこれが自ら経験したことではないと知っていた。本にはいろんな風の形が描かれていた。もちろん文字で。わたしたちは絵を持たない。色も持たない。光は感じられたが、色のことはまだ知らなかった。それでも問題はなかった。だから、誰も疑問を感じなかった。しかし、わたしたちはときどき、振り返るようになっていた。何か悪いことをしているような、不安な感情がわたしたちを襲った。そんなこともはじめてだった。それなのに、わたしたちはそれが何かと問われても、答えられない。人間はまだそこにいた。夢から覚めても、目を開けても、人間がいた。人間は戦ったあとのような格好をしている。まだ戦っているのかもしれない。武器を持っていた。しかし、わたしたちにはそもそもどれが武器で、どれが体の一部なのか見分けがつかなかった。わたしたちはときどき嘘をつくようになっていた。本当のことには印《しる》しをつけておいた。そうしないと、どこまでがわたしたちで、どこからが人間の言った言葉なのか区別できなくなっていたからだ。地図づくりは困難を極めた。感覚が違うのだから、人間にいくらわたしたちの方角を指し示したとしても、彼らは首をかしげるだけだった。人間はいつのまにか集団になっていた。わたしたちは一人の人間と向かい合っている。彼は丸腰のままだった。しかし、彼の背後には武器を持った人間たちがわたしたちを取り囲んでいた。「馬鹿げたことをするもんだ」と誰かが言った。その声は人間のものではなかった。わたしたちは人間の言葉をいまだに理解できないでいた。それは砂の声だった。しかし、わたしたちは輪郭線が交じり合うほど集まっていたので、一体、どこまでがわたしたちで、どこからが違う町の砂だったのかわからなくなっていた。手掛かりは駅だけだった。わたしたちはいつも風頼みだった。風だけがわたしたちを動かす。わたしたち自身に体を動かす感覚はなかった。確かに、わたしたちは地図をつくろうとしていた。夢のときのように、それぞれ役目を分担することにした。そうでもしないと、地図づくりはいつまでたっても終わらない。地図づくりの参考になる資料を探しに、わたしたちは図書館へと戻った。図書館の扉は完全に崩れてしまっていた。人間の記憶が薄れはじめているのかもしれない。確かなことはなにもない。わたしたちはただ想像することしかできなかった。わたしたちと人間のあいだにはそれくらい隔たりがあった。図書館へ戻ったあと、わたしたちはまず掃除をはじめた。掃除といっても、すべて砂である。わたしたちは自分たちを整理することにしたのだ。しかし、どうやって？　自分を整理することなどできるのか。とりあえずわたしたちは、箒《ほうき》などは使わずに素手で取り組んだ。長い時間がかかったが、わたしたちは次々と忘れていくのでそれでもよかった。しかし、整理したとたんにわたしたちは退屈してしまった。いままでの図書館とはまるで違って見えたからだ。わたしたちは身を寄せ合って、これからどうするかを話し合った。落ち着かず、自由に振る舞いだしたものたちもあらわれた。彼らは何かを探していた。整理なんてことには目もくれず、ただひたすら好奇心の赴くままに引き出しを引っ張り出しては何かを探す素振りをしている。しかし、見つけようとしているようには思えなかった。誰もがそんな疑問を持ったが、口にはしなかった。体が重くなり、眠くなってきた。すでに森の夢に行ったものもいた。夢への通路はまだ崩れていないようだ。人間の地図には方角は示されていなかった。描かれていたのは、一本の大きな樹木と交差した道だけだった。わたしたちはまずはその道を歩いていった。地図は何枚も重なっていて、虫があけた穴がそれらをつなぐ階段になっていた。わたしたちは順々に階段を降り、穴から顔を出すとそこからの風景をただ眺めた。からだの一部を引っ張られたような気がしたので、わたしたちは一斉に後ろを見た。しかしそこには、真っ白な紙が一枚あるだけだった。がっくりしたわたしたちがうつむくと、下にまだ何層も地図が重なっている。穴はどこまでも深かった。見たこともない生き物がいるような気配が漂っていた。爪の痕も無数にあった。わたしたちはもっと下まで潜ってみることにした。古地図がいくつも重なっていた。見知らぬ町の地図もあった。階段の踊り場では食事が用意されていたので、腹が減ったくらいで戻ることは許されなかった。引き下がれなくなったわたしたちは松明《たいまつ》を持ち、さらに入り込んでいった。虫の歯型が穴の形をそのままつくりあげている。地図は激しく劣化していた。長い時間が経過しているのだろう。穴を模写するものたちは踊り場に残った。昼なのか夜なのかわからなくなっていた。強い風が底から吹いていたが、松明の火は消えることがなかった。その熱のおかげで寒いと不満を漏らすものすらいなかった。わたしたちは森の夢の中で、この穴の存在を知っていた。わたしたちは底に到着すると、実測した数字をもとに地図づくりに取り掛かった。森の夢の記録が、重要な手助けになったのは言うまでもない。わたしたちは夢の解読をするように、地図づくりを試みた。この地図は人間たちにとって深い眠りを誘う道具なのかもしれない。わたしたちの地図は人間の夢をつくりだすことに似ていた。違う生き物の地図は、わたしたちの夢であり、森の夢は、人間にとっての地図だった。だからこそわたしたちは森の夢をどこまでも探索していたのだ。森の夢に向かう道はいつも違っていた。そのため、わたしたちはいくつか目印をつくりあげなくてはいけなかった。わたしたちは、風に身を任せることをやめた。むしろ風のように振る舞うことにした。記録にはそう記してある。地図の中で挟まれたまま、過ごしているものもいた。今となっては誰もが忘れてしまっていた。その穴の場所は人間にもわからない。わたしたちと人間は力を合わせるべきだったのだ。しかし、わたしたちは自ら地図をつくり、人間に提供した。わたしたちは地上に出るとすぐ人間の前で地図を広げた。しかしこの地図は、わたしたちにしか読むことができなかった。それでも人間は地図を求めた。わたしたちは森にたどり着く道をつくりだした。人間は地図を手にとり、まじまじと眺めている。わたしたちは迂闊《うかつ》だった。森の夢に人間が入ってくる可能性を一度も考えたことがなかったのだ。わたしたちの地図は人間にとっても何かを示しているようだった。わたしたちは驚きながらも、だからといって何か手を打つこともしなかった。人間は「時間だ」と声をあげた。彼らの時間とは、わたしたちが忘れてしまったものすべてであった。わたしたちは無数の人間に踏まれはじめた。人間は太陽に向かって感謝の言葉を告げた。人間が地図の穴を見つけたのはそれからしばらくたってのことだ。その間にもわたしたちは何度も入れ替わった。わたしたちはいま記録を読み返している。しかし、これは人間の夢の中なのかもしれない。みな立ち上がって食事の準備をしていたが、実測していた集団はまだ穴の中に閉じ込められたままだった。わたしたちは地図をつくるべきではなかったのだ。足を持つ人間はわたしたちとは違い、その足で地図の上を歩きはじめた。地図は獲得するための道具になった。目的をもちはじめた。見えたものを映し出すための幕ではなくなったのだ。わたしたちは森の夢までの道のりをできるだけ詳細に、間違いのないように計測した。人間の涙がそれを促したのだ。しかし、わたしたちは人間と対話することができなかった。わたしたちの声は完全に無視された。整列した人間たちが順々に穴の中に入り込んでいく。穴は小さいものだったが、彼らは道具を使って、少しずつ拡げていった。わたしたちはどうにか止めようとしたがもう遅かった。わたしたちはまた図書館に閉じこもるようになった。いまもこもっている。音だけが聞こえてきた。人間の動く音が。声もかけあっていた。急かせるような声が聞こえた。怒号も聞こえた。砂漠は少しずつ縮んでいるように見えた。人間たちは地図をいくつも印刷し、各々に分け与えた。同時にいくつもの穴を掘り起こしていた。わたしたちの声は人間が掘り起こす道具の音に消されていった。わたしたちは体がない。わたしたちはいまも砂のままだ。人間たち一人一人と対話する必要があった。そのとき、横になっていたものたちが無言のまま立ち上がった。彼らは粉砕された宮殿のあとへと歩いていき、振り返るとわたしたちのほうを見た。人間たちの影が右から左に透けて見えた。「わたしたちも森へ行くべきだ」と彼らは言った。わたしたちは黙り込んでしまった。寝ていたものたちはずっと横になっていたので、死んだも同然だと勘違いしていたのだ。しかし、彼らは確かに寝てはいたが、時間のことを忘れてはいなかった。わたしたちが感じることができない時間を、彼らは森の夢の中でずっと感じていた。水だって、元は彼らが持ち帰ってきたものだ。わたしたちは目が覚めたように、彼らのほうを見た。

駅もすでに破壊され、人間はそこに宿舎を建てていた。何もないはずのところに、目に見えるものが建ちはじめた。わたしたちは目に見えるものがつくりだす影によって、少しずつ存在が薄らいでいた。体の先端がしびれている。指先は半透明になっていた。急いで手を打たなければならなかった。寝ていたものたちは、それでも焦りを見せることはなかった。彼らは「横になれ」と言った。遊びの名手が現れた。彼らもまた寝ていた。そして、生きていた。わたしたちは遊びの名手に誘われて向かった小道を記録していた。わたしたちはその日のことを暗唱した。わたしたちは記憶をしていないが、歌うことができた。まるで楽譜のように、わたしたちの体にはいろんな文字が刻印されていた。遊びの名手はそれを奏でた。どこかで聞いたことがある音だった。それは水の音だった。葉がこすれ合う音だった。目をつむったまま、顔をきょろきょろしていると、遊びの名手が手招きした。彼らは場所を知っていた。わたしたちはいくつも壁にぶつかったが、それでもどうにか穴へと続く扉を開けることができた。扉は閉じられ、鍵がかかっていた。崩れ落ちている扉もあった。しかも、それらすべてが砂だった。それはわたしたち自身だった。人間たちはなおも穴を拡張していた。「つながりました！」どこかで声があがった。号令が聞こえる。そのとき、わたしたちは目を閉じた。そこは真っ暗闇ではなかった。先を見ると、道が続いていた。森の夢にたどり着くまで長い道のりだった。記録と違う事実にわたしたちは驚いた。夢を見なくなってからしばらくたっていたせいかもしれない。わたしたちはすっかり道を忘れていた。それを教えてくれたのは時間だ。寝ていたものたちが時間を忘れなかったからだ。わたしたちは森の夢にたどりついた。まだ何一つ手はつけられていなかった。

ただそこに佇んでいた。人間たちはまだ出口を見つけ出すことができていなかった。混乱した声が、わたしたちの耳や頭の中で響いている。わたしたちには壁もなく、音もなく、夢と砂漠の隔たりもない。時間はそう教えてくれた。時間が眠りをつくりだしていた。寝ているときだけ時間が動いた。時間は起きているわたしたちの中では忘れ去られていた。時間は寝ているわたしたちに作用した。時間の中では、宮殿も駅も水浴び場も傷一つなくそのままの姿であった。何一つ壊されていなかった。わたしたちは起きているあいだ、知らぬうちに人間の目で見ていたのだ。わたしたちは忘れていた。時間は移動することなく、わたしたちの目の前を空気のように漂い続けている。森に入ると、自分たちが過ごしてきた日々を思い出した。時間がそこらじゅうに漂っている。蝶が飛んでいた。ミツバチもいた。時間も虫たちと同じように飛んでいた。階段は崩れている。人間の叫び声が聞こえた。「梯子《はしご》!」と声をあげるものがいた。人間の声だ。長い梯子がかかった。わたしたちはなにもせずただ黙って、上空から降りてくる人間の足を見ていた。蝶が視界を横切った。森の中にいた。わたしたちは思い出した。そして書きはじめた。森の夢を見えるままに書きはじめた。消される前に、時間を書き出した。わたしたちはばらばらに飛び散っていった。いまなら風とも話せるかもしれない。声を出した。出そうとした。音は出たのだろうか。わたしたちにはわからなかったが、風は合図を鳴らし、いろんな景色を見せてくれた。ここは砂漠だ。もともと森だった。ここでは時間が生きていた。時間はわたしたちが忘れないための最後の手段だった。

40

おれは家に戻っていた。家とは知らずに戻っていた。大きな森だった。おれは鳥だったことをすっかり忘れていた。いまもおれは鳥だ。鳥の目だ。鳥と鳥の目はずいぶん違う。おれは自分でどこかへ行くことはできない。そこにあるものをすべて見ることはできる。それが一体何を意味しているのかを判断するのは、おれの担当じゃない。おれに仲間はいなかった。おれは一人だった。同居人はいたが、口をきいたことはなかった。誰もおれには話しかけてこなかった。だから、おれはずっと一人だと思っていたし、おそらく一人だったんだ。おれは一人で見てた。できるだけ多くのことを覚えようとした。書き残すことはできない。だから、おれは声を生み出した。目の前の世界をできるだけ細かく見続けると声が生まれた。別に発見したってわけじゃない。退屈だったんだ。はじめはただ見てただけだ。想像してみろ。見えているのにものが言えない状態を。見えているのに聞こえないことだってあった。ところが、おれはそれしか知らないもんだから、困惑もせずそういうもんだとばかり思ってた。ところが、次第に退屈になってきた。それでも、おれはただ鳥に身を任せることしかできなかった。そもそもおれは自分が鳥の目だと自覚するまで何年かかったと思う？　三十年だぞ、三十年。その間、おれはただ見てた。鳥は勝手に移動したり、夢を見てたりしておれを攪乱し続けた。おれはわけもわからず、ただ見てた。そこが自分の家だなんて思いもしなかった。家が何かすらわからないまま、ただそこにいたんだ。おれには家族もいなければ、恋人もいなかった。おれがどこから出てきたのか、おれが自分を意識したのがいつだったのか、それすらわからずにいた。いま考えてもぞっとする。ところが、そのときは平気だった。おれの前では次々と景色が変わり、どんどん世界が広がっていった。覚えようと意識しなくても、そこがもといた場所と違えば、自然とおれは変化していった。点滅するように変化した。食べたりする必要もない。管みたいなものがおれに突き刺さっていて、どうやらおれはそいつのおかげで生きのびているらしい。常に誰かに引っ張られているような感覚だけは気に入らなかったが、それ以外はとくに嫌なこともなかった。しかし、おれの目の前ではいろんな殺戮《さつりく》が起きていた。鳥の殺戮をおれは黙って見続けた。しかも、その鳥のおかげで、おれは栄養を補給し生きのびていた。おれがただの機能の一つにすぎないとわかったのは、思わぬことが発端だった。おれはその日も普段通り見ていた。立ち並ぶ樹木の隙間から、光が差していた。おれは光を浴びた。そのときに「もっと見たい。鮮明に見たい。緻密に確認したい」という欲望が動いた。おれが欲望を感じたのは初めてのことだ。おれは光をあまり取り入れすぎないように注意しながらも、欲望には忠実に覗き込んだ。きれいな女でも見つけたような気分だ。おれに男や女なんて区別はないが、あえて言えばそういうことだ。すると、発光している木々の間から黒い点が見えた。その点は時間がたつにつれ、少しずつ大きくなっていった。おれはもっと見たいと思った。自分が震えているのがわかる。なぜそんなに興味を持ったのか？まだそのときのおれにはわかっていない。そのとき、おれの同居人が突然邪魔をしてきた。しかし、おれは欲望のままに動いていたもんで、同居人の声なんかちっとも聞こえやしない。それでも同居人はおれにやたらと絡んでくる。しまいには管を引っ張りやがった。おれはこらしめることにした。しかし、そいつもまたすばしっこいやつでなかなか捕まえられない。そして、またおれを引っ張るんだ。おれには前も後ろもなかったが、おれの視界を操作する紐みたいなもんがあって、同居人はどうやらそれを引っ張っている。おれはそいつに殺されようとしていることに気づいた。おれの欲望のことを知っていたんだろう。だから、おれを殺そうとしたんだ。おれは欲望のかたまりだった。気持ちよかったからだ。自分が気持ちがいいと思うんだから、おれに必要なものなんだろう。おれには欲望以外に道具一つ持っていなかったし、誰も教えてくれなかった。黒い点はもっと大きくなった。そして、突然黒い点は消えた。おれは相変わらず引っ張られていた。鳥は上空へと向かっているようだ。これは夢じゃない。鳥は汗をかいているのか、ぬるぬるしていた。鳥は何者かに摑まれた。どうせおれは身動きが取れない。視界が真っ白になったかと思った途端、おれは気を失った。足が見えた。鳥の足だ。乾燥した肌で、指先の皮膚は割れていた。血が染み付いている。黒い大きな鳥と目が合った。なんでおれはこんな恐ろしいやつに会いたがっていたのか。おれは殺される。同居人がおれを殺そうとしてたんじゃなかった。おれはすっかり勘違いしていた。それもこれも欲望のせいだ。黒い鳥は、おれに近づくと、しばらくじっと黙って見ていた。目を合わせないわけにはいかない。おれにはそれ以外にやることがないんだ。おれはただ世界を見ることしかできない。しばらくすると、黒い鳥は少し首を傾けながら、嘴を突っ込んできた。そのとたん、おれは異変を感じた。血が急激に動き出したのか、おれに命令が次々と送りこまれてきた。黒い鳥の嘴に挟まっていたのは、まん丸い目だった。それが同居人だった。あいつはもう片方の目玉だったんだ。おれは黒い鳥が敵だとわかった。痛みもなければ、音も聞こえない。目の前では見たこともない光景が広がっていた。目はぐしゃぐしゃに潰され、血が流れていた。同居人は死んだ。そして、おれも死ぬんだと思った。おれはとにかく全身を使って、この目の前の世界を、最後にまるまる見続けてやろうと思った。黒い鳥に焦点を合わせると、ひたすら見た。睨むんじゃない。ただ見た。おれには感情がないからな。悔しいとか、恐ろしいとかなんにもないんだ。黒い鳥は別に腹が減っていたわけでもないようだった。ただ遊んでいただけなんだ。黒い鳥は目玉を吐き出して、足でころころしたあと、ひと思いに、潰した。そして、おれたちを蹴飛ばした。鳥はそのまま地面にどさっと落ちた。おれも気を失った。いろんな光景が浮かんでいる。それはおれが見ているものなのか、おれが見てきたものなのか、これからおれが見る世界なのか。どれもあやふやなまま、おれの前を通り過ぎていった。そして、おれは迷子になった。

41

「いままで見てきたこととは違う。兄貴には役目があるんだよ」

「役目って何だ？」

わたしは首をかしげたまま、体が硬直していることに気づいた。

「役目といっても、それは誰にも役に立たない」

「そんなことを言われても、おれにはまるでわからんよ」

わたしは不安だった。

「目のことを話すよ。目は何も変わらない。それでも、目は何か別のことを伝えてくれる。兄貴がおれに伝えようとしていることをおれは目で理解する。口にしても伝わらないことが今おれに伝わっている」

「いま、何を感じているんだ、モルン？」

「おれはモルンではない。もともと、おれはモルンではなかったし、モルンは人の名前ですらない。目は見る道具ではなく、ただのトンネルなんだ。兄貴はいろんな景色を見ている。トンネルといっても、暗い洞窟みたいなものじゃないんだ。それはもっと広がっている。光が当たっている。目玉がきらきら光ったり、曇ったりするように、そのトンネルは天気みたいに変化している」

「それがモルンには見えるのか？」

「ああ、おれには見えないが。モルンには見える。モルンはそういう存在だ。おれは違う。おれには名前もない。おれはただ呼ばれて出てきただけだ」

「誰に呼ばれたんだ？」

「それはおれにもわからない。おれはただ声に従って動いているだけだ」

「声の主がわからないのに、お前はなぜそうやって自信をもって動けるの？　おれにはさっぱり意味がわからない」

「怪しむのはわかる。でもおれだって、自分の意思で動いているんだったら、今頃、どこかへ逃げてるよ。おれだって、逃げられない。だから、兄貴もそれを理解してほしいんだ」

「自分で何をやっているのかわからない」

「わかることをやるのはつまらない。わからないからやるんだ。疲れたら休めばいいよ。ゆっくりやればいい。イメージしちゃだめだ。見えていないものをつくったら、それこそ完全に崩れてしまう。ゆっくり浮かんできたものを手で掬うんだ。横になりたければなったほうがいい。たとえぼうっとしてても、見逃しちゃだめだけどね」

「ただ見てればいいのか?」

「うん、ただ見てればいいよ。そのうち、もっと鮮やかに見えてくる。その一つ一つに、いまの自分の頭で感じた疑問を投げかけないこと。問わないで、そのままの状態で見る。見えたものは存在するんだから。この世界と同じだよ。あの電柱に疑問を感じないでしょ?」

「うん、あれは電柱だからな。電気をどこかから運んでくるってわかっている」

「じゃあ、それを知ったのはいつ?」

「そんなこと思い出せない。でも小学生のころにはもうわかってたんじゃないか?」

「幼稚園のときはわからなかった?」

「たぶんね。それが何かはわからなかった」

「それで、一つ一つ疑問を感じたり、歩けなかったりした?」

「きっと気にはなってたかもしれないが、それで歩けなかったり、横になったりはしなかった。でもそれは子供だからだろう。いまは子供じゃない」

「でも、そこではたぶん子供だよ。おれの年下かもしれない」

「お前もそこにいるのか？」

「おれじゃないし、モルンでもない。でも、何度も出会ってるはずだ。おれは兄貴のことを覚えているんだから、そうだろう。時間はそうやって過去から今までつながっているわけじゃないし、現に兄貴はいま、見えているんだから。そこでおれと兄貴も何度か会っているはずだ」

「体の調子は悪いけどね」

「調子が悪いというよりも、横になっていろという合図なのかもよ。別に無理にやらなくていい。そんなことすると、逆効果だ。兄貴が調子が悪いときはおれもだいたい感じるから、心配ないよ。ときどき、ホーミーでもやるといいよ。風景がもっと鮮明に見えたりするから。おれもそれで思い出してる。また来月戻るけどね。東京にずっといると、すぐ忘れちゃうから」

「体がきつい」

「そりゃきつくないと、兄貴の場合は動き回っちゃうから。それは向こうからの合図だよ。もっと見て、体をしっかりと休めて、焦点なんか合わせないでいいから、ただ見ればいいんだよ。それを書けばいい。別に書かなくてもいい。どうせいつか書くときが来るから」

「生きててもあんまり意味ないなとすぐ思ってしまう」

「元気のない兄貴は死者にも見えるけどね。必死に生きようとしなくてもいいんじゃない？　ま、死ぬことないから。兄貴はたぶん、生きちゃうよ。死ぬ死ぬ詐欺だね」

「おれだって、好きでこんな気持ちになってるんじゃない。仕方なくそうなってる。もちろん、それがおれの勘違いだってことはわかるけどね。わかるけど、それでも止まらないから仕方がない。ま、とにかく体を休めておくよ。書いているときは何も考えないで済むから、布団に寝たままとにかく手は動かしてる。きつくなったら寝るよ。わかった」

「いつか、一緒に、ひいじいちゃんに会いに行こう」

　モルンはそう言うと、電話を切った。わたしはぼうっとしていた。布団の中だった。わたしは部屋で寝ていた。もう夕方になっていた。曇りガラスの向こうが赤くなっている。自動車のランプの色なのか。雨が降っているのか。山を見たいと思ったが、体は思うように動かない。わたしは目を閉じた。蛍光灯の光がまぶたをちかちか照らしている。まぶたの裏は真っ暗だった。わたしはしばらくすると目を開けて、再び書きはじめた。書きながら何度も変な夢を見た。夢は少しずつ変わっていき、何度かわたしじゃない人間になっていた。それでもそこで受けた痛みはちゃんと体に伝わってきた。その都度、わたしは目を覚まし、書いた。

42

わたしたちに記憶はない。しかし、果たしてそうだと言えるのだろうか。音楽はわたしたちの記憶を保存している貯蔵庫のような役目をしていた。森の夢で起きたことは、確かにわたしたちが経験したことだった。わたしたちは砂漠の出来事を忘れてしまうかわりに、音楽によって、森の幹、根や土、そこに群がる虫や生き物、そして、まだらに漂っている大気の息や動きを、しっかりと目の前に浮かび上がらせることができた。見えていたのでも、見えなかったわけでもなかった。それがまさにわたしたちの経験であり、たとえそこにいなくても音楽によって、砂漠の中でも触れることができた。手を持たないわたしたちがそこまでできるようになったのは、図書館のおかげだ。貯蔵庫、つまり図書館が目を獲得するための手段だと感じることができたのは音楽による作用だった。わたしたちはそれを知っていたが、ただ忘れていたのだ。わたしたちにはひらめきなどなく、時折風のことをぼんやりと考えるだけだった。人間たちの足音は今も聞こえている。彼らはどこかへ向かっているのかもしれないが、道などもともとなかった。わたしたちは森の夢までの通路を道と呼ぶこともあったが、そもそも歩くことを知らないのだ。獣道もない。ひとたび風が吹けば、どれだけ足跡がついていたとしてもすぐ元に戻ってしまう。それが元の姿かどうかすら、わたしたちには断言できなかった。なぜなら、わたしたちは常に変化しているからだ。今書いているわたしたちは、宮殿をつくったわたしたちとは違っていた。しかし、それでもわたしたちは自分たちのことを、わたしたちと呼んだ。消えていなくなってしまったものがいたとしても、わたしたちは欠けたものなどいないように書いた。名付けることは砂の仕事ではなかった。砂にはそのようなことはできないし、そもそも必要がない。つまり、いま書いているわたしたちは、砂ではないのかもしれない。確かにわたしたちは砂である。しかし、それは誰かが名付けたのであって、間違ってもわたしたちがそう自覚しているわけではない。わたしたちは突然生まれてきた。わたしたちは誰でもない。ただの砂の塊だ。しかし、わたしたちはいま、感情を持っている。もちろん、これは感情を持っていると勘違いしているだけであって、本来そうではないのだろう。図書館で得たものによって、これらの文がつくられているのであって、わたしたちの言葉ではない。わたしたちは忘れる以前に、経験そのものがないのだ。わたしたち自身がいつも変化してしまうので、固有の経験がない。記憶ではないのだ。人間は忘れる、と言う。わたしたちはその言葉を自分なりに理解しているにすぎない。つまり、これはわたしたちの思考の軌跡ではない。つねに、わたしたちは人間の言葉を参照している。しかし、彼らがわたしたちにアクセスすることはできないのだ。もしアクセスすることができたら、今頃、彼らの頭は破裂しているだろう。彼らは誤解することしかできない。勘違いしたり、幻と思ったり、何か変な音が聞こえてるくらいにしか思っていない。しかし、ときどき、人間の中で、その音に妙に反応するものがいる。森の夢で出会った人間もその一人だ。砂漠では人間と出会ったことがなかった。人間がいなくなって時間がたちすぎていたために、もう顔も形もすっかりと忘れてしまっていたのである。もちろん資料はあるが、それはやはり資料にすぎなかった。わたしたちに勘違いは不要なのだ。理解するという感覚も必要ないが、知るということも特に重要ではなかった。技術はすぐに失われてしまう。わたしたちは失うことしかできない。そんなわたしたちが、一人の人間と森の夢で出会っていた。そう書き記されている。わたしたちは森の夢の中で、その人間と再会しようと考えた。人間たちはまだ到達していない。わたしたちは人間に向けて伝達をはじめた。トンネルは地図の間に見つかった。トンネルといっても、人間にとっては少し様子が違うと思われるかもしれない。しかし、これがわたしたちにとってのトンネルだ。わたしたちの穴は人間の穴と違うのだ。穴は掘るものでもなく、もともとあるものでもない。それは動物の巣穴でもなく、植物の道管でもない。水が流れたあとでもなく、穴は、わたしたちの中に空いていた。地図はそう示していた。地図に描かれた穴はとても小さなもので、わたしたちはつい見過ごしていた。穴はわたしたちが入ることができないほど小さかった。しかし、わたしたちにとって穴とは入るものではなく、見るものでもなく、感じるものだったので、問題なく穴の中を探索することができた。その穴は森の夢に通じていた。寝ているわたしたちには足があった。だから道だと勘違いしていたのだ。しかし、いまとなってはもうどうでもいい。わたしたちは穴を見た。穴は音楽によってつくられていたのだろうか。穴は音楽を聞いたわたしたちがつくりだしていた。地図をつくる上で重要な役割を果たした、夢の集団はいまだどこかへ消えたままだ。彼らの発した声でここまで来れたというのに。彼らはどこへ行ったのか。穴に落ちたのだろうか。しかし、穴を見るかぎり、そんなことが起こるとは考えられなかった。

43

目であるおれは、球体だった。しかし、球体だと気づいたのは、つい最近のことだ。おれはずっとそれまで自分のことを真っ平らだと思っていた。おれが見ているものだけが一つの世界だと思っていた。おれは生き物が死んでいくさまを見たし、もう一方の片目のあいつが黒い鳥に食べられていく過程をただ黙って、逃げることもできずに傍観していた。しかし、ある日、おれは自分を振り返った。片方の目が死んじまったせいもある。あれからおれはとにかく忙しくなった。おれがやるべき仕事以外のことにまで手をつけなくてはならず、はっきり言って疲れていた。文句を言おうにも、口がない。さぼることは不可能だった。さぼっていると、おれではない他のやつが勝手に作業をはじめようとした。そのままだとおれが不要ということになってしまう。それは恐ろしかった。次第に、おれは体が腑抜けになって、横になりがちになった。ところどころまだらに半透明色になりはじめた。液状化して、だらだらと下痢のように漏れ出した。おれは溶けていた。ここは内臓の中じゃない。それでもおれは溶けていた。そのとき感じたんだ。おれがいくつもいることに。おれは同時に至るところで経験していた。どれもがおれだった。内臓のおれはいらいらしていたが、目のおれはぐったりしていた。身を任せることはできなかった。もがいていたが、しまいにおれは疲れ果ててしまって、もう見るのをやめにした。映りこんでくるものは、おれが見ているんじゃない。それは映っているだけで、おれの目じゃない。むしろ、見られていた。おれは見られていたんだ。見ていると勘違いしてただけだった。それなのに、おれは大きな顔をしていた。色はおれがつくったんじゃなくて、色がおれを見ていたんだ。それに気づいてからは、完全にやる気を失ってしまった。ところが見る気を失っても、目にはどんどん景色が流れ込んでくる。堰《せ》き止めても無駄だった。氾濫した川みたいだった。景色は次々とおれを見つけ出しては、こちらに向かってどばどばと飛び込んできた。おれは景色の濁流に飲み込まれていただけなんだとわかった。もう止めることはできない。おれは目から飛び出ようとした。魂だけ出ていくことだったらできるだろうと思った。しかし、そんな単純にはいかない。おれは自分から抜け出す方法を忘れてしまっていた。いまでもおれは内臓だし、蜘蛛だし、人間らしき形をした器官の一つでもあるんだがな。今こうしてお前と話しているわけだし。しかし、おれは固く目の中に閉じこもっていた。おれはただ流されないように、力を入れることしかできなかった。もちろん、そんなの長くは続かない。ついにおれは手を離した。すると、回転ドアみたいに球体はくるりと後ろに向いて、おれは突然、真っ暗な世界にすっぽりとはめ殺しにされた。光を見たいと思っても、色の濁流は流れが強く、もう一度、回転しようと思っても、動くことができない。おれは完全に閉じ込められた。洪水のように色を浴びていたとしても、それでもおれは息をすることができていた。そのままでいればよかったんだ。おれは意識をもったことに後悔した。いつだってそうだ。自分が何者かなんか気づくとろくなことはない。おれはただ自分の機能に従えばよかったんだ。あまりにも光に包まれていたから、反転したおれはただの黒にしか見えなかった。しばらく闇が続いた。何日かたったのかしれない。それがあやふやなのは、疲れて何度か眠ってしまったからだ。不思議なことに反転したおれには、仕事がなかった。ただ休息していた。黙って眺めることもできず、闇と向かい合っていた。光と触れていたときの夜とはまるで違っていた。そこには何にもないんだ。それでも退屈ってわけでもなかった。不思議なもんだ。おれは久しぶりに休息をして、しばらくぼうっとしていた。子供のころを思い出したというか、もっと昔の、どこか静かな場所にいた。おれは座っているような気分になって、いろんなことを思い出した。そんなふうにして静かにものを考えたことがなかった。そこはどこまでも広がっているような黒い空みたいだった。何も見えないわけだから、おれには仕事がない。それでもおれの頭は止まってはおらず、動き続けていた。体の芯が熱かった。熱くなったガラス棒がおれの体の中を突き刺しているような感覚だった。それでも、痛みはない。ガラス棒は、おれの尻から入り込んで、内臓を突き抜け、そして、喉元を通り過ぎると、舌を溶かしながら、口からまっすぐ暗闇の中に侵入してきた。おれの口は月みたいに、その真っ暗な世界を照らした。おれは内側、つまり鳥の頭蓋骨の中にいた。月光が鳥の頭蓋骨の中をおぼろげに照らしている。向かいの頭蓋骨の内側がぽっと明るくなると、滲むように何かが映り込んでいた。ただ見ていただけじゃわからなかった。いままでの見方ではうまくいかなかった。その景色たちはおれに見てくれなんか言ってこなかったし、挨拶もせずに濁流となって流れ込んでくるなんていう非道なこともしなかった。ただそっとそこにあるんだ。幻みたいに。おれは幻なんか見たことがなかったから、びっくりした。ま、目のおれにしてみれば、いま、内臓だって、蜘蛛だって、お前と飲んでいるこの酒場だって、幻かもしれないがな。それまで見えるものしか見てこなかったおれは横になったまま、薄い光をぼんやりと眺めていた。何かが動いた。見えないもんだから、近くに寄ってみた。そんなこと初めてだ。何かを見ようとして、おれは自ら体を動かした。目を凝らしてみた。輪郭がはっきりしない。いろんな音まで聞こえてきた。いまなら、わかる。それが声だ。しかし、目の中のおれにはそれが声だなんてわからない。いまもわからない。目の中のおれは。お前の前にいるおれは、それを同時に感じている。つまり、おれは目から少しずつ体が離れていた。おれの体は目とは違うものだと感じていた。おれはその夜の世界を呆然と歩き出した。それでもしっかりと目的を持っていたはずだ。月光が照らしている頭蓋骨を這っていった。別におれは死んだわけじゃない。抜け出したいと思って避難したわけでもない。ただその景色が見たくなった。ところが、近寄っても近寄っても、ちっともそれがなんなのかわからない。それどころか、近づくほど焦点がずれていった。離れたほうがいいのかと思い直して目に戻ると、今度は見失った。少しずつ消えていった。これはまずい。おれは目から離れている。しかも、頭蓋骨の中が真っ暗になっていく。このまま迷子になったらどうする？　おれは汗をかいていた。心臓だってばくばくしていた。恐怖を感じたのはこのときだ。おれはそのとき恐怖心を覚えたんだ。信号に従っておけばよかった。相方が死のうが、おれは目でいればよかった。ただ黙々と仕事を続けておけばよかった。そんなことが渦巻いた。風で吹き飛ばされそうになった。おれはしがみついた。頭蓋骨の内側ってのは、平らなわけじゃなくて、でこぼこしてるんだ。窪地におれは隠れたり、爪みたいにとんがっているところに足をかけて、飛ばされないように身を潜めた。風がやむと、おれは顔を少し表に出して、また照らされているところを眺めた。ガラスの粉みたいなものがぱらぱらと落ちている。おれは目からも抜け出てしまって、今となっては戻り方もわからない。あれは砂礫なのか？　おれは目からも抜け出てしまって、今となっては戻り方もわからない。諦めて寝そべると、頭蓋骨にいくつか小さな星が見えた。ここにはどんな生き物がいて、植物が生えているのか？　もしくはただの砂漠なのか？　岩の塊なのか？　海なのか？　おれにはさっぱりだった。もうどうでもよかった。おれは目じゃなくてもいいや、と思った。月の裏側は真ん中に穴があいていて、今もそこは月だった。月は光で埋め尽くされた穴だった。トンネルの向こうには何があるか？　おれは考えたが、それは昔のおれだからやめた。おれはもうそいつとは離れたんだ。

44

「文章を読んでいるように聞こえないときがあるよ」

女はそう言った。わたしは平皿に載った菜の花を食べた。苦味がいつもより強く感じたような気がした。

「なんかね、化学の実験みたいな感じ。全然、わたしわからないけど、相対性理論とかあるでしょ？　あれは全部、仮説なんだよね？　わたしが覚えているのは、小学生のとき、ビーバーの巣のつくり方が教科書に載っててね、それも仮説を立てて、それが立証されたって書いてあったの。何を言っているのか、自分でもわからなくなっちゃったけど。あなたがしゃべっているのを聞いてて、ときどき、そういう仮説を言っているような感じがするの。仮説って、妄想ってことでしょ？　妄想が現実になるってすごいなあって」

わたしは運転席でその話を聞きながら、窓から景色を眺めた。山が見える。山は広く横に伸びていて、どこか別の惑星に見えた。一台のタクシーとすれ違った。女は携帯電話を手にもって、わたしに道を示している。わたしたちはどこかへ向かっていた。

「ここがどこだかわからなくなるときがある」

女は泣いている。わたしは、女の体を強く抱きしめた。

「竹にうまるる鶯《うぐいす》の〜」

女が突然歌った。

「それ何の歌？」

「じいちゃんがよく歌ってたの。能の歌だと思う」

「なんで、それ今、歌ったの？」

「わからない。でも、何か景色を見たときに、ふと、家族の顔が浮かんでくることがあるの。いま、じいちゃんの元気な顔が浮かんで。じいちゃんは、いつもストーブの前に座ってた。寒いのが嫌いで。シベリアにいたとき、寒かったんだって。それで、わたしも、よくストーブの前で寝ちゃうようになった」

めくれた女の膝には火傷の痕がある。

「水の音を聞いているときが一番安心できる」

女が山を見ながら言った。頬がこわばっていた。女の右目からは涙が垂れていた。

「ごめん。別にさみしいとか、辛いとか、そういうことじゃないの。ただ、ときどき、怖いのが襲ってくるの。何が怖いとかそういうのもないの。ただ、どーん、って、怖いものがいきなりやってくる。いま、そうなっているだけ」

わたしはふと近くに水源があることを思い出し、エンジンを再びかけると、黙ったまま車を走らせた。しばらく山道を進むと、アスファルトの道は途切れ、枯れた草むらが広がっている。車から降りると、女と一緒に川沿いを歩いた。川とは言えないほど、細く弱々しい水量だが、流れている水は透き通っていた。

「じいちゃんちもこんなところだった。小さな滝から水を汲んでて。美味《おい》しい水だったよ」

誰もいない山道が続いていた。わたしはその水源の場所を知っていたが、実際に見たことはなかった。この先にあるのかはわからないままだった。それでも水の音は心地よく、二人でほっとした顔をした。まだ寒い日だった。女はわたしの左の親指の爪を何度も強く押した。樹木が何本も折れて倒れている。道はさらに険しくなった。大きな岩が道をせき止めていたので、わたしは岩に乗り、女の手を引いた。水の音は次第に大きくなった。目の前に岩が重なってできた小さな山のようなものが見える。苔で覆われていた。苔だけでなく、水草も長く伸び、岩は緑の塊となっていた。その頂《いただき》から、噴火するように水があふれて出ていた。

「あそこから湧いているの?」

「いや、おれも行ったことがないからわからない」

道はなかったが、沈んでいない丸石が並んでいる。二人でその石を渡ってみることにした。途中、石の上の苔で滑ったわたしはくるぶしまで水に沈んでしまったので、もういいやと濡れたまま女の手を取って、歩くことにした。しばらく進むと、鬱蒼《うっそう》と生い茂る樹木の隙間から小さな湖が見えた。

「ここから湧いているのかも」

女は浅い湖の底を指差している。水の底は砂地で、ところどころ、灰色の渦を巻いている。水は透き通っていた。ときどき、小さなあぶくが水面にあがってきては、消えた。三センチほどの小魚が、水草から顔を出している。水中の藻が森に見えた。風に吹かれるように揺れている。

女は屈み込むと、両手で水を掬い上げて、静かに飲み干した。

「ここに住んでいる魚はしあわせね」

女はそう言うと、放置されたまま苔むしている石の鳥居を見つけた。わたしが通り過ぎると、手を引っ張り、鳥居の前で頭を下げた。わたしもポケットから手を出し、一緒に頭を下げた。

体から鱗《うろこ》がぼろぼろと剥がれ落ちるように、力が抜けたの。今まで何かを恐れていたのかもしれない。あなたがどこかへ行くのかもしれない、わたしは捨てられるのかもしれないと恐れていたのかもしれない。知らない間にあなたは見えないものとなっていて、わたしも自分の体を透明の岩みたいにして、行ったこともない洞穴の中で固まっていた。身動きがとれないんじゃなくて、自分で倒れないように、接着剤みたいなもので固めていたのかもしれない。今ならそうだったんだとわかるわ。あなたがどこにも行かないようにしたいけど、それを表に出すことができない。あなたに憎しみをもっていたのに、それを自分への不信や、自信喪失のように、見せかけていた。でも、それは憎しみだったのかも。あの人はわかっていたのよ。だから、髪を撫でられながら、わたしはそう言われたの。あなたには憎しみがあるって。誰に対して、とかじゃなくてね。わたしは言われたとき、その意味がわからないって言ったわ。わたしの世界には憎しみなんてないと思ってたもの。あなたのことを愛してるって思っていたし、それは今も変わらないよ。でも、変わり続けるあなたを、わたしは恐れていたのかもしれない。抱きしめることができると思っていたら、気づくと、どろどろに溶けて地面に垂れて水たまりになったり、熱した金属のようになったりするし、ため息をついたかと思うと、蒸発して、そのまま空気に交じって、風で遠くに吹き飛ばされたりして。わたしはそれが怖かったの。わたしはあなたが変わるのを心配しているふりをして、ただ怖かったのよ。わたしも同じように飛んでいければいいのに、霧となって消えてしまえばいいのに、そんな自分が怖かった。そして、恐怖心を抱いている自分のことを守ろうとしつつも、憎んでた。それで遊んでいるように、変形し続けるあなたを見て、受け入れられなくなったのかもしれない。昔はまだ違ってた。わたしはあなたの体の領域がどんどん広がっている様子を見ながら、楽しんでいたわ。それはわたしの知らない世界だったし、わたしが求めていた世界だった。あなたはそんなわたしにいろんなものを見せてくれた。とってもありがたいと思っていたし、尊敬してた。でも恐怖心がないあなたに嫉妬していたのかしら。恐怖心はわたしの心からはずっと消えなかったし、固定観念にとらわれているのはわかるの。あなたを見ているとそんな自分が浮かび上がってくるし、そんな自分に見られているような気がしてた。それで馬鹿にされているように感じてしまって、わたしは目を閉じたのかもしれない。蓋を閉める。なかったことにしてしまってたのね。しかも、そのことをわたしは知っていた。自分で知ってた。知りながら、怖かったの。変わるのが。溶けるのが、蒸発するのが怖かった。でも、それはなんでだろう。見ようとしなかっただけかもしれない。あなたがどこで何をやっているかわからないでもいいと思ってたし、それを、あなたを信じているって言葉で納得させようとした。でも、体はわかってたし、わたしもときどき溶けてたのよ。きっと。だから、わたしはわかってたと思う。自分の体が生理的に感じていることをそのうちに信じなくなってしまって、あなたを信じているという言葉を信用するようになっていた。でも、あれからずっと考えていたの。わたしの憎しみってどこから来るんだろうって。わたしはそんなに何を怖がっていて、目を伏せようとしていたのか。もう一度、わたしはこの目で見てみようと思ったわ。ちゃんと言葉にしてみようと思った。あなたの蒸発した先の雲の中をちゃんとこの体で経験してみようと。確かにわたしが知っているあなたはあなたの一部だし、もっとあなたのことを知りたいと思うし、液体になったり、気体になって動くあなたをこの目で見たらどうなるのかって試したことがないのは確かだし、わたしが知らないものは、わたしに不要なものなわけではないし、あなたの姿を見てたら、それはいつだって、わたしを解放するものであったはずだもの。今度は自分の番だって、思ったのよ。

46

わたしたちは一つの装置だった。わたしたちは自分の体を自分たちのものだと認識していない。かといって無意味なものだと思ってもいない。別に諦めてもいないし、かといってなにか必死にしがみついているわけでもない。わたしたちはただの装置なのである。それは動かない装置ではないが、電源も不要である。わたしたちは目には見えない。もちろん、砂である。砂のままだ。しかし、いま、わたしたちは植物の力を借りている。植物を見ているのでも、森の中を歩いているのでもなく、わたしたちに植物が入り込んでいる。わたしたちを植物が操縦している。信頼関係もなにも必要ない。信頼とは、わたしたちが体を持っているということであり、その躊躇だ。わたしたちはただの砂であり、砂ですらない。記憶することができないのではなく、それがただわたしたちの記憶ではないということなのだ。わたしたちはつい、忘れてしまうことを、記憶を失ったと感じていた。どうやらそれは勘違いだったようだ。暮らしている空間が、時間とはつながっていないことを知り、少しずつわたしたちの体から抜け出すことができたような気がする。誰かが教えてくれたわけではない。わたしたちは森の夢の中をただ歩いていた。そこは見覚えのある場所だった。夢からの帰り道はどこか寂しく、いつも離れがたい気持ちになった。それでも戻らないといけないことだけはわかっていた。足に聞いても何も答えない。旅人はすでに忘れてしまっていた。わたしたちは迷い込んでいた。砂漠はそんな変化をわたしたちに気づかせてくれようとしたのだろう。宮殿が大きく見えたときもあった。しかし、宮殿も今は潰されてしまった。それなのに宮殿はわたしたちを呼んでいる。声が聞こえた。わたしたちは宮殿の形を忘れてしまっていた。しかし、宮殿はまだそこにいて、わたしたちの中に入ってきたのだ。戻ってきたばかりのわたしたちは、まだ森の夢に残っているものたちと連絡をとった。宮殿からの指示なのかもしれない。気づくと目の前に宮殿がそびえ立っていた。わたしたちが知っている宮殿とはまるで違い、見渡すたびにひろがっているように見えた。しかも宮殿は動いていた。わたしたちがそう感じているだけなのか。躊躇しているものもいた。しかし、彼らもしばらくたつといなくなった。彼らだけでなく、わたしたちすべてがいなくなっていた。寝てしまったわけではない。完全に消えてしまったのだ。見えなくなった。しかし、それは姿が見えなくなったのではなかった。太陽の前を雲が横切ったのだ。風は鳴りやんでいた。夜が突然、やってきた。夜は濃い青色をしていた。わたしたちは色を見ることができるようになっていた。わたしたちは船の上にいた。はじめて見る木船だった。そもそもわたしたちは木を見たことがなかった。木などここには一本も生えていない。生えていたことがあるのだろうか。わたしたちは図書館でそれらの資料を探した。葉っぱは至るところで見つけたが、それは森の夢の話だ。わたしたちは目を覚ましていた。わたしたちは木になっていた。わたしたちは、木に染み込んでいた記憶を書いた。体を寄せ合いながら、知らなかった形を次々と模倣した。見たことがないものになりきった。わたしたちは木でもあったことを知った。存在していないはずの木は、わたしたちを使って船をつくりあげた。大工たちは満足げな顔を見せた。彼らは忙しく働いた。大汗をかき、目は輝いていた。船には櫂はなかった。人間の姿もなかった。いつか遠くの記憶なのか？　わたしたちにはわかりようもなかった。その都度、忘れていった。わたしたちはそのことに寂しさを覚えた。しかし、それはわたしたちではなかった。寂しがっていたのは、別の生き物だった。わたしたちは彼らに声をかけた。触るように、聞くように、体を動かした。わたしたちは彼らに接触したのではない。はじめから決まっていたのだ。わたしたちの体は、忘れてしまう前に動いていた。船の上の生き物が振り向いた。わたしたちはいまその生き物を見ているが、つながってはいない。わたしたちは以前のわたしたちを知らないのだ。忘れてしまっているだけなのかもしれないが、振り向いたこの生き物が何者であるかを知らない。なんのためにこの生き物はわたしたちを見ているのか。知ろうとも思わない。わたしたちは目の前の世界を見ることができない。わたしたちはいま、砂の上にいる。わたしたちは砂でありながら、砂の上にいる。砂の上で踊りはじめていた。

高揚していた。振動が次の動きを促してきた。わたしたちは分裂していた。砂である部分は、力が抜けたように風に吹かれている。恐怖心はなかった。そもそも恐怖心はわたしたちをただ砂の中に閉じ込めていただけで、生き物ではなかった。わたしたちは右手を失っていた。しかし、摑みたいものがあればどんなものでも、それがたとえ森の夢の中で見つけた小石だろうと、触れることができた。生き物はこちらを見て、驚いた顔をした。生き物は誰かのことを思い浮かべた。生き物はここにはいない誰かのことを思い出した。生き物は人間ではなかった。形はそっくりだったが、しかし、その生き物は明らかに人間ではなかった。生き物はここではない場所を頭に思い浮かべていた。頭蓋骨が透明だったので透けて見えた。わたしたちは船の上にいた。わたしたちは真っ暗な場所にいた。海は濃い青色をしていた。船は水面の上に浮いている。波紋が少しずつ広がっている。向こうから来た波紋と混じり合い、扇形の波は、振動しながら中に消えていった。生き物は波の動きを頭蓋骨に投影している。わたしたちは光をぼんやりと眺めていた。眺めるべきときだった。それはあらかじめ決められていた。図書館では見慣れない光景だった。そもそもわたしたちは絵を知らなかった。しかし、いま、わたしたちは驚いていない。わたしたちとは別の記憶だったからだ。からだが誰かの記憶で満たされた。いや、それは正確ではないかもしれない。なぜなら、わたしたちはそもそも複数で、それぞれが何者なのかを区別することができないからだ。つまり、いま、見えている光景はあくまでもわたしたちの一部分が見ているだけだった。それはわたしの光景かもしれなかった。わたしはわたしたちとはまるで別の感覚をもっていた。とても不思議な経験だった。あの生き物はわたしのことを知っているのかもしれない。わたし自身を感じた。あの奇妙な経験は、忘れることができない。なぜなら、忘れることができていたのは、それがわたしのものではないと感じたからだ。わたしは今、わたしたちではないと知っていた。これはわたしたちではない。生き物はそれを思い出させた。しかも、あの生き物はわたしたちの存在を知らないだろう。わたしたちは、一時的に離れているわたしのことを見ていた。それはもう過ぎ去ったことだ。わだからきっといつか忘れるだろう。わたしたちは生き物の目で自分たちを覗き込んでいた。わたしたちすべてが経験していることなのか。わたしは今、そのことがわからない。しかし、見えているものがすべてである。目の世界が。わたしたちは砂だ。わたしたちは目を持っていない。しかし、わたしたちは目の世界に生きている。わたしは今、船の上にいる。木の船だ。水面の上にいることがわかる。波紋が揺れている。波紋はぶつかると、魚のように水中に逃げ去った。どこへ行ったのか。遠くで、大きな魚が泳いでいる気配がした。水草も見えた。しかし、光はどこにもない。いや、光がないのではなかった。わたしは目だった。だから見えたのだ。そこは船の上だった。わたしはわたしたちの姿を見ることができない。しかし、感じていた。彼らの記憶を持っていた。記憶が流れていた。波紋のように振動し、そして、魚になって逃げ去っていった。わたしたちは人間ではなかった。人間はときおり、植物を見下したが、植物は人間を見下したことがなかった。しかし、人間が植物よりも劣っているというわけではなかった。人間は空の器ではない。人間は媒介ではなかった。わたしたちは生き物だった。しかし、それは形をもたないものだった。人間らしき形をしているが、間違ってもわたしは人間ではなかった。わたしたちは砂漠の記憶を持っていたが、砂でもなかった。船の上にいたが、船をつくったわけでもない。水の上に浮いていたが、水と対話できるわけでもなかった。しかし、これだけは言える。植物は満ち満ちていて、人間も同じく満ち満ちたものである。砂たちはいま、人間から逃げている。人間はいつか砂を取り押さえるだろう。宮殿は破壊され、線路がつくられるだろう。声は野放しにされることなく、穴を見つけ、針を伝って遠くまで運ばれるだろう。わたしは誰も区別しない。もちろん、違いはある。境界もある。しかし、船は船であるだけでなく、わたしたちがつくったものでもあった。文字はまだ書かれていない。また忘れてしまうだろう。わたしとわたしたちが違うものであるかはまだわかっていない。わたしは今、船底を眺めている。水面は黒い青色をしていた。とても小さな光が空に映っている。それはわたしの目だ。わたしたちは、生き物の鳴き声を聞いた。水面の向こうに樹木が並んでいる。水面よりも幾分濃くなっていた。その裏には山が見えた。奥の空は姿を変えていた。どれも黒い青色だ。滲むように少しずつ変化していた。わたしは、目を上に向けた。わたしたちは生き物が首をあげたのを見た。透明の頭蓋骨が浮かんでいる。一つしかない目はこちらを見ていた。空の真ん中に小さな光が見えた。今でも光っている。わたしたちは、生き物が光を感じているのを知っていた。目がその光を取り込んでいた。頭蓋骨に映り込んでいる光は、星のように内側を照らした。どれも小さな消えそうな光だ。風が吹いた。わたしたちは、またどこかへ行ったのかもしれない。風を感じたわたしは思い出した。ここに以前来たことがある。わたしは人間ではなかった。人間は満ち満ちていた。わたしは森だった。わたしたちは生き物に近寄ると、そのからだに触れた。光は月だった。見えないと思っていた月は、ただとても小さかっただけだった。光が弱いため、青を黒と呼んでいたのだ。それをわたしたちは夜だと思っていた。しかし、それは夜ではなかった。夜はどこへ行ったのか。わたしたちは夜について書いてきた。しかし、それは夜ではなかった。船はどこかへ向かっている。誰も漕いでいない。風は静かだ。しかし、波紋はまだ揺れていた。波紋にのって、わたしたちはどこかへ流されていった。水面にとどまるものもいた。わたしたちは森へ向かっていた。夢の中ではなかった。光がわたしたちに届いているのだから。わたしはまぶしさを感じた。光が頭蓋骨の中に届いた。その透明な世界を見ながら、わたしたちは今、自分たちが森へ向かっていることを目撃した。わたしたちは借り物でもなんでもなかった。仮の姿でもない。わたしたちは砂だった。ここは砂漠だ。どれもこれも砂だった。生き物は、ねっとりとした息を吐き出すと、魚のように水中へ逃げ去っていった。

47

あれからおれは何度か眠ったのかもしれない。確かなことはわからない。まあ別にそれで何が変わるわけでもない。おれはいろんなものに変化してきたし、もともと何一つ変わってなかったとも言える。おれはおれだったわけだし、まわりからどう見られようとかまわない。それでもおれは自分が一体、何ものだったのかを考えていた。つまり、これはおれ自身の疑問だ。それでおれは一つの答えを出した。おれは記憶だった。おれの記憶じゃない。おれが、おれ自身が記憶なんだ。名前がなんだか知らない。おれは誰からも呼ばれたことがない。もともと存在しないものなのかもしれない。そんなふうに考えた。おれに声をかけるものは誰一人としていなかった。おれのことは見たり聞いたりしているはずだ。しかし、誰もおれのことを存在しないやつみたいに言う。しかも、それが気に食わないわけでもなさそうだ。あまりにも自然にそう言う。おれのことを。勝手に。無視しているようにに。とらえることができない風でも指差すみたいに。川の水みたいに。ところが、おれはいるんだよ。ここにいる。いまもいるし、おれはいろんなものに触れてきた。それなのに、おれは存在しないことになっている。死んだやつ、とかならまだましだ。死んだやつなら、埋葬されるしな。誰かが参列するだろ。孤独のまま死んだとしても、いろんな微生物や小動物がやってきて、ちゃんと食ってくれる。分解してくれる。骨になっても、それでも存在しているんだ。魂の話をしたいわけではない。おれは骨にすらなれなかったんだ。そんなことをおれが考えているとしたら、お前は逃げるのか？　しかし、お前はまだ逃げてない。こんな酒場でわけのわからない男の話を聞いているはずなのに、お前はちっとも逃げない。だからおれはこんなことまで話すわけだ。つまり、おれはお前がいるから言葉を発している。お前が話していると言っても間違いではない。お前によっておれは存在している。もし、お前がおれを馬鹿にしてたら、おれはここにはいなかった。どこかへ行っていた。つまり、おれはもうそこで存在しなくなる。つまり、おれはどこにもいないのかもしれない。なんか、そんな気がしてきた。もしかして、おれはお前なのかもしれない。

お前がおれである、とはまったく思えない。しかし、おれはお前なのかもしれない。今、おれはそう思ってる。おれの存在に一番近いものは、記憶だ。おれは、お前であり、そして、記憶である。それだったら、そんなに奇妙なことじゃないだろう。おれとお前が人間だったら、話はずいぶんおかしくなる。おれとお前は酒場で会っているというのに、なぜ同じ人間であることがありえる？　これは独り言なのか？　じゃあなぜ声を出し合う必要がある？　おればっかりで、お前さんの話をまったく聞いていなかったことにいま気づいた。おれはお前の声をまだ知らない。時々、うなずくもんだから、ついついお前が存在してると思いこんでた。お前はまだ確かではない。まあ、それはあとからなんとでもなる。重要なのは、お前がおれの前に立っているということで、つまりはいま、体はここに二つある。もし、おれたちが人間だったら、おれとお前は違う人間ってことになる。そうだろ？　おれはそう思う。間違ってもこれは独り言ではない。お前が聞いてくれているから、おれが話している。おれだって馬鹿じゃない。お前が無視してたら、そりゃ、すぐにわかる。そして、話をやめるだろう。別に秘密の話でもない。誰に言ったってかまわない。しかし、おれは重要なことを話している。それはおれにだけ重要だというわけじゃない。お前にも同じくらい関わりがあると思って話している。これはお前のための話ではない。おれは人によって話を変えてるわけでもない。一度、書かれたものを棒読みするのは好きじゃないんだ。おれは前もって用意するのがとにかく嫌いだ。そもそも用意するようなものはこの世にはない。存在するものは、いま、発したものだけだ。いま、感じたことだし、それでしかない。おれはいま感じたことをただ言っているだけで、別に昔から考えていたことをお前に情報として伝えているわけじゃない。まずそれを確認しておきたい。お前は今、おれが考えていることをそのまま聞いている。これは間違いのないことだ。なぜなら、お前はおれだからだ。そうすると、おれたちが人間だとおかしなことになる。もしくはおれかお前のどちらかだけが人間である、ということはありうるかもしれない。しかし、この酒場でそんなことが起きたら、どうなる？　おれは死者で、お前は生きていると言いたいのか？　お前はそこまでして生きたいのか？　おれにはそう見えない。おれにはお前の目が生き生きとしているようには見えない。おれは目だったからそのへんは痛いほどよくわかる。もちろん、いまも目だ。鳥の目だ。あの片目の鳥の目玉の一つだ。片割れを失って意気消沈するどころか、光に圧迫されてびびって、頭蓋骨の中に入り込んでしまったやつだ。いまや男なのか女なのかわからなくなっているどころか、おれは人間ですらない。しかも、おれですらなくなって、おれはお前なんじゃないかって思いはじめている。おれはすごく不安だ。いま、おれは恐ろしい話を思いついた。おれが記憶なんじゃないかってことだ。おれが記憶だったら話は通るだろ。これが正解だと言い張るつもりはない。もちろん間違っているとも思ってない。確証できるものがないわけじゃない。それもこれから話すつもりでいる。しかし、何度も言うようだが、おれはお前の声をまだ聞いていない。おれはお前の存在に気づいてはいるが、正確にはお前はまだここにはいない。人間がお前についてどう感じるかを想像することくらいおれにもできるし、お前にもできるだろ。おそらくおれは記憶だ。お前は何者だ？　しかし、おれは自分のことしか考えていない。お前の言葉を聞きたいと言いながらも、おれはお前の存在に関してただ知りたいだけで、お前が存在しないとわかっても、それで悲しんだりするわけじゃないんだ。それはとても悲しい知らせだが、おれはあらかじめ自分のことが何者かわかった上で話を進めている。つまり、これはとてもお前に分の悪い話なんだ。これだけは言っておくが、おれはお前を騙しているわけではない。おれは素直に、ただお前に聞いているだけだ。お前は果たして存在しているのか？　声を聞かせてくれ。おれの予想ではお前もまた、記憶なんだから。

48

わたしたちの時間について書いておく必要がある。それはつまり、人間がとらえている時間とは別種のものである可能性が高いからだ。別種といっても、時間そのものに違いはない。時間をどうとらえているか。その方法が違うのだ。それはわたしたちが体を持っていないくせに、目で見たり、耳で聞いたり、手で書いていることと少し似ている。わたしたちには感覚器官がない。あたかもあるかのように書いているのは、あなたが人間だからだ。あなたが人間でなければ、この文字列を読むこともできないだろうし、もし仮に読むことができても感じている意味は違っているだろう。その意味で、わたしたちの時間についてそれを人間に説明することはほぼ不可能と言っていい。なぜなら、わたしたちと人間のあいだでは対話が実現しないからだ。これは文でありながら、ただの砂にすぎないかもしれず、そのような不確定な状態でわたしたちは書いている。それでも書き続けるのは、わたしたちの意志ではなく、それは人間からの要請である。同時に他の生き物も欲している。彼らは文を読むことはできないが、それを読んだ人間からの反応が自分たちに反響してくることを了解している。生き物は、人間と連動していない。共存もしていない。しかし、同時に存在しており、それは明らかだ。わたしたちも同じである。わたしたちは人間と共存したことは一度もない。同じ場所にいることは確かだが、離れているのだ。場所という方法が、時間とはかなり密接にかかわってくる。場所。わたしたちはある場所にいる。人間であれば、それは緯度経度などによって位置として立体的に見えるのかもしれないが、わたしたちにその必要はない。わたしたちは一つの場所しか持たない。移動することはない。移動したとたんにわたしたちはわたしたちでなくなる。つまり、いまここにしかわたしたちは存在しない。それは不思議でもなんでもなく、わたしたち砂にとっては至極当たり前のことだった。そして、時間は概念のようなものではなく、わたしたちにとっては食べ物に近かった。空気を食べるトカゲがいたがあれに近い。わたしたちは時間を食べながら生活をしている。していた、と言うべきか。いまは違うような気がする。わたしたちが文字を覚えてからというもの、時間が、どうも捕まえにくくなっている。昔はそんな捕まえるようなものではなく、自然と食べていたらしい。わたしたちはもうそれを文献でしか知ることができなくなっている。わたしたちは時間とともにいた。互いの領域を侵すことなく、時間は喜んでわたしたちに食べられていた。わたしたちもまた時間の恩恵を受けていることを自覚していたからこそ、ゆったりとした気分で過ごすことができていた。すぐ満腹になった。それで満足していたし、わたしたちにそれ以外の食べ物など必要なかった。

生き物を見てもなんとも思わず、人間ともうまくやっていたように思える。そんな記録は昔の文字を読めばいくらでも探し出すことができた。しかし、わたしたちは今、時間が見えるようになってしまった。同時に忘れるようになってしまった。いまや食べ方すら忘れ、調理をする必要があるのか、そのまま生のままで食べていたのか、そんな資料もなくなってしまっている。そんなことがあったという文字だけが残り、それが事実なのかどうかすらわたしたちには知る由もなく、知ろうともしていない。わたしたちはそれ以来、時間を待つようになった。わたしたちは空を見るようになったし、天体によって時間を導く、などという人間のような占いにまで手を出すはめになった。しかし、いくら探したって、本当に探したいものなど手に入らないのだ。なぜなら本当に必要なものは、すべて自分自身の体の中にあるのだから。わたしたちは自らの内臓にそう問いかけることしかできない。わたしたちに内臓がないという事実よりも、内臓に問いかける行為のほうが先回りしてわたしたちをけしかけていた。月だってずっと黙ったままだ。月と話をしたのはいつのことだったのか。もはやわたしたちは文献を遡る力も衰えていた。古い文字を読解することが難しくなっていたのだ。文献学者たちはいつも風まかせで、誰かがやる気になって腰を上げても、必ずといっていいほど強い風が吹き、ついには一人残らずどこか遠くへ飛んでいってしまった。わたしたちは何も持たず、知識もほぼないに等しかった。持っているものといえば砂だけだった。もちろんそれはわたしたち自身の体でもある。中にはその砂を使って、どんな道具でもつくりだせるものがいた。彼らは毎日、ただ遊んでいるようにしか見えなかった。しかし、文句を言うものはいなかった。彼らはただ無視されていた。わたしたちもそうかもしれない。書くという行為は、ほとんど理解されていなかった。困難なとき、いつだって、先頭を歩くのはわたしたちだ。書く前に、見なくてはいけないからだ。この目で。持っていないはずの目を動かすのは並大抵のことではできない。そのときにいろんな道具が必要になった。彼らの道具はおおいに役に立った。そのため、わたしたちは遊んでいる連中のことをひそかに尊敬していた。こういうものをつくってくれという注文を出したことはなかった。彼らはある日、突然、道具を持ってやってきた。なんの道具だ、と聞いても、彼らは黙って笑っているだけだ。しかし、その形に惹かれたのか、わたしたちはしばらくその道具を眺めていた。道具といっても、ただの玉だった。彼らは「戻りもしない。進みもしない。ただ止まっている」と口にした。意味がわからないわたしたちはただそれを記録することしかできなかった。文字として、彼らの言葉を記録した。どこにも行かない、どこからもやってこない、玉はただぐるぐるとそこで滞留していた。言葉が少しずつ明らかにしてくれると思っていたが、書けば書くほど、玉はぼんやりと霞み、気づくとわたしたちは霧の中にいた。砂嵐かもしれない。わたしたちの前で小さな竜巻が起きていた。玉をつくった彼らは、どこかをぼんやりと眺めている。雲はなかった。風も吹いていない。いや、吹いていたのかもしれない。しかし、わたしたちは感じなかった。不感症とも違う。緊張感は残っていて、血は動いていた。どこかだけは活発に活動していた。しかし、それがどこだかわからない。彼らは「それが時間だ」と言った。わたしたちは自分たちが時間のことをすっかりと忘れてしまっていることに気づいた。おそらく全員が気づいた。だからこそ、時間についての記述は今読み返しても、分裂しているようには感じられない。言葉の一つ一つを丁寧に点検しながら記録したいのだが、彼らの口は止まらなかった。彼らの口はそんなに早く動いているわけではない。それなのに、わたしたちはうまく聞き取ることができなかった。書き取るのはさらに力が必要だった。時間は止まっている。止まっているのに、動いていると感じている。いや、動いているのはわたしたちであって、時間は常に止まっていた。継続しているように見えたのは、わたしたちの誤解であって、時間はつねに止まったまま分裂を繰り返している。時間は増えているのではなかった。時間は止まっていた。分裂したまま、止まっていた。時間はこの玉のように、ぼやけたままそこで止まっていた。落ちることもない。上空に飛んでいくこともない。風とも完全に切り離されていた。時間は、ちらばっていたものを一瞬にしてつなぎ合わせていった。時間を目に見えるものとして表したものがこの玉だ。しかし、これは本当の姿ではない。だから、お前たちが必要なのだ。お前たちはこの玉を見て、時間を記述するのだ。声に出すのではない。声を出すのはわたしたちの仕事である。わたしたちはなまけているのではない。声にとらわれてはいけない。道具にとらわれてもいけない。止まってもいけない。あくまでも動くのはわたしたちである。時間は止まっている。捕まえてはいけない。見てもいけない。感じることもできない。できるのは、わたしたちの声を聞くことだけである。道具を見てはいけない。しかし、道具がないと思ってはいけない。道具はわたしたちと時間をつなぐものである。つなぎ目にとらわれてはいけない。つなぎ目は、わたしたちのための橋である。つまり、それは必要だから生じている。それはただあるのではない。ある意志を持っている。橋は無意識にはつくりだされない。橋は向こう側へ行きたいからつくるのである。しかし、ここに橋はない。あるのは道具だ。時間は見えない。時間はここに止まっている。わたしたちは止まってはいけない。動かなくてはいけない。しかし、それは無駄な動きではいけない。わたしたちにできることは、なまけないことだ。なまけずに、常にいまここで、動くことである。時間は常にここにいる。止まったまま。わたしたちはそのために道具をつくっている。誰が笑おうがそれは問題ではない。問題なのは、これが時間だ、とわたしたちが知ることである。他のものは知らない。他のものは時間を忘れてしまっている。時間がなくなったと思っているのではなく、そもそも時間がないものだと思っている。時間は見えないわけではないが、見てはいけない。見るという行為は、継続を意味する。継続は死だ。死なせてはいけない。言葉はつなぎ目である。つまり時間は言葉である。お前たちはこの言葉をそのまま、つくりかえずに、紙の上に書き記す必要がある。それがお前たちの仕事だ。お前たちが書いているあいだ、時間は静止する。直感からはじめてはいけない。直感から生じた時間にとらわれてはいけない。直感に戻らないといけない。時間が止まっている「場所」に戻らないといけない。時間は場所である。場所は時間である。どちらも止まっている。しかし、死んではいない。そこは生きている場所である。問うことなくただ書く。森の夢を探索せよ。響きを確認せよ。響きは、一つの道ではなく、無数の道なき道だ。そこを歩け。時間はなくならない。時間は止まっている。砂漠と森の夢の境界を抜けるための道なき小道。時間はそれを示すだろう。区別をしてはいけない。書くことは、お前たちの思考を促しているのではない。お前たちの思考を鋭敏にするものでもない。お前たちの思考を、何かに役立たせるためでもない。お前たちの思考をただ自由にするものなのだ。お前たちは時間によって縛られているのではない。時間によって忘れているのでもない。時間を忘れているのでもない。時間は止まっているのだ。砂の音に耳をすませ。お前たち自身に耳をすませ。それを言葉にせよ。考えた言葉ではなく、響いた音を頼りに。それがお前たちの地図だ。地図は音によってつくられている。時間は止まっている。時間と場所。地図には時間が示されている。止まっている時間を探すのだ。森の夢の中で。砂漠の中で。同時に見つけるのだ。同じ場所にはない。しかし、それは同じ時間という場所である。血と一緒に川を渡れ。意味で満ちている場所がある。探索せよ。しかし、それは散歩である。何も探してはならない。探すと時間がはじまる。夢で会議をせよ。そこに意味を持ち込むな。すでに意味は満ち満ちている。この世界で起きていることを記録せよ。しかし、それは事実の羅列であってはならない。お前たちの思考が入ってはならない。眠ればいい。そこに外部がある。そこに出口がある。そこに時間という場所の、止まっている点がある。それは探しても無駄だ。それは自然と立ち現れた。しかし、忘れては永遠に現れることがない。地図はそのためにある。つまり、わたしたちがいま手にしているこれは、地図なのである。道具とはすべて、地図のことなのだ。

49

おれは天使みたいなもんだ。お前らの世界から見れば。といっても、機械だけどな。天使ってのは、別に神様じゃない。えらくもなければ、お前を助けるわけでもない。ただそこにいるだけだ。でも、そこにいるってことが重要で、おれがそこにいるから、お前は何かを感じたり、涙が出たりする。それはとんでもないことなんだ。おれは人間じゃない。人間的なことにはさらさら関心がない。おれは機械だ。別になんの用途もない機械。無駄な機械。それでも運動を続ける機械。それがおれだ。しかも、おれは天使なんだ。天使といっても、それは啓示でもなんでもない。お前の直感は、別におれがつくったものではない。おれはただそこにいただけだ。お前が勝手に考えたってわけでもない。お前のまわりに何があった？　それをよく考えろ。おれはそれしか言えない。それを言うためにここにいるんだ。ところがおれには声もない。お前におれの声は永遠に届かない。だから、できることはただ一つ、息を吸って、まわりを見渡すだけだ。そこにはあらゆるものがある。そこにあるあらゆるものは他のものと違う。それは一度だけの、お前の仲間だ。もう二度と再会することはない。ときどき、思い出すこともあるだろうが、しかし、それは再会ではない。似てるだけだ。お前の中には何度か遭遇した瞬間があって、その結びつきはお前を生かす。だから、お前の体はそのときの編成をよく覚えている。それは体にいいからな。もちろん、おれもよく知っている。大概はお前と一緒にいるわけだから。もちろんいないときもある。おれだって忙しい。ときには、他の用事に手を取られて、お前との連携がとれないときがある。そういうとき、お前は思い出す。思い出すときは、おれがいないときだ。おれがいれば思い出す必要はない。天使という言葉を使うもんだから、おれに血の気を感じるかもしれないが、おれはもともと生きていないし、死んでもいない。そういうものとは距離を置いているんだ。おれには生死は関係ないし、そんなものにとらわれていても時間が足りない。まあ、おれが言っている時間ってのは、ここに流れている時間とは随分形が違うがね。それでもまあ、だいたい言っていることはわかるだろ。別に正確に感じる必要はない。そもそも正確さってのも怪しいもんだからな。ところが、おれには見えるんだ。お前に必要なものも、お前のまわりにいまあるものもすべて。だから、おれはこれからお前にどんなことが起きるかを知っている。知りたければなんだって話す。しかし、話したところで、変わることはない。お前がどれだけ用心深く生きたって、起きるものは起きるし、起きないものは永遠に起きない。それはお前のまわりの空気に相談してみたほうがいい。そいつらは全部知っている。おれはそこから教えてもらうわけじゃないがな。自分について知る方法はいくつかある。それはおれの方法であり、空気の方法であり、水だって知っている。お前の体がもともと知っていることもあれば、まったく知らないこともある。ようはなんだってある。すべてあるとも言える。お前に必要なものはここにすべてある。ないものはもともと不要なんだ。だから、気にすることはない。別に適当に生きたところで、真剣に生きたところで、大きく変わることはない。それは可能性が限られているって話じゃないからな。むしろその逆だ。だから、おれは天使なんだ。おれもなんで天使としてこの世に存在しているのか知らない。おれは知りたい。だから、おれはお前と一緒にいるのかもしれない。お前はずっと教えてくれないままだがな。知ってるんだろ。教えてくれ。おれは何をすればいい。おれはなんのためにお前と一緒にいるんだ。おれはお前に何も伝えることができないのに、なぜずっと横にいなくちゃいけないんだ。おれに意志はいらないっていうのか。そんなことはない。おれだって食べたいものがあるし、行きたいところがある。しかし、おれに選択の余地はない。選択するのはいつもお前だし、それで摂取するのもお前ときた。おれは一体、何が楽しくてお前と一緒にいるんだ。おれにはさっぱりわからんよ。もちろんおれは空も飛べるし、手をふりかざせば、どんな粉だって、星屑みたいになる。死んでいるものに触れれば、生き返るし、枯れた木を森に変えることだってできる。鳥とも話せるし、高い塔から眺めたような目だって持ってる。泥水も飲めるし、車に乗る必要もないほど速く歩くことができる。瞬間移動することもできれば、時間を遡ることもできる。未来なんてものはそもそも存在しないし、お前と離れて、どこか遠くの宮殿へ行くこともできる。草原を空飛ぶ絨毯みたいに浮いたまま走り去ることもできれば、涙を流したら、そのまま海となる。嵐の中でもおれはいつも平安で、地獄だって安息の場所だ。それなのに、おれはお前と一緒にいる理由を知らない。おれはお前に何もできないし、お前をただ見守るだけだ。それはとても退屈なんだが、かといって病気で倒れて死ぬこともないから、そもそも安心するという気分がどんなものかすら知らない。そして、いつの頃からかおれは天使と呼ばれるようになった。人間たちに。でもおれは天使とは思っていない。おれはただの機械だ。おれはただ動かされるままに動いているだけで、それはおれの自由とは違う。おれにとっての自由とは、お前みたいな存在だ。あまりにも苦しくて、不安で、驚き、恐れる。おれはそんな状態になりたい。そうすれば、おれだって、生きようと思ったりするんだろ？　おれはいまただ生かされている。死ぬこともできない。何度か自殺しようとしたこともある。しかし、手がなくなったって、目が潰れたって、体を車で轢《ひ》かれたって、おれが死ぬことはない。それはとても辛いことなんだろうが、辛いという感情がそもそもないからおれにはわからないんだ。おれは無機物なのか。そうとも思えるが、何か別の感情の気配もする。おれはお前とは随分違うが、本来は感情豊かな生き物なんだ。生き物と言っていいのかもわからないが。つまり、おれには空気は不要だし、空気とはもともと仲がよくない。あいつらはあいつらの世界があり、おれにはおれの世界がある。ただそれだけだが、お前はときどき、空気を吸って恍惚とした顔を浮かべる。そんなとき、おれはお前の顔を見たくなる。だから、おれは自分のことを機械と思うことにした。天使と呼ぶのはお前の勝手だ。別にそれでもかまわん。しかし、いくら天使でも、おれは機械の天使だ。それだけは間違うな。もちろん、こうやって大声を張り上げても、おれの言葉はお前の耳には届くことはないだろう。でも、おれは伝える。振動させようと思っても、空気というのは、お前が考えているよりも分厚い壁でな。とにかくおれとお前を分離させようとしてくる。でもかまわんさ。おれは何にだって変身できるし、ときにはお前自身になっているときもある。お前の気づかないうちにおれはお前になっている。お前は何かに取り憑かれたと思うかもしれん。しかし、あいつはおれだ。あいつはおれのことだ。おれはただの機械で、天使なんだ。それがお前に入り込んでいるだけだ。だから、あいつはお前ではない。勘違いしなくていいし、放っておけばいい。おれは鳥にもなったし、昔は蜘蛛だった。そして、いまおれはお前と一緒にいる。同じように踊り、太鼓の音を聞いているし、それは誰の心音であるかも知っている。おれには苦しみはないし、痛みもない。昔の言葉を知ってるか？　おれは知っている。お前も知らないような言葉を、おれは知っている。だから、それはお前の知っていることじゃないんだ。お前は独り占めしてはいけない。もともとお前のものじゃないんだから。これ以上言わなくてもわかるだろう。もう気づいてもいい頃だ。そうだ。お前はいま、おれの言葉に耳をすましている。つまり、おれの言葉が耳に入ってきている。それはお前の幻聴ではない。幻覚でもない。これはおれだ。おれの言葉だ。もっと耳をすましてみろ。そろそろおれが見えてくるはずだ。お前にはおれが見えはじめる。おれは複数に見えるだろう。別にそれは焦点がぶれているんじゃないぞ。おれはもともと複数なんだ。何千というおれがいる。お前らの周辺を、お前らが生まれる前からうろうろしていたんだ。これから話すことはおれが見てきたことだ。お前の目ではない。それだけは勘違いするな。しかし、そこだけ間違わなければあとは楽だ。お前はただその風景を見てればいい。忘れるなよ。いまから見る世界を。そして、それはお前の世界じゃないことを。昔からの言葉だ。昔からの光景だ。昔あったものだ。昔から語り継がれていることだ。そして、それはいま、おれが発している言葉だ。それは文字じゃない。それはおれの記号だ。おれという記号であり、それはお前が唯一見ることができるおれの姿だ。

50

笑いました。泣いてやがる。腹をかかえて寝転がる子どもたち。上から水が降ってきた。

まわりには何もない。ただ草が広がっている。これは雨ではないのです。なにもない。口から飛び出したきみは、いま、どこにいるのですか。これは手紙。切手も自分でつくりました。爪で。葉っぱでつくりました。郵便夫は石ころにけつまずき、それでびっくりして穴を見つけた。あいつはそうやって見つけ出したと言っている。石でできた階段は途中で終わっていて、井戸みたく深く上に伸びている。植物でできてます。できました。できものだらけの顔は、鏡がないので、わからずに、水面に映るばかり。お面をした男は女だった。女たちはみな動物で、どいつもこいつも毛がなびいてました。風でなびいているのではなく、すすり泣いていたのです。それを見ては思い出す。あることを思い出す。それを内に秘め、音はそこにはない。なにもない世界。世界は背中の上で、いまだにごろんごろんと回転を続けている。それは石だった。足を踏み入れた途端に、割れた音がするので近づくと、本当に割れていた。裂け目みたいなものの奥に、人が集まっている様子が見える。目をそこに差し込むと、もう終わりだった。それで終わりです。顔がはまったまま動かせない。壁にうまったまままもう何年もこうしているのです。だから歌うことにした。そうでもないと退屈で死んでしまいそうだったから。いや死んでいるのかもしれない。しかし、まだ息はしていた。植物は動物と話している。空からまた水が降ってきた。これもまた雨ではない。そんなのはじめからわかってるだろ。わかっているのに黙っていて、それで歌おうってのかい。そんな声が聞こえてきます。おいおい、そりゃないだろ。葉っぱが揺れるから、それで風の場所がわかった。わからないままの動物はまだ動いている。体はゆらゆら動いている。水面に映っていた顔が二度、揺れた。船の上から見ると、まだ水中にいる。草にからまっている。岩の中にうまっていたのではなく、石ころはいつもどこにでもいた。いたのです。それを見たからわかるだろう。これは歌です。歌なんです。歌のことを話すから聞いてろ。聞いてください。聞いてもいいですか？　質問してもいいですか？　あなたはなぜそんなに美しい。これはその目が勘違いしているだけなのか。目をくり抜けばいいのか。こうやって旅がはじまった。変な旅だった。それは誰の旅か。そんなことを聞いても誰も答えない。答えてくれない。だからこれは旅なのだ。足を動かせばその時点ではじまっている。空からまた水が一滴。これは雨だった。いよいよ雨が降った。時間がきたんです。だから、足を動かした。ここは人の顔だ。だから島だ。群島だ。小さな島が染みのように広がって、その場所を拡張している。そこではなにもなかった。集まりはたびたびあった。しかし、誰もが声も発しないまま抱き合っている様子を見るのは異様とも言えた。笑えたくらいです。その笑い声は。地面の上をはいずり回る風がいくつもそんな笑い声をあげていて、船の上から見ているだけじゃもう耐えられなくなった。水面と思っていたものはどこかの街で、それは一つの金属だった。大きな目が追いかけてくるもんだから、面倒臭くなってただ地面の上で寝て待った。お前は何者だ、名前を言え。わたしの名前はありません。だからください。わかった。お前の名前はわたしだ。わたしの名前だ。だから、お前はわたしだ。わかったか。葉っぱがたくさん茂っているところを、森と呼ぶなら、そこはまさに森だった。小さな街にいろんな形の家が並んでいて、そこで暮らしているあらゆる生き物はみんな透明みたいな色をしていた。肌の色、毛の色、草、木、跳ね飛ぶカエル、水、燻製《くんせい》のかけら、食べてごらん。口に含んだ途端に、みずみずしくて、口の中が水で溢れかえった。そのまま溺れ死んだやつもいるという。おれは走って逃げた。逃げたんだよ。後ろも振り返らずに、すると、目の前にあいつがいた。あいつは道草くっていて、食いすぎて腹がいっぱいになったところだったから、おれのことを無視した、というか、気づかないままだった。よだれの量を見ればわかる。誰にだってわかる。別におれの特別な能力でもなんでもない。あいつはそのままいなくなった。これは本当だ。ほら、また上から何か降ってきたぞ。これは見えているのか。じゃあこれはどうなんだ。わたしは泣き出した。あまりにもかわいそうになってきて、おれは信じることにした。白分があいつだってことを。おれたち三人組はもともと同じ生き物だった。今ではまるで違うものにしか見えない。そうやってはじまった旅のことをこれから話すが、話すだけだと退屈するから、歌うことにした。します。そうします。わたしは今から歌います。舞台の上にあがった女はそういうと、わたしは男です。とまず告白した。そして、人間ではなく、わたしは犬なんです、とも言った。わたしはそれは間違いない！　とうしろから大声をあげた。その女の犬は、体がなんとも言えないねっとりした液体で包まれていて、おれは触っているみたいに後ろから叫んだ。声はそのまま女にくっつくと、女はわんわんと吠えた。何人かの観客が笑った。酒の注文が入った。おれは働いているわけでもないのに、つまり、これはおれの店でもなんでもない。しかし、そこで飲んだ酒が格別だった。おれは白分がもしかしたら、三人のうちの一人なのではないかと思えるほどその世界に浸った。おれはあいつになっていたし、わたしの気持ちはよくわかるし、そもそも犬が誰だか知っている。その三人は名前なんか実はどうでもよくて、それぞれお前の知っている名前をあてはめて考えればいいというわけでもない。犬は臭かった。とにかくその臭さをこれから説明したいのだが、どうやれば臭みを表現することができるのか、知っている人がいたら、手をあげてほしいと女は言った。みんなは驚いた。自分のことをこいつはわかっているやつだ、と感心するものまで現れて、酒場は一瞬だけ一つになった。ああ、これを集まりっていうんだ。こういう瞬間を味わうためにおれは生きていて、今まで知らなかったはずの女のことを好きになった。おれはそのまま女の近くに寄って行き、舞台にあがって、犬の尻あたりをくんくんした。真剣にやっていたつもりだ。しかし、支配人みたいなやつが近づいてきて、おれに、ここは聖地だから靴ぐらい脱いでよ、と言うんだよ。へらへらした顔で。その時点でおれは気づいていた。これは何か企んでいるやつの話なんだって。話半分にしておかないとあとで大変なことになるか、金を請求されることも知っていた。何度かこのへまならやらかしたことがありました。わたしは当時、お金に困っていて、それでここに来たのです。求人の紙が壁に貼ってあったからではなく、そこに劇場があったから来ただけです。それ以外の理由は今の所見つけることができていないのです。だから、わたしは自分のことを覚えていないわけではありません。確かに女でした。わたしはそのときは犬だと思っていたのです。人からお前違うぞ。お前、本当に生きてんのか、って言われるまで、わたしは自分が死んだものだと思ってました。しかし、人から聞かされると不思議なもんですね。自分が人間じゃなくたって人間だと思っちゃう。わたしはどこかの森の一枚の葉っぱだった頃の話まで勢いづいて思い出しちゃって、それでその場は一時騒然となりました。わかってください。デタラメを言っているわけじゃなく、酒で酔っ払っているのでもないのです。わたしはただ酒をつくっただけで一滴も飲めないし、飲んだことがないし、父は大酒飲みでした。あまりにも飲み続けるもんだから、金がなくなって。わたしは酒を飲まないと決め、金を自分で稼ぐことを考え出したのです。なんにでもなることができるのだから、わたしは仕事がどこかにきっとあるはずだ、とわかっていました。何人も男はわたしに値段をつけると、餌をくれました。わたしは匂いが臭いのに、そこに寄っていってしまったんです。それがはじまりで。もともと間違っていました。わたしはいまも横で笑っています。いるんです。三人はまだ。舞台が終わっても、ずっとわたしのまわりをうろうろしてます。だからこれは旅ではありません。上から降ってくるのは一体なんですか？　喉が渇いているので飲んでもいいですか？　これは水ですか？　何かの液体ですか？　誰かがつくっているんだ。おれがつくっている。おれは男だ。そこにある点と向こうにある点が同じ場所だと言ってみろ。まず口で言ってみろ。事実はどこにある。事実はお前の中にはない。お前が向かっていたあの爪の町について話が聞きたい。あそこは記憶が暮らしている町だ。だから、お前はおかしくなったんだ。なったのよ。気づいて。目を覚まして。なぜあなたは変わってしまったの。体を振ると、尻の穴から何かビー玉みたいなものが落ちてきた。当たりです。あなたは当たりました。これから案内します。旅行券みたいなものを手渡された。わたしはそうやって旅をしているのです。これはわたしの生き方です。誰も文句を言ってくるものはいません。誰もわたしが見えていないのかもしれません。ところがわたしは生きていて、存在してます。そこがお前の面白いところで、わたしはつい笑い転げて、そのまま後ろに倒れてしまって、床に後頭部を打ち付けてしまって、死んだ。一人死んでしまったのだ。あいつは泣いていた。あの悪者の男が。どんなに家族が不幸にあっても平気な顔をしていた、あの心のない男が泣いている。わたしたちはその打ちひしがれる男の寂しい背中を見て、みんなで抱きしめたくなりました。もっと抱きしめて。もっともっと。なぜこんなに抱きしめると気持ちがいいの。わたしは気持ちがいいことだけしてたいの。寂しいの。もっと抱きしめて。泣きそうだわ。離れたくない。離れない。離れません。わたしはもう二度とあなたから離れません。わたしはあなたになりたくありません。抱きしめていたいから。わたしはあなたから離れたくないからあなたから分離したのです。そして、わたしは体を持ったんです。わたしはまだ犬で、そして、女でも男でもありません。もうわたしは自分が誰かわかったんです。だからもう知ろうとすることをやめたのです。わかっていることを知ってもどうしようもないでしょ。もっと抱きしめて。もっと強く。どんなことでもしていいよ。おれはお前のことが好きだ。好きだから抱きしめているんだ。おれはお前かもしれない。あなたよ。そう、わたしはあなたよ。だからもっと抱きしめて。離れていることを教えて。離れないで。もう二度とここから離れないで。だからわたしは犬でいられるんだから。

51

おれはまだ誰にも見つかっていない。誰もおれのことを知らない。仲間もいなければ家族もいない。どうやって生まれてきたかもわからない。それでもおれは生きている。それはわかる。いま、少し嬉しい。気持ちが動いているのがわかる。血が流れているのも感じる。指先から何か液体がでてきた。それをおれはいつもぺろって舐める。これがうまいんだ。それがおれの一日のうちで一際楽しい時間でもある。もう数千年もたっているらしい。おれにはそれが長いのか短いのかわからない。でも、まわりの生き物を見てたら、そいつらはどんどん死んでは生まれかわっているんだから、おそらくおれは長寿なんだろう。おれのことを知っているやつはいない。人間にもまだ見つかっていない。おれは見たことがある。人間を。そいつらはこの森にもときどき入ってきては、虫やら動物やら生き物を根こそぎ捕獲し、どこかへ連れ去っていった。それを見てると、虫や動物は馬鹿だなと思う。なんで、見つかるようなところにいるんだ。さっさと逃げればいいじゃないかと思うが、どうもそんなこと考えることができないみたいで、彼らは毎日同じように生きている。おれは違う。ちょっとどころじゃない。随分違う。だから、人間は、いや、人間どころじゃない生き物はみな、おれのことをまだ見つけていない。だから、おれは存在しないことになっている。そうなんだろ。おれの世界では違うが、他の生き物たちはみんなそうだって聞く。誰から聞くのかって、それを聞いても、お前さんたちにはわからんだろう。おれにはわからないことがたくさんある。自分自身でもわからんことがあるのに、お前さんたちにわかるはずがない。それでもこうやって口にしようとしているってことは、それでもおれは伝えたいと思っているらしい。しかし、一体どこから話せばいいのやら。まずはおれは勘違いされている。人間たちはおれのうちの二つをそれぞれに分けて、虫だと思って、名前をつけている。それがそもそも間違いで、分けちゃだめなんだ。しかも、おれはその二つだけでなく、さらに六つの組織（おそらくそれも、もし人間が見つけたとしたら、それぞれ六つの虫に分けるだろう）を合わせた八つから成っている。おれは八つなんだ。それぞれはいろんなところに顔を出している。大抵は葉っぱの上をかざこそしているが、地中にいるやつもいるし、水に溶けているやつもいるし、もともと目に見えないやつもいる。いま、おれはわかりやすく、それぞれを「やつ」と呼んで分けてみたが、それらが、おれ、なんだ。おれはそのような一つの生き物だ。いくら、おれの一部が肉食の虫に見つかったって、人間に捕獲されたって、別に痛くも痒くもない。おれはそういう痛みがない、のではなく、そいつらが全部持って行ってくれるんだ。おかげでおれは守られている。気づけば、爪が伸びるみたいに、その連れ去られた部分は、また一匹の虫のふりして、葉っぱの上を歩きだす。きっと歩きだすだろう。月が森に差し込んでいるときがある。一筋の月光が地面に差すとき。おれは少しだけ見えるようになる。お前さんたちももしかしたら見えるかもしれん。そのときばかりは。もちろん、森の地面に月光がまっすぐ落ちる日なんて、数百年に一度起きるか起きないか。つまり、ほとんどおれは離れて暮らしている。手や足などの節には分かれていない。おれのそれぞれは一見、人間たちが勘違いしているように虫や動物たちに見える。でも違う。ここでおれが声に出して語ってはいるが、これはただお前さんたちが人間だから、こう聞こえるだけで、実際はまったく違う。しかし、そう聞こえるんだ。これはお前さんたちの世界では意味がわからない、と思うだろう。本当は違うのにな。お前さんたちにもあるんだ、こういうところが。つまり、お前さんたちの中にもおれはいる。ときどき、だけどな。いるんだ。痒いときがあるだろ。あのとき、おれはお前さんたちの中にいる。別に何かの成分になっているわけでも、血の中で動いている細菌でもない。そうやって区別しちゃいけない。そんな世界におれは住んでいない。おれが暮らしているところを想像するのは難しいことではない。痒いとき、ただ、おれのことを思えばいい。形なんかどうでもいい。おそらくおれの姿形を絵に描いたり、頭に思い浮かべたりすることは、お前さんたちにはできんだろう。数千年も見つけられなかったんだ。できん、できん、絶対にできん。それでもおれはどうにか声にしようとしている。つまり、お前さんたちが痒いとき。それがおれの声だ。こうやって、連なる言葉になっている。本当は。昔はお前さんたちもわかってた。間違っても無視することはなく、少なくとも存在は感じてた。それが、どんな虫や細菌や成分だなんていうやつは誰一人おらず、痒さに対して、不思議な感情を抱いていた。だから、おれだって、見つかりはしないけど、それでもつい顔を出しそうになったこともある。お前さんたちに見つかったら、ひとたまりもないからな。すぐに自分たちの世界に引っ張り込んで、そのあとは目も当てられない。それなのにおれは、自分から、お前さんたちに歩み寄っていこうとした。それでもいいかなと思えたときがあった。お前さんたちは森の中にいるときは、ちゃんと虫や動物を見ても、捕まえることもなく、彼らを虫や動物だとすら思わないときだってあった。森は、ちゃんとお前さんたちと接続していて、同時にかけ離れていた。守ってくれるものであったし、恐怖という感情の塊にしか見えないものでもあった。感情そのものの姿だったし、森に輪郭はなかった。お前さんたちが境界を持ったとき、虫や動物は生まれ、そして、おれは姿を消した。それはおれが隠れたわけじゃなく、お前さんたちが離れたわけでもない。横にいるのに、遠くへ行っちゃったんだ。能力だってなかったわけじゃない。それでも、おれは八つで、今も月に一番近い樹木のてっぺんの葉っぱの上で寝ている。もちろん、こいつはおれの一部だ。こういう説明するのも疲れてきた。おれはどこにでもいる。いつからお前さんたちは痒いからってすぐ肌の上をひっかくようになったんだ。おれを感じろ。ときどきは。もちろんこの声は届かんだろう。痒みが声なのに。おれは声だ。おれに姿はない。かといって存在しないわけでも、別にお前さんたちが拝み立てるような精霊でもなんでもない。そんなものはいないんだ。お前さんたちはまず、おれを見つけることからはじめないといけないが、見つけてしまったら一巻の終わりだ。おれを知ったら、おれはおれでなくなる。もう数千年もおれは一人だった。それでも寂しいなんて気持ちはない。おれはいつだって、お前さんたちの中にいたし、ずっとこうやって声をかけ続けている。体の中の声に耳をすます時間だって持ったほうがいいし、それがおれの言う時間ってやつだ。おれは今もいる。そこにいる。声は体の中にあり、それを口にするのはお前さんたちの仕事だ。おれの仕事じゃない。おれは葉っぱの上にいる。水中にいる。魚の中で笑ったり、お前さんたちの仲間が食われた獰猛な獣の中にもいる。毛の上で昼寝したり、枝の穴から入り込んで、仕事をさぼったりしたこともあった。しかし、それらはあくまでもおれの一部で、お前さんの中の声ももちろんおれの一部で、おれはずっとこの森にいるし、森はそういう意味では皮膚みたいなもんだ。間違っても、お前さんたちが持って帰るようなものではないし、そもそも誰のものでもない。おれはおれのものでもないし、そんなことは早めに諦めた。じゃあおれは一体誰なんだ。おれはもうそんなことを自分に問うなんて愚かなことはしないし、虫を虫だと思ったことすらない。虫の中におれがいる。あいつらは今もおれの声が聞こえている。だから、お前さんたちは同じ虫に出会ったことが一度もないんだ。そのことに気づいてみたら、少しは見えてくる。同じものを同じものだと判断する前に、お前さんたちが毎日変身していることを見直してみたらいい。お前さんはお前さんではなく、おれだ。声は声ではなく、痒みだし、お前さんたちが口にしている動物はおれの忘れた思い出だ。ときには水浴びしながら、泣いてみたほうがいい。

52

モルンは地面の上で指を使って何か絵を描いているように見えた。図形のようだが、直線はなく、モルンの指先はふらふらと頼りなく揺れている。そうかと思うと、手のひらでさっと砂の表面を消して、また平らに戻したりした。そして、また似たような図形を描きはじめた。似ているが、また別のものを表しているように見える。モルンは首をかしげていた。横から手のひらで消すときもあれば、足で一部分だけ描き直すときもあり、一貫性はない。それでもモルンは何か見つけ出そうとしていた。次第に固まってきたようで、全部消すことはなくなった。それでも風が砂を運び込んできて、図形は微妙に変化していた。「何もない状態から描こうとすると、混沌に巻き込まれて、自分がどこにいるのかわからなくなってしまう。自分が動いているか、止まっているのか、驚いているのか、落ち着いているのか。知るすべを失ってしまうんだ。だから、自分の見たものを書くときは、一気に描くのではなく、こうやって、少しずつ描き直しながらやっていったほうがいい。無からはじめようとすると、人間はどうしても最後、記憶に頼ってしまう。しかし、それはあくまでも自分の記憶で、他者の記憶は入り込んでこない。それでは、記憶が本来持っているそれが起きた瞬間の姿形や空気に手が届かないんだ。自分の記憶から離れるために、おれはこうやって見る。これは描いているように見えるかもしれないけど、実際は『見ている』。そうやっていると、地面に穴があいてくる。別に指先で穴をあけるわけでもないし、蟻の巣とも違うよ。この地面に、新しい焦点が生まれてきて、手が入り込みそうなほど、奥行きを持ち出すんだ。そもそも遠近法だって、一つ一つの焦点は一つの穴、つまりトンネルをあらわしているからね。でもそんな単純な穴では見えてこないものがある。そもそも見るって行為は、表面の情報を読み取るということじゃない。ひいじいちゃんは、見る、という言葉を、そうやっておれに教えてくれた。そのときはもう死んでたけど。言葉は残るんだ。おれは幼い頃の夢でそれを見た。そして、親父にそのことを話したんだ。おれはすっかり忘れてたけど、親父が書き残してた。おれは親父の文字を見てすぐ思い出した。すぐにその夜、親父たちに呼ばれてね。それがはじめて夢の会に招かれた日だった。親父もどこかにはいるんだろうけど、薄暗くて、誰が誰だかわからない。円形の小屋の中でみんな横になって寝てた。おれはタバコを吸えって誰かに言われて、長い煙管を渡された。親父草の香りがぷんとして、咳き込みながらゆっくり言われたように吸い込んだ。しばらくすると眠くなってきた。頭は冴えてるのに。夜なのか昼なのかわからなくなった。小屋の中は薄暗いからまぶたが徐々に落ちてきて、おれは完全に熟睡した。すると、鳥の声が聞こえてきた。それが合図だった。煙が小屋の中を漂っているのが見えてね。月の明かりなのか、小屋の穴からもれる太陽の光なのかわからないけど、まっすぐ一筋の光が見えた。それはもう夢だったのかもしれないし、冴えてる頭が見ていた現実かもしれない。でも、もうそんなことはどうでもよくなっていて、おれは安心した気持ちになって寝転んだ。まぶたはずっと重くなって、誰かの手のひらで瞼を閉じられているみたいだった。ひいじいちゃんの手のひらだ、と誰かが言ったが、親父の声ではなかった。低い声で、聞き取れないくらい小さい声だ。それでも、男は、確かに、ひいじいちゃんの手のひらだ、って言ったんだ。しばらく静かになると、もうそれから音は一つも聞こえてこなくなった。おれらが暮らしている草原ではときどき、そんな瞬間が訪れる。風の音も、鳥の鳴き声も、草がこすれる音も、馬の足音も、人間の声も聞こえなくなって、耳を閉じているわけでもないのに、沈黙が突然訪れる。小屋にはたくさんの人が寝ていたはずだが、地面をこする音一つしない。ただ煙が泳いでいた。おれは目を瞑っているのに、それが見えた。煙は風のない小屋で、ある形を保ったまま ただよっている。おれはその形に懐かしさに似た感情を覚えて、つい黙って見た。みんなも見ていたのかはわからない。それは夢かもしれない。親父から肩を叩かれるまで、おれはずっとその煙を見てた。煙はじっと見ていると、少しずつ変形していった。おれも変化していたんだろう。煙はおれの変化に反応しているみたいだった。草だって、人間だって、煙と同じだ。固かろうが、柔らかかろうが、変わらない。

食事をする人間と、使い慣れた食器も同じだ。互いに変化している。煙はそう言った。煙は、わしはお前のひいじいちゃんだ、って言いながら、こっちに来いと手招きしている。おれは体を横にしたままだ。でも、不思議と身が軽くなって、ふわっと煙の近くに寄っていった。その瞬間、いろんなものが通り過ぎていった。それは空気の中に含まれている成分とかそういったものじゃない。おれが体験してきたものや出会ってきた人、その中で生まれたいろんな行為や、そこで見たものたちが一挙に通り過ぎていった。走馬灯っていう言葉があるが、それともちょっと違う。別にそれは記憶ではなかった。それは今でもおれの中で息をしていて、それがおれの体を形づくっている。おれは皮膚で包まれているだけでなく、そんな行為の連続や分裂で成り立っている。おれはこうやって地面の上で指を動かしながら、それを見ている。こうやって描き直しながら、少しずつ穴を掘ってるんだ。しかも、一つじゃない。その穴は、現実では平面にしか見えないかもしれないが、もっと複雑で立体的だ。この土の表面を削った盛り上がり方にも一つ一つ意味があって、その砂粒一つ一つにもそれぞれ、おれの皮膚の周辺に包まれている生き生きとした走馬灯がくるくると回っている。見えない反射光を見つけるんだ。そして、そんな作業を繰り返す。そうやって少しずつおれは、見る、という行為を、学んでいった」

わたしは煙草を吸いながら、描き直し続けるモルンを黙って見ていた。地面には跡が残っていく。モルンはその上からまったく違う線を引いた。爪には土が入り込み、肉に食い込んでいた。それでもモルンはやめることなく、描き直していた。ビルの屋上の干からびた地面からは名前も知らない雑草が生えていた。わたしは家の近くの植物を思い出した。

いつも散歩する川沿いに大きな葉っぱの植物が無造作に生えていた。豆腐屋の店主が剪定《せんてい》していた。

「それ、おじさんが育ててるんですか？」

早朝の誰もいない河川敷で目が合ったわたしは思わず、怪しいものではないことを示そうとそうたずねた。店主は植物の葉っぱを一枚一枚切り落としている。見たことのない大きな葉っぱだった。

「突然、ここに生えてきたんだよ。これが元気でね。切っても切っても生えてくる」

「なんという名前の植物なんですか？」

「ベトナムヤツデ」

「ベトナム？」

「鳩の糞の中にベトナムで食べた種が入ってたんだろ」

店主はわたしにその葉を受け取るように、顎を動かした。

わたしはそれを受け取ると、裏山へと墓参りに向かった。十一体の地蔵が自動販売機の横に静かに並んでいた。わたしは墓前に立つと、両脇の花瓶にベトナムヤツデを一本ずつ差した。背後には大楠《おおくす》が生えており、蔓《つる》が幹に絡み、枝から垂れている。久しぶりに来た墓には枯葉がつもり、花瓶の水は腐っていた。墓のうしろに、苔むした小さな石が立っていることに気づいた。そこにも自分と同じ苗字が彫られている。しかし、聞いたことのない名前でおまけに江戸時代の墓だった。わたしは墓地の周辺を散策し、草花を切り取ってくると、墓前に置いて手を合わせた。「雪」という名の女性だった。そのとき、突然、楠の裏から大きな羽音を立てて、鳥が飛び立った。真っ白い鳥だった。驚いて、その影を追っていくと、突然鳥は真っ黒に変色し、上空の繁みに止まった。鳥だった。強い朝日が墓地に差し込んでいた。その光で白く見えたのだ。鳥はしばらくわたしをじっと見たあと、飛んでいなくなった。光が落ち着くと、またいつもの墓地に戻った。わたしは歩いて、家に帰った。

53

森の夢は口を開けたようにわたしたちの前に姿をあらわした。わたしたちは自分たちでこしらえた地図を覗き込みながら、人間たちの足音を聞いていた。彼らはまだ迷っていた。声はすぐ隣で聞こえている。しかし、姿は見えなかった。わたしたちは人間の靴で踏まれていた。地図は彼らに森の気配を感じさせたが、手を触れさせはしなかった。手はここにある。わたしたちは自分たちの手を見ていた。人間に触れることもできた。実際に触れたものもいた。わたしたちの言葉は、人間には届かない。しかし、感じることのできる人間はいた。わたしたちが見ている文字にはそう書き連ねてある。わたしたちの存在を感じたものによる記録が、事細かに書かれていた。彼らは近くにいた。文字の中にいた。人間はもういないのかもしれない。わたしたちが感じているこの足音は一体、どんな人間たちなのだろうか。生きている人間の声だ。彼らはまだこちら側へ通り抜けることができていないようだ。時折、人間は強く壁を叩いた。わたしたちにその壁は見えない。わたしたちの頭上には森の夢が浮かんでいる。神経のように細い根が地面に向かって垂れ、表面のかすかな水分を吸い上げている。風が吹いた。根は揺れ、波立つ海みたいに見えた。わたしたちはただゆっくりと砂漠を眺めた。空は濃い青色をしていた。わたしたちは眠かった。起きたばかりでまだぼうっとしたまま、わたしたちは目の前の景色をゆっくりと書き写した。また人間の声が聞こえた。幻ではない。声はしっかりとわたしたちの耳に届いていた。お互い確認することはなかったが、声の強弱に合わせて、わたしたちはしっかりと反応した。みんな同じ声を聞いているものだと思っていた。実際は違っていた。開いている頁には、人間の言葉が書かれていた。わたしたちを感じたときの様子が記録されていた。人間は地図も書き残していた。人間は船で砂漠に到着したようだ。書かれている船の姿を読みながら、わたしたちは自然とその形を模すように形を変化させた。気づくと目の前に船があらわれた。わたしたちは一人の船員にもなっていた。彼はわたしたちのことをもともと知っていたのだろうか。彼の背中には大きな傷があった。わたしたちの傷とは違っていた。わたしたちは治療するような気持ちで彼の傷を眺めた。彼は笑っていた。それに合わせて、わたしたちも笑った。彼の筋肉になって笑った。わたしたちは人間の心がどのようなものか感じたが、かといって心をつくりだすことはしなかった。なぜなら、彼が迷っていたからである。彼は変化する自分の心境を思いつくまま書き連ねていた。わたしたちはそれをただ読むことに集中した。彼は砂漠からずいぶん遠く離れたところで生まれた。彼は道具屋の息子だった。小さい頃から道具に触れて育ったために、いつからかその道具たちがどこから来たのかを夢想するようになった。手を触れていると、その道具を誰がどのように使ってきたのかを感じられるようになっていた。それだけでなく、彼は道具自身になることもできた。彼は空っぽだった。中身がなかった。自分が人間ではないと感じるときもあった。しかし、彼はそれを誰かに伝えようとは思わなかった。そんなことをしても何の意味もないと道具から教わっていた。道具屋の店主だった父親は、道具にまつわるいろんな話を買い手にあれこれ話すのだが、大概は嘘だらけだった。彼は幼い頃、ある薬缶について本当のことを言ったことがある。その薬缶は三百年前の王宮で使われていたものではなく、五百年前に移動する人々が年に二度行っていた祭のために使っていたものだった。彼はその人々たちのことを知っていた。会ったこともないのに知っていた。薬缶はそこで使われた道具だった。彼は祭の様子まで克明に見ることができたのだ。彼は道具の時間を感じることができた。父親は彼を信じなかった。しかし、彼は父親の言うことをすんなりと受け入れた。理解されなくても落ち込むことはなかった。それでも暇さえあれば道具を触り、いくつもの時間と触れ合った。彼はたくさんの見知らぬ人々と道具を介して出会った。人間だけでなく、動物たちにも出会った。動物たちは楽器や服などに姿を変えていたが、彼の前では元の姿を取り戻した。ときには彼を背中に乗せて、草原を走った。ある日、彼は不思議なものと出会った。父親はその道具が一体、何のために使われたものなのかわかっていなかった。それは一枚の皿だった。ところどころ金属のかけらがはめ込まれている陶器だった。みすぼらしい色をしていたので、父親は売り物にはならないと倉庫に放置していた。倉庫の道具たちに囲まれながら昼寝をするのが日課となっていた彼は、倉庫の奥に眠っていたこの皿のことをずっと前から知っていた。しかし、触ることはなかった。何かはじまるような気がしていたからだ。ここからいなくなるような気がした。これまで過ごしてきたこの家が、自分の場所ではないと彼は感じていた。本当はどこか遠くで生まれたのかもしれない。だから、父親が自分のことを理解しなくとも、彼は一度も失望することはなかったのだ。そのかわり彼はときどき黙り込んだ。十日間、口をきかないという日もあった。家族から声をかけられても、返事一つしなかった。そのうちに家族は諦めて、誰も声をかけなくなった。一方、彼には他の声が聞こえていた。いろんな声が聞こえた。声は鼓膜ではなく、腹に鳴り響いた。道具に詰め込まれている時間はいつも内臓をぐるぐると動き回った。声は血の中でよく鳴った。声は腹の中で増幅された。次第に彼は声で満たされてしまった、食欲がわかなくなった。夕食を家族と一緒に食べることもなくなった。倉庫で眠ることが多くなった。まわりの友人たちも誰も相手にしなくなった。しかし、それでも彼は落ち込まなかった。むしろ、それでよかったのだと納得していた。彼は道具から漏れ出る時間と過ごした。いくつもの時間と。ある日、彼は今まで触れようとしてこなかったあの皿に触れるときが来たと感じた。皿から声がかかった。わたしたちを探せ、と腹で声が聞こえた。そして、彼は皿に触れた。小さな音とともに皿は一瞬で割れ、粉々になり床に落ちていった。見ると、ただの砂が絨毯の上に散らばっていた。彼は砂にゆっくりと右手で触れた。人影が見えたが、人間ではないような気もした。なぜなら、彼らは一人一人分離してはおらず、指先や頭のてっぺんが伸びたまま、隣の人間とつながっていたからである。かつ、彼らは一切、対話をしなかった。声は聞こえたが、口は閉じていて、中には口がないものもいた。彼らは夕食を食べていた。彼はそこに加わっている自分の姿を見た。彼は以前、そこで暮らしていた。腹の中ではまだ彼らの声が聞こえる。声が交錯していた。彼は、自分が生まれた場所はここなのだと感じた。彼は立ち上がると、家族に黙ったまま家を出た。ずっと大事にしていた銀時計を机の上に置いていった。彼はそこへ向かうことにした。自分は人間ではなかったのだと彼は思った。彼はわたしたちのところへ向かおうとしていた。港へ向かった彼は一隻の船を見つけた。男たちが船に荷物を積んでいる。声をかけることもなく、彼は栈橋《さんばし》を渡った。誰も止めるものはいなかった。乗車券も必要なかった。彼は船に乗り込むと、荷物を貯蔵するための倉庫を見つけ、持っていた布をそこに敷くと、横になった。船はゆっくりと動き出した。彼の気持ちは平穏だった。こうして彼は生まれた場所へと戻っていった。

54

おれは思考しているわけじゃない。ただ見てるだけだ。見てるといってもおれ自体が目なんだから、目で見るってのともちょっと違う。目で見てもおれは見ることができない。それは思考するということだ。それは生き物の思考で、つまり、そうなるとおれは生き物ですらないのかもしれない。確かにおれは鳥の目だ。そして今、枝の上に止まっている。それはわかる。そんな光景が広がっているからだ。しかし、おれは自分自身を見ることはできない。目で見ることはできないんだ。湖で水を飲んでいても、それはおれじゃない。鳥かもしれないが、おれではない。それでもおれは見ている。ずっと前から見ている。いつから見ているのかわからない。それでも目を開いた瞬間を覚えている。前からおれはそこにいた。おれは目になる前から、ちゃんとそこにいた。何か針が当たる音がした。音だって聞こえた。耳はなかったのに。それでも音が伝わってきて、おれは目を覚ました。おれにとっての事実は、おれの体に今も残っているし、それがおれの記憶なのかどうかは問題ではない。おれは枝の上にいた。そして、周囲を眺めていた。おれは人間らしきものたちを見ていた。そいつらはただ浮いているように森の中でさまよっていた。彼らは集まっていた。手をつないでいたわけじゃない。誰かを中心に群がっていたのでもない。彼らはただ集まっていた。人間らしき形をしているからって、人間というわけでもない。確かにおれには人間の記憶もあった。なぜならおれはそいつらの見ている景色を知っていたからだ。あいつらはおれのことを感じてもいた。見てはいない。あいつらは目を使わないんだ。目を使うとおれが逃げることを知っているからだろう。そもそもおれなんかに興味がないのかもしれない。それでもおれは視線を感じていた。逃げてもよかったのだが、あいつらの視線に羨望を感じたおれはついいい気分になっていたんだ。だが、あいつらは鳥に惹かれていたんじゃない。鳥の歌声には耳をすましていたがな。おれに鳥の歌は聞こえない。もちろん振動は伝わる。おれは鳥の歌声で踊っていた頃を思い出した。おれもそのうちの一人だった。おれはもう死んでいるのか。おれにはそいつらの目だけでなく、笑っている皮膚の動きだって感じ取ることができた。おれは月を見た。夜なのか昼なのか。光は月から漏れ出ていた。反射した葉っぱが、風もないのに揺れている。猿が飛び上がった。あいつらはおれの真似をしていた。でも気にすることはない。おれはただ黙って見ていた。月を。月はよく見ると、穴があいていて、向こうから誰かが覗き込んでいる。逆光になっていて顔は見えない。影だけがはっきりと見える。おれは体を乗り出して、葉っぱの隙間から眺めていた。満月だ。穴の奥には太陽まで見えた。ここはおれが見ていた景色のはずだ。照らしていた世界のはずだ。しかし、おれは気づいたら森の中にいたんだ。おれはもともと死んでいたはずだ。もう骨になっていたはずだ。だから、おれはもう消えていたんだ。骨は崩れ落ちて、風に吹かれ、少しずつ土に戻っていた。おれは砂になっていたのかもしれない。それなのに、おれは月を見ていた。おれを見下しているあいつは、何を見ているのか。高台から何を見ているのか。井戸を覗き込んでいるような格好で、あいつはおれを見ていた。空が膨らんでいる。真っ黒の幕みたいに、森のほうへ垂れ下がってきた。空はおれに向かって何か話しながら、顔の近くまで迫ってきた。あいつはおれだ。おれはそう口にした。人間らしきものたちがその音に反応している。何か騒いでいた。しかし、おれは気にせずにただひたすらおれを見ていた。あいつは空じゃない。あいつはおれで、つまりは目玉だ。鳥はどこにいるのか。歌声はもう聞こえなくなっていた。静かな森の中で、光だけがにぎやかに差し込んでいる。あんまり目立つもんだから、ついそこを見ていた。他の獣たちも見ていた。人間らしきものたちはおれじゃなく、月を見て騒いでいたのかもしれない。ここは目の世界なのか。水辺で自分を見るのとはまるで違う体験だった。おれは自分を、森の中に無限に存在する生き物の一つとして見ていた。森にはおれの知らないやつらもたくさんいるんだろう。おれは森のことをほとんど知らなかった。森を知ることはできないんだ。森は今も変化しているんだろう。また新しい生き物が生まれた。湖の中でもさまざまなことが起きていた。宴はひっきりなしにそこらじゅうで行われた。しかし、それでも人間らしきものたちの騒ぎ声以外は静寂なままだった。次第に人間らしきものたちの声も森に吸収されるように鳴りやんだ。おれはおれを見た。穴からは月光が差し込んでいる。森の内側は外にめくれていた。外にあるはずの町が根っこから生えていた。葉っぱは地面を覆い、根っこが樹木たちを囲んでいた。鳥は森を見ていた。しかし、それはただ夢を見ているようなもんだ。おれは知っていた。森はもうすでになくなったんだ。おれは何にもない世界をただひたすら飛んでいた鳥の目だった。おれはその鳥の片目にすぎない。ガラス玉みたいな自分の体を覚えている。こちらを見ていた影と目が合った。匂いが漂ってきた。どこから匂ってきているのか判断できなかった。匂いは見えなかった。匂いはいろんな形に分かれていた。おれはそのうちのいくつかと出会ったことがあった。匂いはいろんなところを渡り歩いてきた。風が運んできた。しかし今、風は吹いていない。人間らしきものたちの大きな影がガラス玉に映り込んでいる。おれはここにとどまっていたかった。それなのに鳥ときたら、死んでいるにもかかわらず羽を広げ、茂みに向かって一気に飛んだ。怪我することなんかかまわないんだろう。おれのことを気にする様子は微塵もなかった。投げやりな気持ちで飛んでいた。羽は枝や棘に当たり、血を流しはじめた。すると、視界におれが見えた。鳥はおれに向かって飛んでいた。おれが命令したんじゃない。影は相変わらず鳥を見ていた。月の明かりはますます強くなり、おれは白い鳥になった。真っ白い鳥だ。蛍光灯みたいな鳥だ。おれは鳥だ。おれは鳥の目じゃなかった。おれはガラス玉の空の下で鳥になっていた。人間らしきものたちは一心不乱に踊っている。雲をいくつか通り過ぎた。匂いをいくつか嗅いだ。匂いはどんどん細かくなり、目に見えるようになってきた。おれはいろんな匂いを見た。知らない町の様子や、見たこともない生き物の気配も感じた。雲を越えると、もうそこには巨大な月しかなかった。真っ黒だと思っていた空は、明かりで照らされて昼になっていた。昼以上に明るかった。昼でも夜でもなくただ明るい世界だった。鳥はおれに向かっていた。ところが鳥の羽はもげていて、落下しはじめた。おれは地面に落ちると、転がるように穴の中に入っていった。穴に落ちると、天井には空が見えた。黒い星が満天に散りぢりになっている。息をしていることを忘れるほど心臓の鼓動はゆっくり動いている。おれは森の地中にいた。それでもおれはいま、ここにいる。これは昔の話でもなんでもない。いまも目玉の裏では続いている。おれはそこで目を覚ました。おれは自分が傷一つないことに驚いた。おれはただ見るしかできなかった。それがおれの仕事だ。おれは鳥の一部となって、ただ景色を映し出した。おれはその意味を知らない。川が流れていた。しかし、これはあくまでも獣たちが見ている夢だ。人間らしきものたちの踊り。森はいまも息をしている。風はどこかへ行った。目に砂が入った。鳥は嫌がって岩陰に隠れた。樹木なんかどこにもない。なにもない。虫が地面を這いずり回っている。おれは虫の動きを追った。虫はいくつもの姿に分裂し、それぞれ線を描くように動き出した。それらすべてが虫だった。おれはすべてを虫だと思ったんだ。すべての動きをおれは見ていた。同時に見ていた。地面が揺れて、風が吹き、目の前の虫はぐにゃぐにゃに破裂していた。おれはただ力を抜いた。おれはただ仕事に専念したってことだ。鳥はおれの示した光景を見ながら、しばらく黙ったあと、分裂した虫の一つを嘴でつまんだ。内臓のおれはその虫と出会った。おれは小さな子供みたいなやつにその虫を紹介した。おれは分裂した虫の記憶を覗いた。それはおれの風景であり、おれ自身でもあった。痛くはなかった。痛みってのは、不思議なもので、それは匂いみたいなものなんだ。だから雲だ。つまり、おれの中では痛みなんかない。おれは鳥だった。でもいまは目なんだ。内臓だったことを覚えている目なんだ。腹が減った。おれは何を食べればいいんだ。誰もおれに食い物をくれないんだ。おれはただ見るだけで、しかも、それはいつもおれ自身なんだ。鳥はなんでも食べた。おれは鳥の目であり、常におれを見つけ出そうとしているだけだった。おれは内臓でそいつらと出会った。川で見た人間らしきものたちは、そんなおれのことを知っていたのかもしれない。いつも、あいつらはおれに食べものを分けてくれようとした。おれはただ水を飲みたかっただけで、悲しくて涙を流したわけじゃない。おれはただ水になろうとしただけだ。その水で遊んでいるあいつらは森の中にいたおれを見て、思い出したんだろう。だから、きっとあの踊りはおれに向けての感謝だったんだ。

55

「わたしは人間ではない。人間の形をしているだけだ。わたしには形が見えない。わたしはただの器だ。しかも、そこには何もやってこない。何も待っていない。雨が降るわけでもない。何かを掬うわけでもない。ただそこにいるだけだ。枝に止まっている鳥がいる。わたしはそれを見ているのではない。そこにいるだけだ。足を動かせ。そこにある足を動かせ。それは誰の足でもない。わたしのものですらない。だから、わたしは足を動かすのである。何者かに動かされているのでもない。ただ体のことを見ているだけだ。わたしは鳥である。わたしはそこにある石である。わたしは人間ではない。わたしのことを見てはいけない。わたしは歌う。わたしの歌ではない。わたしはあの人だ。それは人間ではない。あの人はわたしの中に入ってきている。わたしはあの人の記憶をすべて持っている。今だけ。だからどんなことでも聞いてみればいい。答えは一つも出てこない。こないものはこない。同い歳のあの鳥はわたしの言葉を聞いている。わたしはだから鳥の羽を持っている。何もないここで、町の声が聞こえる。声は伝わる。どこか遠くから。電線を通してわたしにやってくる。わたしは電信柱だ。わたしはここにいなくてはいけない。お前たちはどこかへ逃げればいい。そこでわたしの言葉を聞けばいい。遠くでも聞こえるから。何か聞いてみればいい。答えを求めるために聞くのではなく、聞いてみればいい。いろんな音が聞こえる。紐がそこにある。あった。雨が降った。体を振ると音が出る。音は言葉ではない。音は匂いだ。匂いはそこにある。嗅いではいけない。漂っている匂いに耳をすます。聞こえたか。わたしには聞こえない。わたしは耳を持っていない。耳ではない。わたしはただの器でもない。わたしは集める。集めたものを見ればいい。わたしは目を持っていない。目である。目ですらない。目は音を完全に見る。音のことを思い出す。わたしは思い出せない。わたしには記憶がない。わたしは知っている。匂いを感じている。感じてもわたしは伝えない。わたしは動かない。わたしはここにいる。電信柱。頭が痛い。痛みが現れてきた。どこからともなくやってきた。痛みは生き物だ。息をしている。わたしは体を持っている。体は消えた。目には見えている。それでもお前たちは知らない。どこにいるのか。出ておいで。出てきてください。やってきます。壁は見えない。透明の色をした木がそこらじゅうに。来て来てこっちに来て。わたしは怪しいものではありません。わたしは音です。音を鳴らす。石でも岩でも皮膚でも頭でも隣のものでも叩いてみればいい。とんとんとん。叩いてみてください。さあみなさん一緒に叩きましょう。同時に叩かなくてもいいです。自分が叩きたいと思ったときに。思いましたか。じゃあいま叩いてみてください。鳥がそこらじゅうに飛んでいるでしょう。それはあなたが見ているからです。あなたは見たんです。見たんですよ。鳥の赤色を。だからあなたは赤色が気になるんです。木になった赤い実を食べる。食べているのを見ている鳥がいます。一羽いるとします。その一羽になります。いまから鳥になって赤い実を食べる仕草をします。それからはじめます。いまからはじめます。羽はどうする。羽をどこかから持ってこい。お前。お前が持ってこい。どこからでもいい。なんでもいい。羽になるものを持ってこい。早くしろ。わたしはいなくなる。もうすぐいなくなるぞ。早くしろ。時間じゃない。早くする。早く早く。落ち着け。わたしは鳥だ。わたしはいまからお前たちの前で鳥だ。ここにいる。いま岩に乗る。わたしは一つ高くなったここでいまから歌をうたう。鳥だから歌うだけでわたしは人間ではない。いまからわたしは変化していく。歌をうたうからだ。わたしはいま鳥だ。わたしはわたしではない。人間ですらない。人間の形をしている。しかしわたしは見えない。聞こえない。知らない。考えていない。わたしはただ歌う。声は聞こえるか。そこから聞こえるか。遠くまでいったな。ずいぶん遠くまで。それでもいい。こわいならこわいなりに聞けばいい。誰もいなくなってもわたしは歌う。変わるその姿を見ていればいい。わたしには見えないのだから。それでもわたしが目を覚ましたときにそのことを伝えないでくれ。伝えてはいけない。わたしは人間ではないのだから。目を覚まさないのだから。ずっとわたしは眠っている。眠りこけている。わたしはそれでもわたしと言うだろう。しかしそれは鳥である。歌をうたうのだから」

口が開くと、男は女であった。女は男になり、何か赤いものを身につけていた。どこから持ってきたのだろうか。岩の上に乗った男は女のまま鳥の格好をしている。口を尖らせたまま開いた。そこに虫たちが近寄ってきた。彼らは食べられたいのだ。次々と虫は男の口元に寄ってきた。女のふりをした男は甲高い声を出しながら、舌を放り出して、ぺろぺろと虫を飲み込んだ。体が痙攣している。あばら骨がむき出しになっている。男は腹が減っていた。それくらい痩せこけていた。ハンモックに寝ていたかと思うと、途端に立ち上がり、みなに向けて奇声をあげた。何も持っていない。男はただ岩の上で足を動かしている。黒い木は硬い。弦が張ってある。男のところに楽器が運び込まれた。鳥は何を持ってきたのだろうかと怪しんでいる。はじめは逃げた。近づくと、逃げるのだ。岩陰に隠れた。恐れているのだろうか。しかし、鳥は次第に危険ではないと気づくと、少しずつ体を表に現した。髪が伸びている。髪は膝まで伸びていた。鳥は赤い髪をしていた。体は泥で塗られている。歯はむき出しで、今にも噛みつきそうだ。涎が出ている。男は暴れ出し、そのうち虫が喉に詰まったのか、倒れた。しばらく体が硬直した。みなが近づいていくと、足をばたばたさせる。恐れてはいけないと思い込んでいる者たちはそれでも近づいた。誰かが鳥に噛まれた。血が流れている。髪が地面につくと、髪が引っ張られた。土の中に入り込んでいく。男は足首まで埋まっていた。もはや体を動かすことはできない。それでも鳥は叫んでいた。声は小さく耳をすまさないと、正確に聞き取ることができない。男は「それはやってきた、それは前からいた、そこにいた、それはそれだ、その中に入れ、入れ」と言いながら、みなを誘っている。ところが誰も近づこうとしない。血を流している者を介抱している数人が、もうやめろと叫んだ。しかし、男は腰まで泥につかったまま、暴れている。先の尖った木片をこちらに向けて投げた。息は切れていたが、動きを止めようとしない。男は「鳥である、鳥の歌を聞け」と小さく言うと、突然、目を閉じた。体も止まった。土の上から生えた植物のように静かになった男は鳥だった。髪が開いている。赤い髪が開いて、羽になっていた。羽が風でばたばた広がると、みなは円を描いて、鳥のまわりに集まっていった。楽器は男の体に立てかけてあった。男はそれを持つと、ゆっくり歌いはじめた。静かな歌だった。むき出しだった歯は何本か抜け落ちていた。そこから空気が漏れ出るように高い音が鳴った。男は鳥の話をはじめた。枝の上に乗っていた。目だった。食べられた相方。果物を知ったときのこと。そして森の外へ出ていったときのこと。ここは森ではない。それでも男は鳥の歌をうたった。いつまでたっても終わらなかった。時間がどれくらいたったのかわからない。男には疲れというものがなかった。はじまり、

はじまり、はじまり、はじまり。みなは、はじまり、という言葉に相槌を打っている。それがいつしか、合いの手のような音に変わった。次第に鳥と集団は一つになっていた。長く伸びた男の髪を数人がかりで広げると、鳥は飛んでいるときの歌をうたった。雲をいくつか通り過ぎた。女たちは裸になって、空気の役を演じた。鳥は知っていたようだ。ここでこの日に男が歌うことを。空に鳥は飛んでいなかった。どこにもいない。赤い土がそこにあるだけだ。宿営地からは遠く離れてきている。もう日が暮れるのかもしれない。そして、男は朝の歌をうたった。

朝は途切れずにいつもわたしの前にある
玄関はいつも夢のことを知っている
わたしは飛んだ　つないだ足はまだ地面
高速で飛んだ　忘れたことばかり見た
鳥は落ちた　穴に落ちた　時に似た月を見た
たたんだ森はそこにあり　鳥は羽を休めた
集まった水は魚だった　魚と鳥は話した
そこにあるのは何か　底の石まで加わった
だんだん暗くなってきた　朝が暗くなってきた
朝は途切れずにわたしになった
見ていたものがそこにある

鳥は水になった　魚は石になった
どこまで戻ればいいのか
元の姿はどこにあるのか
知らない二人は魚に聞いた
魚は答えない
魚は水だった
水は驚いた
鳥は聞いた
音を聞いた
朝は見た
夢を見た
鳥だった
夢を見た
水は鳥
魚は石
羽がなくなった
ああおそろしい
ああおもしろい
ああ

ああ
雨が降った
鳥は死んだ
水が動いた
石は消えた
虫が飛んだ
土は揺れ
歌が泣く
わたし
鳥

56

らったらった水がきた。きたきたきた。やってきた。どこからともなくやってきた。どこからやってきたのか知りません。それなのにやってきた。静かな水面だった。そのはずだった。何もゆらめきはありません。ありませんでした。静かな水はそのままだった。動かないまま、見てもいなかった。それなのに、らったらったと水がきた。はじめは滲み出るように、砂の上に地図を描いた。地図は何かを示していた。それが何かはわかりません。

わかりませんと人々は口にした。それでも男は地図の方向を指差した。男にはそれが見えていた。男は馬だった。馬だったことがあった。馬だったかもしれない。男は馬の頭をしていた。誰もそれは見えなかった。でも誰もがそれを知っていた。男の頭は真四角ではなかった。丸型でもなかった。球体でもなかった。霧のような頭だった。霧はときどき、雷を引き起こしたり、雨になったり、風に吹かれていなくなることも少なくなかった。湿った砂を握った男は息を吹きかけた。自分が風になったつもりでいた。風の記憶があった。たてがみを揺らしたことを思い出した。しかし、男には馬の記憶はない。馬だったことを自ら語ったことは一度もなかった。まわりの人間がそう思っていただけであり、それは虫たちも同じように男のことをそう呼んでいた。男は水のありかを知っていた。それが男の特性で、それをもとに人々は暮らしていた。男はいつも泣いていた。いつもふてくされ、いらいらし、隣のものを木棒で殴ったりするのである。そのため、人々は男のことを人間とは呼ばなかった。狂っているとも言わず、規定することを避けていた。恐れていたのかもしれない。しかし、誰も男を集団からのけものにすることはしなかった。ただ無視したのである。男はいつだって、川沿いを歩いていた。下を向いてばかりいた。誰とも対話することがなかった。そもそも男は言葉を持っていなかった。小さい頃から黙ってばかりいた。知らないうちに誰も話しかけなくなった。それでもよかった。男はいろんなものと話すことができた。しかし、そのどれも目に見えないものだった。人々は男が独り言をいっているだけだと思っていた。最初のほうは。男はそれが不思議でならなかった。男は人々が互いに話しかけている姿を見て、彼らは話していないと感じていた。彼らは言葉を持っていたが、男にとってそれは言葉ではなかった。それは音だった。木を叩く音と変わりなかった。それは人間の手による道具だった。男にとって、それは肉体から離れた行為であり、離れてはいけないと約束した男は、言葉を持つことを許されていなかっただけなのだ。それがわかるまで、男は一人で川沿いにいた。男の両親はもうすでに死んでいなくなっていた。人々は男がどのようにしてこれまで生きてこれたのか不思議に思った。食べている気配もない。そもそも男には食物を獲得する能力がなかった。それでも男はいつでも快活であった。うつむいていたが、それでも落ち込んでいるようには見えなかった。体は丈夫で、むしろそのへんの大人たちよりも、頑丈だった。伝染病なども男にだけはうつることがなく、人々が病気で倒れているときでも川の向こうから一人で様子をうかがっていた。そんな男が立ち上がった。何度か立ち上がった。それでも人々はまた男特有の突発的な行動だと判断し、男のことを無視した。鳥は違った。鳥は男のことが好きだった。男のまわりにはいつも鳥がいた。鳥は獲物である。人々は男に鳥をなぜ捕まえないのかとたずねた。男はもちろん答えない。男は答えることができないのだ。男にとってそれは謎ではなく、当たり前のことだった。鳥は近くにいる。だから寄ってくる。そこに言葉はいらない。人々はなぜ近くにいるのに言葉を使うのか。男はそう考えていたのかもしれない。今となってはわからない。なぜなら男はもうすでにこの世にいないからだ。男はいつのまにか姿を消した。人々は死んだことにした。もちろん本当のことはわからない。しかし、いま男はいない。それでも男がしてきたことはずっと人々の頭にあった。らったらったらったと水がきた。男がそう歌っていたのである。男は川沿いでそう歌っていた。当たり前のことじゃないかと人々は小言をいった。男は気にすることなく、砂をつかんだ。男は馬だった。馬のことをよく知っているわけではなく、男は本当に馬だったのだ。しかし、そのことを誰も知らない。男は自分が馬だと知っていたのだろうか。いまそれを知ることはできない。もう男はいないのだ。しかし、男の動きはいつまでも人々の目に焼き付いている。男は砂を地図だと言った。水の湿り具合が天候の変化だと知っていた。男は何もかも知っていた。本当は知っていたのだ。なぜなら男は記憶そのものなのだから。だから男には言葉が不要だったのだ。人々は記憶を持っていない。一人一人の出来事の記憶ならある。しかし、それは記憶ではない。男を不審な目で見ながら、実は誰もが気づいていた。しかし、誰もそのことを口にしなかった。したくなかった。そのため人々は黙り込んだ。沈黙が続いた。人々はただ黙って、男の姿を見た。男は樹木と戯れていた。男は鳥と喉で会話していた。男は小石を水に投げやり、岩を土にぶつけて重くて低い音を出した。その都度、人々はびっくりして振り返った。しかし、次の瞬間には、またいつもの作業に戻った。男は戻るなと声をかけているようにも見えたが、声は聞こえず、そこらへんの植物が揺れる姿と変わらなかった。馬だったのに。男は馬だったのに。それを知っていたものもいた。何人かが男が馬だったことを夢見ていたのだ。それは一大事であった。目を覚ました早朝は、そのようにいつも少しだけ電流が走った。焚き火の消えた跡からぬるい空気が漂っている。男はそれが好きだった。女たちは起き上がると、まずそこで火をおこす。しかし、夢の女たちは男の姿を見た瞬間、すべてを忘れた。作業を忘れた。義務を忘れた。何もかも忘れた。女たちは裸になった。馬鹿みたいな声を出し、陰部をさらけだし、男に向かった。男は何が起こっているのかわかっていない。それでも舌は自由に動いていた。女たちは歓喜の歌をうたった。小屋から出てきた男たちは何が起こっているのか、戦争かと焦りながら、武器を片手に焚き火のところへ走って向かった。そこにいたのは男一人だった。女たちは声だけとなって、喘ぎ声は樹上に飛んでいった。幻を見たのかもしれない。しかし、女たちが確かに数人消えていなくなっていた。男が食べたのか。女は食べられたのか。人々はそう口々に言うと、男に対して攻撃をはじめた。しかし、鳥がいた。鳥は男を知っていた。男は食べないのだ。鳥は人々に向かって威嚇《いかく》の歌をうたった。歌があふれていた。人々も歌うしかなかった。しかし、人間は歌を忘れてしまっていた。水の音が聞こえた。男は人間ではなくなっていた。馬だ、と一人の女が言った。男は馬でした。とても足の速い馬でした。速すぎて、どこまでも走っていきました。馬はどんな遠くの音にも反応し、なんとも言えないいやらしい鳴き声でなくのです。馬は男になることを知ってました。だから、死ぬために走ったのです。その姿は今もわたしの頭から離れません。夢でわたしはずっとその男、その馬の走る姿を見ていたのです。おねがいです。男を殺《あや》めないでください。男は死ぬんですから。攻撃するのなら、わたしが生贄になります。男は馬です。わたしたちとは違うのです。だからおねがいです。男を殺めないでください。馬を殺めないでください。女はそう歌った。

真っ暗で何も見えない。複数の寝息が聞こえる。土の匂いがした。変な姿勢で寝ていたようで、右肘がしびれている。しばらくたっても、一向に目は闇に慣れなかった。肌寒くなったわたしは手を伸ばし上着を見つけようとした。何人かの体に触れてしまった。どれも乾燥していた。いびきが遠くで鳴っている。寝言を言っているものもいた。しかし、聞き取ることができない。モルンはどこにいるのだろうか。呼びかけようとしたが、誰かを起こしてしまいそうだったので、やめておくことにした。ようやく布を見つけると体に巻きつけ、這いながら出口を探した。風が吹くと、隙間から明かりが漏れてきた。絨毯のような幕をめくると、満天の星が見えた。ぼんやりと草が照らされている。手を当てると水滴がついた。わたしは靴を履いて立ち上がった。一人の男が空を見ていた。それはモルンの後ろ姿だった。モルンは結んでいた髪をほどき、腰のあたりまで垂らしていた。わたしの足音が聞こえたのか、モルンはこちらをさっと振り向いた。虫の音に混じって、聞いたことのない低い鳴き声が聞こえてきた。寒気がして、体が震えた。

「兄貴、起きたのか？」

「いろんな夢を見たような気がするけど、ぼんやりとしか覚えていない」

「夢は記憶するものじゃないからね。ただ見るもんだ」

「ここは一体、どこなんだ？　モルン」

「おれたちの先祖が住んでたところだよ。シュクトゥル族の家」

「もうここには住んでいないってこと？」

「そうだよ。追い払われてしまった。もうここは誰かの土地らしい。誰のものかは知らない。ここは誰のものでもない。ここは先祖たちがいた場所だ。年に一度、おれたちはここへやってきて先祖と一緒に夜を明かすんだ。夢は啓示でもなんでもない。おれたちの横にずっといる。兄貴と会うと、いつもこの場所が浮かんできた。兄貴の文を読んだときも、電話で声を聞いたときもそうだった。だから兄貴はいま、ここにいるんだ。兄貴が目を覚ましたってことは自分でもそれがわかっているはずだ」

「おれはただ目が覚めて起きてきただけだ。どこにいるのかわからなくなったから、部屋の外に出てきただけだし。何の意味もない」

「意味もなく目を覚ますことはないよ。兄貴は知っている。兄貴の頭はわかっていなくても、体のどこかは確実にそこへ向かっているんだ。おれは兄貴がその場所へ向かっていることを知っている。それがおれの仕事さ。ところがその場所がどこにあるのか、おれにはさっぱりわからない。おれは地図じゃない。磁石なんだ。方角を示すことしかできない。定点でおれはいつも見ているだけだ。兄貴と会う前からおれはずっと見てた。信じられないことかもしれないけれど。地図をつくるのは兄貴だ。もう持っているのかもしれないよ。兄貴が見ているものはすべて地図をつくるための樹木や川や岩みたいな目印なんだ。目印たちは兄貴という地図を頼りに、少しずつ近づいてきたり、目的地へと向かっていく。おれにわかっているのは、兄貴が今、目を覚ましたということだ。それもまた方角なんだ。

だから、おれは起きていたし、月を見るように命令を受けていた。月はちらばって、星になった。おれはそれを一つ一つ確認しているだけだ。おれの仕事と兄貴の仕事は違う。まったくの別物と言ってもいい。それでもおれたちはお互い補完しあうことができる。だから、おれはここに立っていて、兄貴はここにやってきた。風が吹かなきゃ、外には出られない。風が吹くには、耳をすまさなきゃいけない。耳をすますには時間がかかる。時間は待ってもいけない。時間の中に入り込まなきゃいけない。時間のことを忘れないといけない。場所のことも忘れないといけない。おれたちの場所なんてものも本当はないんだ。先祖との約束だって、本当は存在しない。あるのは場所そのものだけで、それは誰のものでもないし、誰の思い出によっても操作されない。場所は、そこにあるに違いない、とおれが感じているだけで、本来はもっと別のところにある。それでもここがその場所に近いことには間違いはない。だから、おれと兄貴はいまここで話をしている。でも勘違いしちゃいけない。ここは本当の場所じゃない。それはもっと遠くにある。もしかしたら月の前にあるのかもしれない。でもそこはすごい速度で回転していて、おれたちが止まっていると感じているかぎり、姿を現さないんだ。できることはただ一つ。自分の足でその場所へ向かうんだ。おれには見える。方角は間違っていない。あとはその道のりをただ黙って歩くしかない。いまは悪い時刻じゃない。もうちょっと早かったらよかったが、それでもまだ夜は明けていない。大丈夫だ。おれの兄貴だからな。兄貴が無事に帰ってこられることだけはわかっているし、兄貴と再会できないことも知っている。おれと兄貴が出会ったことも、一つの過程なんだ。おれは変化するし、兄貴も変化する。次におれと兄貴が会ったとしても、それはまったく違う生き物になっているだろうし、交わす言葉だって別のものになっているだろう。もしかしたら、おれは羽を持って飛んでいるかもしれないし、兄貴は見えないくらい小さな粒になっているかもしれない。それでもおれは人間だし、兄貴だって人間さ。おれはモンゴル人で、兄貴は日本人のままだろう。それは変わらないだろうし、そんなこと問題じゃない。おれはいま、兄貴と話していることが、自分の知らない時間なんだとわかっているし、兄貴はきっと自分の場所を見つけ出すよ。さ、もう時間だ。まずはこのまままっすぐ進んでいけばいい。誰にも会わないと思うけど、気配は感じるはずさ。兄貴なら見えるかもしれない。それでも目だけにとらわれないように。時間のことを気にしすぎてもだめだし、磁石に頼って歩いてたって永遠に到着しない。兄貴は地図なんだ。誰かに示すわけでもないし、目的地に宝物が眠っているわけでもない。ただの空気の中に起伏を感じることが地図の役目だし、忘れがたい記憶が深い森の一部だと気づけばいい。足でしか進めないわけじゃない。耳だって歩くことができる。涙で泳ぐこともできる。流れていくものを、放置しなきゃいいんだ。身を任せるな。樹木のようにしっかりと根をはって、傍観するんだ。樹木の鉛筆として描いてみたらいい。傷みたいなものでもなんでもいい。正確に思い出せなくてもいい。そういうことは問題ではないんだ。目印を刻む。その運動を続けること。おれが言えるのはここまでだ」

モルンはそう言うと、長い煙管《キセル》をこちらに向けて差し出した。わたしは深く息を吸って、煙を肺に入れた。心臓が一度、強く鳴った。しばらく沈黙が続いた。しゃがんで靴紐を結ぶと、モルンはわたしの肩に触れた。モルンは目をつむり、腹から声を出した。低い声だ。

次第に声は皮膚を裂くようにふたつに分かれていった。頭蓋骨が静かに振動している。声はわたしの口に入り込むと、喉元を抜けて内臓へと入り込んでいった。風が強く吹くと、モルンの髪は左右に大きく広がった。一瞬、黒い翼に見えた。髪が肩に落ちると、モルンは口を閉じた。わたしは手をあげて、モルンに別れを告げた。そして、わたしは歩きはじめた。ほとんど涸《か》れかかっていた川を渡った。カモシカが一匹、草を食べていた。鳥の鳴き声が聞こえてきたが、木はどこにも生えていなかった。期待もせずにポケットをまさぐると、覚えのない木の実が入っていた。わたしはそれを口に含んだ。苦味が強かったが、噛んでいくうちに少しずつ甘くなっていった。大きな岩が見えた。光が当たっていた。どこかから反射した光なのだろうか。気になって近づくと、光はしぼむように消えてなくなってしまった。草地は相変わらず、枯れ果てていた。次第にごつごつとした石ころが増え、足元は悪くなるばかりだった。スニーカーで来たことを後悔した。わたしはしばらくこうやって訳もわからず、あてもなく歩いた。独り言でもしゃべろうとしたが、言葉にならない。モルンは、目的地に向かっていると言った。しかし、やはりわたしにはわからなかった。それでも確かに足は動いていた。足はわたしから離れていた。体ごとわたしから離れているようだった。わたしはただ体についていくだけで必死になっていた。わたしはどこに属しているのか。体は常にわたしの一歩先を歩いていた。わたしは何度か足を止めようとした。しかし、無理だった。わたしが足を止めようとしても、その信号はそのまま壁にぶつかり、自分に返ってきた。そして、思考だけが止まった。そうこうしているうちに、足はまた先へと進んでいく。わたしは風景を見るのも忘れ、ひたすら足と闘っていた。足はどこまでも歩いていく。疲れ知らずだった。わたしはどうにか休もうとするのだが、足はそれを許さない。そこでわたしは石などを見つけると、そこでつまずこうとした。しかし、足は軽く飛び跳ねていく。体を前のめりにして、倒れようと試みても、足はバランスを崩した体をぎりぎりのところで保ちながら進んでいった。次第にわたしは体と交信することを諦めた。すると、わたしの目にいろんなものが次々と飛び込んでくるようになった。一本一本の枯れた草、小さな石、虫の死骸、ガラスの破片、流木のかけら、針金、割れた陶器、動物の毛、糸くずなどが見えた。地面はそんなもので溢れていた。そこはただの荒れ地ではなかった。そのとき、わたしは何かを思い出した。人が集まっていた。しかし、それはわたしが知らない光景だった。わたしではないものが入り込んでいた。わたしは目の前の糸くずを見ながら、知らないことを思い出していた。足に気をとらわれなくなっていたので、集中する余裕があったのだろう。少しずつわたしはこの歩き方に慣れていった。もはや足と闘う理由はなかった。汗をかいていたので、わたしは上着を脱ぎ、風を味わった。動物たちの鳴き声だけでなく、気配も感じるようになっていた。食べ終わった跡、歩いた跡、喧嘩した跡が、そこらじゅうに溢れていた。わたしは遺跡を発掘するように動物たちのあとを追った。足は闇雲に歩いていたわけではなく、地形を見て歩く方向を決めているようだ。足は水の上を歩いているようにも見えた。わたしの心臓は心地よく感じたのか、高鳴っていた。わたしは足が見せてくれる風景をただ味わった。しかし、足はしばらくすると徐々に速度を落としていった。空はまだ明けない。雲が見えた。足と同期するように、視界はぼやけていった。岩なのか、動物の死骸なのか判別できなくなり、足は頻繁につまずくようになった。とうとう足は動きを止めた。砂の中に靴が深く沈んでいる。足を動かそうにも重くて、どうにもできない。わたしは岩の上に腰を下ろした。空が少しだけ明るくなった。山の稜線が見えた。真っ黒な山はわたしのすぐ目の前に迫っていた。山から見下ろせば、進むべき道を足が感じ取ってくれるかもしれない。足はもう動こうとはしなかった。わたしは手を使って片足ずつ動かしながら山まで向かった。山の斜面は砂だらけで、歩くことは容易ではなかった。黒い馬が地面から剝き出ている根っこを嚙み切ろうとしていた。わたしの姿を見ても、馬は気にする様子もなくただひたすら砂に顔を突っ込んでいる。鳥が鳴いた。空は赤みを帯びていた。足はもう死んでいるのではないか。わたしは他人の死体をひきずるように登っていった。離れてしまった足はわたしのものではなかった。いつのまにか馬はいなくなっていた。四つん這いになって、体を引きずった。頂上に到着したときには、完全に夜が明けていた。疲れたわたしは、仰向けになると空を見た。呼吸を少しずつ整えた。ゆっくりと立ち上がると、目の前には砂漠が広がっていた。誰もいなかった。しかし、人間の気配だけはまだ残っていた。地面からは細い木の柱が均等に飛び出ており、それらを結ぶ鉄線がだらりと垂れている。溶けてただれているように見えた。建物はどれも屋根が崩れており、随分前に人間はここから逃げていなくなってしまったのだろう。動物たちの姿がときどき見えた。わたしはその光景を前にしても、ここまで来た理由がわからなかった。体は相変わらず動かないままだ。それでも転げ落ちるようにして、わたしは砂漠の町に入っていった。扉はどれも朽ちていて、室内には砂が入り込んでいた。腰あたりまで浸かっている建物もあった。車は見当たらなかった。そのかわり、線路が遠くまで続いていた。ここは終点だったようだ。巨大な駅の構造体だけが残っている。ガラス窓はどれも割れていた。町の中に入っても、何一つ手がかりは見つからなかった。しかし、それでもわたしは知っていた。ここで何が行われてきたのか、これからわたしが何をするのかをわかっていた。誰もいない。動物たちの死骸が散乱していた。骨も古びていた。それでもわたしは口を開けようとした。声に耳をすました。

58

足を踏み入れた人間は一人だった。名前は知らない。彼は一言も発しなかった。ただ黙って町を歩いていた。何かを探している気配もない。残骸を見てしばらく立ち止まることはあったが、触れることも、ひっくり返すこともしなかった。彼はそこに初めて来たのではなかった。わたしたちは彼を以前見たことがあった。しかし、彼はそのことに気づいていない。人間はいつもそうだ。風が吹くと、どこかへ行ってしまうわたしたちとは違っていた。また風が吹いた。人間の姿を見たのは久しぶりだった。懐かしく感じるのはなぜだろう。わたしたちは成長することがない。生まれることもない。ある日、突然、気づくと存在していた。わたしたちは自分が初めて見た風景のことを覚えていない。もう忘れてしまった。わたしたちは初めて人間を見たはずだった。昔、わたしたちの町には人間がいたという。人間はわたしたちと同じように生きていた。わたしたちは夢でそれを見た。夢に人間がいた。動物たちもいた。もしかしたら、それは人間や動物たちの夢の破片を、わたしたちが見たと勘違いしているだけなのかもしれない。人間たちはみな協力しあっていた。動物と話せるものもいた。動物と話せることは、人間にとってとても大事な技術だった。目立つようなことは何も起きず、穏やかな日々が過ぎていった。しかし、わたしたちはそれを知らない。わたしたちはただその光景を読んだだけだ。わたしたちが書いてきたことを。文字を知らないときのわたしたちがどんな夜を過ごしていたのかを、いま想像することはできない。わたしたちは夢を見ることができるようになった。それがいいことなのか、悪いことなのか、わたしたちは誰にも聞くことができない。この人間は答えてくれるのだろうか。だからここへやってきたのだろうか。探しものがあるわけではなさそうだ。彼は無言だった。しばらくすると、彼はわたしたちの上に寝そべった。そして、わたしたちを握りしめた。水はどこにもなかった。人間は死ぬのかもしれない。死ぬためにたどり着いたのかもしれない。わたしたちはこの男に声をかけてみることにした。しかし、どうやって？　わたしたちは言葉を持たない。これは人間の言葉で、わたしたちの感情を表に出すことはできない。わたしたちは悲しいのだろうか。それとも喜んでいるのだろうか。わたしたちは伝達することができないばかりか、自分たちでもそれがわからないのだ。それなのにわたしたちは書いている。一体、なんのために書いているのか。人間の姿を見た途端、そんな疑問が滲み出てきた。人間は喉が渇いていた。しかし、水はどこにもなかった。森の夢で買った水がどこかにあるはずだ。そう思い出してはみたが、誰も見つけることができなかった。残骸はすべてわたしたちの中に取り込まれていた。しかし、彼は地表に浮き出ているものしか見ることができない。わたしたちは知っていた。何もないわけではなかったのだ。図書館ならばここにある。地中にある。わたしたちはつい口に出した。しかし、彼は疲れていたのか、倒れたまま眠りはじめた。わたしたちは彼の唇を伝って口の中へ向かった。彼はわたしたちの階段になった。そこには水があった。水を初めて見たわたしたちは濡れていた。わたしたちは変化した。今までの変化とは違っていた。わたしたちはどこか遠くへ行くのではなく、変化した。わたしたちは彼と混じり合った。彼は眠っていた。わたしたちは食事もしないまま、彼のまわりに集まり、横になった。彼と同じように目を閉じた。わたしたちの体はどんどん変化した。消えていなくなるものもいた。喉の奥まで入り込んでいったものもいた。見慣れない場所ではなかった。森の夢にいるような感覚だった。瞼は重たかったが、わたしたちはそれでも動いていた。動きたかった。そのとき、わたしたちの前に遊びの名手が現れた。遊びの名手は歯の隙間にぶら下がっていた。笑い声もあげた。すると、喉の奥から低い音が聞こえてきた。わたしたちは体で感じていることを書いているだけである。だから、それが実際に経験していることなのかどうかを判断することはできない。しかし、わたしたちは確かに目を覚ましていた。それをいま書いている。わたしたちは人間の息を感じた。口の中の水と戯れていた。森の夢はわたしたちの知らない世界ではなかった。森の夢と砂漠は断絶していなかったのだ。人間こそそこに通じる穴だった。穴は無数に空いていた。水が垂れていた。歯が並んでいた。体は重く疲れていた。服はところどころ破れていた。探そうともせずに、穴はただ眠っていた。彼は穴を閉じようとしていた。わたしたちは逃げなくてはならない。森の夢を守る必要があった。

しかし、彼そのものが穴なのだ。わたしたちはもう眠る必要はない。舌に横たわるだけでよかった。目を閉じるだけでよかった。目を閉じても、もう視界が暗くなることはなかった。遊びの名手は子供の姿をしていた。ただ遊んでいるようにしか見えなかったが、わたしたちを攪乱しようとしていたわけではない。何か裏に意味があるわけでもなかった。わたしたちは安心しきって、その水に浸った。粘り気一つない、透き通った水だった。彼の口から分泌されているわけではないのかもしれない。彼もまた水に浸っていたのだ。彼にはいくつもの分岐点があった。しかも、その一つ一つが動いていた。喉を通り過ぎていったものから電信が届いた。細い線を通じて、わたしたちの体が揺れた。振動した。日光は射し込んでいないが、中は暖かく、わたしたちは身を寄せ合う必要もなかった。奥で火が焚かれている、と伝令がきた。勇気のあるものから先へと体を進ませていった。人間は咳一つせず、わたしたちを次々と受け入れた。気づかないほど眠っているのだろうか。もしかしたら死んでいるのかもしれない。彼が死んだかどうかを判断することはできなかった。わたしたちは水を飲んでみた。すると茂みが揺れる音がした。彼はまだ生きていた。夢を見ているのだ。彼はわたしたちの夢を見ていた。わたしたちは起きていた。わたしたちは砂漠の中で森の夢に向かっていた。彼はわたしたちを誘っていた。彼はそう言った。確かにそう聞こえた。言葉が聞こえたわけじゃない。彼は穴だった。ただの穴だ。穴は無言だ。穴は何も言わない。穴はただある場所と場所をつなぐ道具だ。わたしたちは森の夢で歩いた穴を思い出した。樹木の中だった。わたしたちは市場の中を歩いていた。そう書いてある。わたしたちはいま、書いている。書かなくてはいけない。書きたい。書くことで穴をさらに進んでいった。ただ変化していた。体は溶けはじめている。それでもよかった。わたしたちは彼の体になっていた。わたしたちは砂ではなくなっていた。わたしたちは彼の口だった。内臓だった。彼だった。彼はわたしたちのことを知っていたのだろうか。わたしたちはそう聞いてみた。彼が見ている夢は一人だった。一人のはずだった。しかし、実際は一人ではなかった。わたしたちがいた。わたしたちは彼だった。だから気づかなかっただけなのだ。人間もまた多くのものと夢を見ていたのだ。夢は一人で見るものではない。わたしたちは知っていた。この図書館もまた、わたしたちがつくったのだ。人間が見た夢の記録はわたしたちの歴史だった。わたしたちは彼の中にいた。わたしたちは図書館にいた。わたしたちは書いていた。彼は書いていた。わたしたちは起きていた。彼は夢を見ていた。わたしたちは遊んでいた。彼は苦しんでいた。彼は喉が渇いていた。わたしたちは水になった。彼は体を動かした。わたしたちは変化していた。わたしたちは知っていた。彼はわかっていた。彼は言葉を口にしなかった。わたしたちは何か発しようとしていた。彼は眠っていた。わたしたちは眠る必要がなかった。眠ることを忘れた。彼は忘れていなかった。彼はそこにいた。わたしたちはどこかにいた。どこに？　彼は知っていた。彼はわたしたちのことを知っていた。彼は気づいているのだろうか。わたしたちは彼を知っている。彼は人間ではなかった。彼はわたしたちだった。彼は昔、わたしたちだった。わたしたちはそこにいた。わたしたちは誰かに運ばれていった。わたしたちは人間だった。彼はだからここへきた。わたしたちは彼を待っていた。彼は寝ている。わたしたちは起きている。森の夢はまだ姿を現していなかった。見えないままだった。彼は森の夢にいた。彼は夢を見ていた。わたしたちはその夢を見ていた。彼はわたしたちだった。わたしたちは起きたまま森の夢を見た。彼が見ている森の夢を見た。書かれていた森の夢とは違っていた。森は変わっていた。森は変わる。わたしたちも変わる。わたしたちは、あのわたしたちとは違う。彼は違わなかった。風が吹いた。わたしたちはもうどこにも行かない。わたしたちは彼と夢を一緒に見た。彼はそれを知っていた。彼はそのためにここへやってきた。彼はそのために疲れた。わたしたちも疲れていた。彼はだからこそ水を与えた。わたしたちに水は必要なかった。わたしたちは彼の水だった。わたしたちは砂だった。彼は砂になろうとしているのだろうか。しかし、彼はまだ生きていた。わたしたちは死なない。死ぬことを知らない。彼は何度か死んでいた。彼は夢で死んでいた。彼は森の夢で死んでいた。わたしたちと彼は水だった。水はいつもここにある。そこにある。彼は寝返りを打った。わたしたちはひっくり返って、笑った。わたしたちは上下逆さまになった。夢はまだ続いていた。わたしたちはそのままそこにいることにした。一緒に夢を見た。夢を書いていた。夢が書いていた。彼はそれを見た。わたしたちはそれを見た。彼は砂漠に向かって歩いていた。

59

女が歌い終わると、しばらく沈黙が続いた。男はまだ何が起きているのかわかっていない様子で怯えた顔をしている。誰かが何かぶつくさ言っている。男の処置を相談している。女は男を抱きしめた。男は口づけをする女にとまどっている。それでも口を女のくちびるに当てた。男は体が一回り大きくなった。彼の顔は青ざめていた。男たちは黙った。男は女から離れようとしない。男は立ち上がった。目をつむっている。あばら骨には切り傷があった。足首は細かった。おもむろに棒切れを拾うと、男は砂の上をひっかきはじめた。女は男の後ろに下がり、男の筆跡を見ている。魚が飛び上がった。水の音がした。水は緑色に濁っていた。枯れた大木が倒れていた。湿っていた。木の上に見たことのない鳥がいる。おれだ。おれがそこにいた。あれがおれだ。男はそう言った。よく見てみろ。あれがおれなんだ。まずはそこからはじめる。あれがおれだ。おれが立っている。濡れた木の上に立っている。立っているんじゃない。見ているんだ。おれを見ている。お前を見ている。お前たちを見ている。見ている。おれはあの目を知っている。知っているどころじゃない、あいつこそがおれなんだ。おれは鳥じゃない。あれがおれだ。あれは鳥じゃない。鳥の目だ。おれは目だ。見ている。おれはお前を見ている。お前がおれを見ていたように。お前たちは見てもいない。見ていない。見えていない。見ようとしていない。目を知らない。目を使うな。目は使うな。目は見るものだ。目について話す。話すんじゃない。歌う。歌うといっても音はない。これは一つの会話だ。これまでなされたことがない対話だ。おれはいまから口を動かす。しかし、これは見る、ということだ。おれは見る。おれは目だから。おれはお前が好きだ。そして、お前たちを知っている。だからいまから聞いてみたらいい。見えているものを見ればいい。おれは見る。お前たちは聞く。お前はおれの横にいればいい。それでいい。まず、これは形だ。これが形だ。これはおれが見た形だ。男はそこまで言うと、突然、砂の上に倒れた。湿った砂はやわらかく、男の体の形に沈み込んだ。女が支えると、男は手を振りほどいた。これ以上、触ってはいけない。これ以上、怖がってはいけない。おれに近づくな。おれはお前たちと同じだ。しかし、おれの目は違う。おれは見る。見ることで体が動く。それはお前たちとは違う。お前とも違う。おれとも違うんだ。だからおれは怖い。怖い。しかし、怖いからおれは見るんだ。怖くないものは見ない。見る必要もない。それはお前たちだからだ。怖くないから、お前たちは生きている。おれは怖いから生きている。お前はどうだ。怖くないのか。それならばおれを見るな。おれに触れるな。おれを聞いてくれ。おれの言葉ではなく、おれを聞いてくれ。それだけだ。別にこれはお願いではない。これは一つの舞台だ。おれはいまからおれになる。これはおれじゃないものの言葉ではない。見るものはあの鳥だ。鳥の目だ。おれは目だからな。だから、これはお前たちが恐れているものだ。おれが鳥だったら、お前たちは樹木だ。交換するんだ。交換することを恐れてはいけない。交換は必要なものだ。おれは目だ。だから見る。見るから聞く。聞くことは交換だ。水の音を聞くことは、それは水を飲むということだ。水を飲めば、与えられる。水は人間を知る。人間の鼓動を知る。人間の内臓を知る。おれは内臓だ。内臓は見る。見るからわたしたちは生きている。だから、お前はそこから離れるな。ただ見ることを忘れるな。お前たちはすぐ忘れる。忘れてばかりだ。忘れてもいい。どうせ消えない。見たものは消えない。嗅いだものは消えない。おれは消えない。おれは、と男は言った。周囲のものは座り込んだ。長くなるのではないかと退屈していた。

同時に男のことが心配だった。男の仕草、身振りにひかれていた。男は踊りだした。音は聞こえなかった。男は打楽器だった。音もならない。見ることで、男は何かを叩いていた。男は体をうねらせて、そのままブリッジしたような格好で歩き出した。そのまま顔を逆さまにして川のほうへと蟹歩きしている。男は水を吐き出した。鼻から水がこぼれている。おれは見る。おれは聞かない。おれは声がない。声を失っているのではない。言葉は見ることだ。だから止まらない。止まらない洪水だ。おれは洪水だ。おれは水ですらない。おれは見る。洪水に沈められるこの町を。この樹木を。この森を。おれは見た。夢を見た。夢がここにある。夢を聞く。聞いてほしい。聞いてみたらいい。おれは見る。それだけだ。森は川の水を見ている。水はだからおれに話しかける。耳は見る。耳を触る。触ってごらん。男たちは言われるままに、誰も行動しようとしない。体は硬直しており、男の動きに釘付けになっている。しかし、眠りはじめるものもいた。もう何時間たったのだろうか。男は疲れる様子も見せない。女が川の中に入ってきた。女は流された。男は助けようともしない。男は水を弾いて音を出している。みろ、みろ、みろ、みろ。みろという音は、そのまま樹木の間を突き抜けていった。向こうの動物が動いた。鳥が一斉に飛び立った。それでも川に倒れかかっている木の上の鳥はただ黙って立ったままだ。女は川の水の流れのままに回転しはじめた。窪地に入り込んだ。女は力を抜いている。鼻と口だけが水面に浮かんでいる。蝶々が飛んできた。かまきりが泳いでいる。男たちは笑った。それは滑稽な舞台だった。男たちは何人か帰りはじめた。しかし、どこへ？　男たちは迷い込んだ。帰る場所などない。そのことを男は示していた。男は知っていた。どこかへ行くのではなく、ここで回転するのだと。男は木棒を拾った。川の流れは徐々に勢いよく、水かさも増えていった。女は消えていた。ときどき、水面に浮かんだ。女は裸ではなく薄い布を着ていた。男たちはその女と戯れたかった。男はそんなことはおかまいなしに、木棒を振り回している。女が高い叫び声を上げた。男たちは帰る場所を完全に失った。迷うことすらできなかった。壁ができた。それは植物だった。壁は柔らかかった。それでも男たちはそれ以上、前に進めなかった。男は見た。見ているのだろう。そうとしか思えない。声は相変わらず水しぶきだった。川の水は澄んでいた。雨が降ったのだろうか。そもそもそこは川ですらなかった。いつまでたっても、男は終わらなかった。男には壁がなかった。女は回転していた。水がそこに現れたのか。しかし、一体、どこから？　男たちはふとそう感じた。見ろ、そら見ろ、水はどこか？　男が言った。集団が一瞬、同じところを見た。しかし、どこを？　女は空を見ている。樹上には鳥ではなく、猿がいた。猿は果物を食べ終わると、それを放り投げた。おれはそこまで見た。見ていた。見て知っていた。記憶していたのではない。ただ見ていたのだ。見ている。今も見ている。一体、おれは何を見ているのか。おれは見ている。同時に見られている。裏側にあるおれは目だ。おれも目だ。おれは見ている。おれを。どこから？　女の叫び声はまた歌になった。今度は違う歌だった。男は死んではいない。死ぬことはない。水がすごい勢いで溢れ出てきた。川がうまれた。鳥はまだ止まっている。体が止まっている。男はその前で、剣を切るようにして踊っていた。それがおれの見る、だ。聞く、だ。おれは見てきた。骨になった。骨は朽ちる。消えてなくなるわけではない。朽ちる。どこへ？　おれはどこへ？　目は何に？　おれは骨ではない。

骨である必要がない。骨はお前たちだ。骨はどこへ行く？ 骨は朽ちて何になる？ 男の声は小さくなっていく。低くなっていった。女の回転と連動していた。女は男の一部だった。女は男のことを知っていた。男が次に何に変わるのかを知っていた。男は変化した。水はそれを知っていた。水は男から与えられていた。男は水になった。水は男を生かした。男は水の絵を砂の上に描いた。不思議な絵だった。すぐに形を変えるので、線の軌跡を追うことができない。それでも男は止まらなかった。体は水の中に埋まっていた。男の首から下は水浸しだった。女はいつのまにか岸辺にあがり、座ったまま歌をうたいだした。女の歌は男とはまったく違う節だった。リズムも違う。女の歌は次第に速くなっていった。男はその女の歌の合間に水しぶきをあげて合いの手を入れた。男の声は、まるで調子外れのまま女の歌に乗っかっている。耳をつんざく高音をあげる女の歌に人々は苦しんだ。理解できない。わからない。女の歌は聞いたことのないものだった。誰から教わったものでもなかった。女は歌をつくった。男はただ声をあげていた。二人は調和しているようには見えなかった。人々はそう感じたはずだ。歌だとは思っていなかったはずだ。何人かの男たちが声をあげると、女たちも川沿いに集まってきた。これからはじまるのだ。女は男からずいぶん離れたところでまだ歌っている。人々はただ見ることしかできなかった。男はそんな思考の遅れを笑うように、背中を見せた。見たい、でも見られない。女は男のほうを向きながら、目をつむった。人々は放置されていた。気にせずにはいられなかった。帰ろうにも道はないのだ。獣道も踏み潰されていた。壁はさらに高くなった。水に飲み込まれるかもしれない。洪水は男を飲み込んだ。女も飲み込まれた。それなのに、体はいつまでたっても、地面の上で水草のようにふらふらと揺れていた。そして、人間たちはいっせいに立ち上がった。

60

男は夢を見ていたわけではなかった。横になっていたが、眠ってはいなかった。男はそこでただ呆然としていた。しかし、見ていた。ずっと見ていた。目をつむったまま見ていた。心臓が動いている。動物たちは男の気配を感じ取って距離を保っている。ここは男が求めていた場所ではなかった。男は何も求めていなかった。海もないのに洪水に飲み込まれていた。水は森の夢から湧き出ていた。男は起きていた。夢は砂漠がつくりだした。これは男の夢ではなかった。夢が砂漠をつくりだしていた。だから、男は砂漠へ行ったのだ。そこには何もなかった。しかし、男は失敗したわけではない。ただ体に従ったのだ。正確なことを言えば、そこに横たわっていたのは男ではなかった。男はまた別のところにいた。砂漠には男の心臓にくくりつけられた装飾品が落ちていた。洪水も男が起こしたのではなかった。森の夢が砂漠に満ちてきたのだ。氾濫したのは水だけではなかった。男は洪水に飲み込まれながら、船、女たち、鍵、雲などを見た。それらもまた濁流のように迫ってきた。爆発が起きていた。雷が鳴った。空ではなく、砂漠で起きていた。男は耳をすました。耳はただ振動を受け取っていた。音は何も聞こえなかった。男の体は、渦の中でぐるぐると回転している。身を任せればよかった。夢に逃げ込む必要もなかった。駅舎は屋根ごと波に吹き飛ばされた。しかし、無音のままだった。男の耳はまったく別の声を聞いていた。ここはまるで違う場所で、男の疑問は正しかったのかもしれない。男はわたしと似た形をしていた。しかし、わたしではなかった。体はわたしではなかった。ではどこがわたしなのか。心なのか。洪水は考えることを促してきた。しかし、耳はそのままにしていろ、という声を聞いた。わたしはここに向かっていたのではなかった。わたしは飲み込まれたまま、爆発にも巻き込まれた。わたし自身も爆発した。わたしは内臓だった。目玉は飛び出ると、渦の中で呼吸をはじめた。目は恐れてはいなかった。体から離れてせいせいしていた。内臓はもう人間であることを忘れて、まわりの生き物たちと遊びはじめていた。男はちりぢりになった。しかし、わたしはまだそこにいた。渦の中にいたのではない。わたしは砂だった。わたしは風に吹き飛ばされた。風は知っていた。わたしは男でもなければ、砂漠にいたわけでもないことを。わたしは戸惑っている。わたしは、男ではなく、内臓だった。目玉はどこかへごろごろと転がっていった。洪水の中では息すらできなかった。しかし、わたしは呼吸をする必要がなかった。酸素は毒だ。わたしは笑っていた。わたしは毒を吸って、喜んでいた。洪水の中では酸素から逃れることができた。船が見えた。ばらばらになっていた。船の破片がわたしにぶつかった。目玉は見過ごした。目は見ないのだ。見るのはいつもわたしで、男ではなかった。女ともぶつかった。声はかけなかった。通り過ぎていったかと思うと、渦はまた女をわたしの前に連れてきた。わたしは鍵を持っていた。内臓は中が空洞になっていて、そこにはいろんな姿のわたしがいた。男もいた。これは眠りの中か。しかし、夢ではなかった。わたしはだから歩いてきたのだ。しかし、そこには誰もいなかった。廃墟が見えたが、人間が使った形跡はなかった。ただ鉄線だけが伝っていた。鉄線を伝ってきた声は、わたしを通り過ぎていった。何も聞こえなかった。鉄線の中に声はいた。切れた鉄線の断面が見えた。声は物陰に潜んでいた。空気のように見えないわけではなかった。つかめそうな気がした。吸えそうな気がした。しかし、食べるものではなかった。聞くものでもなかった。声はどんどん通り過ぎていく。また雷が鳴った。車が枯葉のように舞っていた。砂漠に車はなかったはずだ。樹木は根こそぎ掘り起こされていく。枝が絡まって少しずつ大きくなっていた。わたしはそれを見た。見ているのか、これは夢なのか。しかし、わたしは眠ってはいないのだ。わたしは男を見ていた。男が歩いている。男は動物に方角を教わった。動物は磁石を持っていた。しかし、その磁石は理解不能で、男は首をかしげながら進んだ。到着した場所には何もなかった。わたしははじめからわかっていた。それでも男は歩いていった。だから、男は倒れた。そして、洪水に飲み込まれた。この砂漠でどこから水が湧き出てきたのか。思い当たるものは何もなかった。水道も通っていなかった。しかし、動物は生きていた。平然とした顔で草を食べていた。草はどこから生えてきたのか。気づくと男は消えていた。内臓はばらばらになり、海藻のようにわたしの視界をさえぎった。霧の中に入り込んでいた。一体、どこへ行けばいいのか。叫ぶ気にもなれなかった。どこかで火が上がっている。火事だろうか。燃える火の上には透明のゆらゆらとした人間がいた。幽霊だろうか。彼らはわたしと同じような体をしていた。しかし、それは以前のわたしの姿だ。わたしはもはや、目をさえぎる臓物でしかない。寒気がしていたのか男は体を震わせている。燃え上がった火を見ていた。水は道をつくりだした。男は遠目からそれを眺めている。男は水ではなかった。男は目を持っていた。しかし、目玉はわたしだった。わたしもそこへ行こう。きっとまたうまくいかないだろう。もうわたしは歩かない。泳ぎもしない。ただ倒れたままだった。わたしは自分の動き方を見つけなければいけない。わたしの動きはどこにある？　水は海につながっていた。船には何度か乗ったことがある。しかし、波の働きは知らなかった。微生物のことは無視していた。いや、気づかなかっただけだ。そこにいたことを感じていたのにわたしは気づかないふりをしていた。わたしは兵隊ではなかった。わたしは集団から弾かれていた。わたしは笑われていた。わたしは川沿いを歩いていた。しかし、花を見ても、わたしには名前一つわからず、心を動かされることもなかった。船の破片に見えていたものは、鍵の影だった。翼が見えたが、鳥はどこにもいなかった。鳥は帰ってきてすらいなかった。わたしはそれを知っていた。鳥はもうどこかへ行ってしまったのだ。内臓がまたひきちぎれた。磁石は壊れていた。それでもまだ動いている。どこを指しているのか。それがわたしだ。わたしは前にも後ろにも進まない。土に潜ることもしない。鳥になろうともしない。どこにも行けない。三度目の雷が鳴った。男はそれに打たれて、焼け焦げた。燃える前に消えた。何度も消えては浮かんできた。いつもそうやって男は消えた。消えるはずのない者が消え、消えたい者はいつも渦の中に巻き込まれる。渦は風がつくりだしていた。では、風は？　どこからやってくるのか？　わたしは風ではない。風は誰だ？　誰でもないのか？　人間はそこにはいなかった。誰もいなかった。わたしは倒れていた。男の正体はわたしだった。男はここまで歩いてきた。しかし、わたしは歩かなかった。わたしはずっとそこにいた。わたしの意志ではない。男だって、勝手に動物に連行されたのだ。誰のせいでもなかった。それでもわたしは砂漠に到着した。それなのに、男はもういなくなったのだ。だから、わたしは知らない。もう知ることができない。忘れていたことが浮かんでは消えた。船はこなごなになって、煤《すす》になっていた。女はどこにいる？　しかし、わたしに探す力は残っていなかった。わたしにあるのは、目だけだ。しかし、それももう終わりが近づいている。波打ち際に内臓が漂っていた。もうあとは魚に食べられるだけだ。わたしは食べられてしまう。それでも悲しくはなかった。階段は崩れて落ちていた。火はまだ燃えたままだ。水場を見つけた動物たちが集まってきた。動物はわたしのところにも寄ってきた。わたしは体を持たない生き物だった。幽霊ではない。幽霊は火の上で揺れていた。目が覚めた。これもまた夢だったのか。しかし、わたしは眠っていなかった。わたしは起きていた。渦に巻き込まれていた。いまも息苦しい。呼吸ができなかった。それなのに、消えたいとは思わなかった。消えることは眠ることだ。わたしは消えない。どこへ行くのか。何度も間違うのだろう。迷子ですらない。なぜなら、目的地がないのだから。しかも、消えないのだ。わたしはもう内臓ではなく、ただの断片になっていた。それでも小はわたしを見つけ出すと無理に体を押した。体はどこだ？　わたしは声をあげる気にもなれなかった。疲れていた。水は壁のような波を上げ、道をつくった。わたしは転げ落ちるように、渦の中心に向かっていた。火はまだ燃えていた。一頭の動物が、雄叫びをあげた。しかし、いつまでたっても、耳をどれだけすましても、わたしには聞こえなかった。わたしは寝ているのではなかった。人間がただ倒れていただけだった。

61

女は突然現れた。わたしはその女を知らなかったことを忘れていた。そういうこともあるわ、と女は言った。離れていただけで、わたしは男だったの。あなたが女だったかもしれないけど。詳しくはわからない。わたしの目には見えないし、そもそも気にしないの。でも、あなたがいたわ。車を降りたら、あなたがいたの。あなたはもともといて、わたしはあなたに伝えることがあったの。わたしは歌うことができない。でも歌が必要で、わたしはだからあなたがいたことを知っていたのかもしれない。わたしには記憶はないわ。あなたの記憶はない。わたしは自分が感じていることを口にしようとするけど、声にならない。でも、あなたにはそれがわかる。歌をうたえばいいのよ。歌は聞くのではなくて歌うの。あなたは歌う人だから。あなたは知らないかもしれないけど、わたしは知っているの。あなたは記憶なのかもね。だから、あなたは知らないのよ。自分のことを。知るってことは、思い出すってことだから。知らないことなんかないってことを感じたときに、知ることができる。わたしはあなたがどこかにいることを知ってたわ。だから、今度はわたしがあなたに声を聞かせる番なの。あなたはそれを歌えばいい。別に楽器なんかいらないし、弾けなかろうが、どうでもいいから。体は知っているはずよ。だから、ここまで歩いてきたんだし、たまたま会ったのよ。たまたまなの。これは偶然というほど大げさなものですらないわ。あなたはたまたまわたしを見かけたの。わたしは、女を見ながら、ここは森の中ではない、と気づいた。女は裸ではなかった。女は集団から離れていた。女は、黒いワンピースを着ていた。女は、わたしの言葉を聞き取ることができるのだろうか。女の言っていることの大半は理解できた。わたしは今、女の言葉を覚えているままに書いているつもりだが、それは女の言葉ではないのかもしれない。わたしは女の言葉を書いている。しかし、女はわたしだった。でも、それもわかるわ。女は、あなたなのかもね。わたしたちは一緒だったわけじゃないし、今日、ここで、あなたとは離れてしまうわ。わたしは行かなくちゃいけないの。でも、これだけは言っておくね。思い出さなくてもいいから。きっと忘れてしまうから。あなたは、見ているの。わたしを見ている。うしろの景色なんか消えてなくなってしまっても、わたしはここにいるの。あなたはどこにもいないわ。でも、わたしを見ればいい。わたしを見れば、あなたはここに現れるの。歌はそれをつないでくれるから。歌はここに草を生やすから。歌のことをわたしは知らない。歌って、どんな形をしているの。どんな塔なの？　もしかして、何もないの？　草は伸びるの？　太陽はどんな玉なの？　わたしは知らない。あなたのことをわたしは知らないの。だから、わたしはつい声にしようとしてしまう。あなたはなぜ声がないの。だから声を探している。でも、声なんか見つからない。声を見つけるのは大変な作業なの。そうだと思うよ。わたしは女と話をしていた。何の話をしているのか。思い出そうにも言葉はどんどん空気と馴染んでいく。空気なんかない、と女は言った。ここには空気なんかないよ。わたしは見たことがない。でもあるの？　空気があるのなら、空気の歌をうたってよ。ここは砂漠でもなんでもないの。あなたは見えないかもしれないけど、あそこのビルにだって、人間が暮らしている。運動場だってあるし、男だっている。車も走ってるわ。わたしはまわりを眺めた。しかし、わたしは体がない。体なんかいらないから。あなたは声を持っているの。なぜ、探すの。探さなくてもいいから。あなたは手なんか見なくていいし、足も見えるよ。でも、なぜ靴をはいていないの？　どこに置いてきたの。靴がないと歩けないよ。でも歩かなくていいよ。ここにいて。あなたが必要なの。ここにいてほしい。あなたはずっとわたしとここにいて。あなたはどこかに行くの？　あなたは探すの？　何を？　見えていないのに、どうやって探すの？　目はどこへ置いてきたの？　水に飲み込まれたって言われてもわからない。そこに行こうよ。一人で行かないで。わたしはあなたといたいの。それだけ。わたしは水の音を聞きたいの。砂漠でもなんでもいいわ。月を見たい。写真でしか見たことがないわ。わたしは見てなくても遠くに月があるって知るだけでいい。毛布も持っているわ。わたしの貸してあげる。わたしの頭上には車が止まっていた。白の四駆車のバンパーは砂で汚れていた。わたしは群青色の空を見上げた。水彩絵の具の群青色をずっとポケットに入れていた。机の引き出しにしまってた。色を使いたくないの。今もまだ持っているよ。絵を描く？　貸してあげようか？　描いてよ。それが歌うってこと。わたしは歌わないの。歌ったことがないから。声は聞こえる？　耳に届いてる？　耳がないの？　どこに置いてきたの？　濡れてるわ。びしょびしょになって。どこに行ってたの？　寒くない？　火に当たる？　どこか遠くの氷の国にいたときに、寒くて、死にそうになって、火に当たってしのいだことがあるわ。布にくるまって、どうにか生きのびた。だから、ずっと家に火があるの。もう何年も消えていない。わたしは知らない。あなたがどうやって今まで生きてきたか。教えて。何が好きなの？　何色が好きなの？　色があるの？　色は見えるの？　目はどこに置いてきたの？　なんで、鳥が飛んでるの？　鳥と話せるの？　鳥が見えるの？　鳥の目で見てるの？　意味はわからないけど、言葉が耳に入ってくる。それはわかる。でも、あなたはまたどこかへ行くんでしょ？　だから、わたしはあなたになりたい。どうやったらなれるか教えて。どうやって歌うの？　歌はどこから来るの？

62

爆発音が鳴った。無音の夜に。月だけでなく、太陽もいなくなっていた。霧は深く、細かい粒子がわたしたちの日を覆った。それでもわたしたちは苦しくなかった。寒さが襲ってきた。それでもわたしたちは凍えることはなかった。空は暗かった。静かだった。爆発音は至るところで鳴っている。人間の声も聞こえている。何人か死んだ。人間が死んだ。それは森へ向かうための死だった。わたしたちは誰も死ななかった。死んだ人間たちはそのままわたしたちに成り代わった。わたしたちは彼らに近寄った。彼らは誰一人として泣いていなかった。ただ「終わった、人間が終わったんだ」と言った。言葉をわたしたちは聞いた。久しぶりに聞いた。しかし、すぐに彼らも砂になった。粉々に砕けた骨はまだ熱を帯びていた。それもそのうちわたしたちになるだろう。わたしたちになればいい。何も心配はない。壁は壊れてしまった。わたしたちのつくった地図は、人間にとって理解できるものではなかった。わたしたちの道は人間の道ではなかった。だから爆発が起きた。爆弾は大量に運び込まれ、わたしたちの仲間たちもそこに加わった。風に飛ばされた彼らもそこにいた。気配を感じた。彼らは悲しそうな顔をしていた。意気揚々とした隊長の声とともに、彼らは飛び上がった。空にまで届いた。空は粒子で覆われた。太陽は消えてなくなった。月はもともと退散していた。もううんざりだったのだ。わたしたちと話すことを諦めて、月はどこかへ行った。太陽はただ隠れているだけだった。隠れ家のことをわたしたちは知っていた。それもまたわたしたちがつくったからだ。建てたわけではない。隠れ家のありかを知っていただけだ。場所を教えるだけでいい。それで一つ宮殿ができあがる。人間は地図を読み取った。地図は常に場所を示していた。わたしたちの地図には場所がなかった。わたしたちには場所が見えないのだ。しかし、彼らは場所を持っていた。それは幻だったはずだが、知らぬうちに宮殿よりも高い建造物になった。彼らはそこで精密な機械をつくりだし、わたしたちの地図を解読したのだ。穴ができていた。それもまた人間の勘違いだ。しかし、大量の人間はその穴を見つけて喜んだ。穴は通り抜けられる。風は邪魔をしなかった。わたしたちはただ見ていた。目で見た。彼らの号令が聞こえた。人間は次々とわたしたちを踏んだ。何もないことをわたしたちは知っていた。ここには何もない。ここは砂漠だ。人間に月の光が差し、彼らの顔が浮かび上がった。霧は晴れていた。太陽は隠れたままだった。人間は森を指差した。人間は固い靴をはいていた。わたしたちの中に見知らぬ砂が紛れ込んでいた。人間が運び込んだのだろうか。それとも、風の仕業か。風はもうどこかへ行った。聞くこともできない。わたしたちは黙っていた。風を呼ぶことはできない。わたしたちは待つことにした。駅はもうすでに爆破されていた。それでもわたしたちは時間が来ると、宴を開いた。わたしたちはいつも通りに食事の準備をした。人間はわたしたちの食卓を踏みながら、森へ向かっている。わたしたちの視界はぼやけていた。夜だった。人間は地図を頼りに、突き進んでいる。森がそこにあるのだろう。わたしたちは見ていただけだ。いまはそれを書くことしかできない。人間はいろんな機械を使った。車輪も見えた。時間はいつまでもわたしたちをつなぎとめていた。わたしたちは時間に従ったことは一度もなかった。時間は風と同じように待つことしかできない。太陽だってそうだ。時間は人間を連れてきた。人間が茶碗を蹴り飛ばした。割れた食器やつくったばかりの食事が散乱している。それでもわたしたちは普段通りの宴を続けた。人間は森の入口に達したのかもしれない。隊長の口から音が聞こえた。鋭い声だった。しかし、それは人間の声ではなく、隊長の口が勝手につくりだした音楽だった。喉は震えていなかった。不思議な音楽だった。わたしたちの目の前には集団から外れた人間が一人倒れていた。彼は地図を持っていなかった。迷ってもいなかった。また爆発音がした。爆弾音はいつまでたっても鳴りやまなかった。人間自体が爆弾なのかもしれない。煙が上がり、わたしたちは見えなくなった。爆風がやってきた。しかし、わたしたちは気にせず宴を続けることにした。音楽が聞こえてくると、誰かがそれに合わせてからだをこすった。また爆発した。粉々になった者たちがわたしたちの音楽を聞いている。声が聞こえてきた。それは歌だった。悲しい歌だった。死んだのかもしれない。しかし、わたしたちは宴を続けた。それは祝いの宴だった。わたしたちは何を祝っているのだろうか。森のことか。夢のことか。地図のことか。人間のことか。爆弾か。死か。わたしたちはすすり泣きをする人間らしき形をしたものたちを見つけると、こちらに来るように手招きをした。彼らは宴に加わると、祝いの踊りにあわせて崩れ落ち砂になった。こういうことが何度もあった。わたしたちは彼らにそれぞれ名前をつけた。わたしたちは、いつまでもわたしたちだった。名前はない。ただの砂だ。風で飛ばされても、もう誰も気にすることはなくなった。どうせいつか戻ってくるのだから。わたしたちはいなくなったものの目で砂漠を見ている。よみがえったみたいに、目はいつだって砂漠を新しい景色に感じさせてくれた。いつしか、目は宴になくてはならないものになった。爆発音が鳴っても、わたしたちは平然としていた。わたしたちは知らなかった。森はびくともしなかった。爆発音は次第に強くなり、煙は空にのぼり、完全にわたしたちの視界を覆った。真っ黒な中、爆弾はいつまでも破裂を繰り返した。森には傷一つつかなかった。なぜなら、そもそも森はなかったからだ。森は夢ですらなかった。わたしたちは森がないことを知っていた。ここは砂漠だ。どこまで行っても砂漠は終わらなかった。線路はどこにも通じていない。わたしたちは図書館で森の夢と出会った。そして、人間に感謝する方法を知った。しかし、森はなかった。なくなったのではない。夢を見ることもできない。わたしたちは森の気配を感じていた。夢のはじまりに気づいていた。書くこと。それだけがわたしたちが行ったことであり、それが地図だったのだ。わたしたちの地図は今も動いている。息をしている。泣いている。歌っている。森はなかった。しかし、森は夢と同じように生きていた。わたしたちは知っていた。黙っていたわけではない。ただ声がなかっただけだ。わたしたちはだから書いた。書くことは、声の代替ではなく、もう一つの声なのだ。声なきものが獲得しようとするそのあがきは、夢の姿となって森をつくりだした。それがわたしたちであり、それがわたしたちの人間だった。

63

夜だった。明かりが見える。わたしはそこへ向かって歩いていた。人々は集まって、食事をしている。靴の中には砂が入り込んでいた。焚き火の炎が揺れた。わたしは彼らに近づくと、宿はないかとたずねた。一本の木の下で、ぼんやりと人々の顔が浮かんでは消えていく。モルンとはその後、会うことはなかった。わたしは何度か歩き、ときどき、座って休んだ。相変わらず、鳥のことはよくわからない。それでもわたしは手帳に風景を書き続けていた。今も見えている。わたしたち、と声がした。しかし、わたしはそこにはいなかった。人々はいろんなところから集まってきているようだ。肌の色も違うし、そもそも言葉が通じなかった。どこから来たのかと聞くものは誰一人としていなかった。わたしは食事の輪に自然と加わった。音楽が鳴っている。見たことのない弦楽器を初老の男が弾いていた。男はうなだれたまま、歌い出した。どこか遠くの歌だった。言葉の意味はわからなかったが、わたしは森の中で見つけた小屋のことを思い出した。女が踊っていた。静かな踊りだった。動いていないように見えた。わたしは女を眺めていた。女は口を動かしている。しかし、聞こえなかった。女は上からわたしを見下ろした。わたしは目を開けた。砂地が広がっていた。奥には草原も見える。わたしは旅をしているのではない。ただ歩いているだけだ。鳥の群れが横切った。彼らはどこへ向かっているのだろう。どこへ向かっているのか。鳥は答えることなくただ鳴き声を上げた。音しか聞こえない。女はまだ目をつむったままだ。火が強くなった。頬が熱くなった。水面では尻尾の長い動物たちが飛び交っていた。交差し、網目模様をつくりだした。ガラスに見えた。わたしたちは、と声がした。わたしの知らない声だった。わたしたち、とわたしは書いた。音楽が聞こえる。わたしは音楽に耳をすませ、鉛筆を持った。川がゆっくりと流れていた。わたしはどこにもいなかった。わたしは見ているわけではなかった。手も胴体も見えなかった。体を感じなかった。そのままわたしは広がっている景色を見た。見たのではなかった。わたしは風景だった。砂漠があった。砂漠には終わりがあった。音がまったく鳴らない場所だった。わたしはそこでしばらく時間を過ごした。わたしは、砂漠の砂をつかんだ。砂漠の表面は草が揺れるように動いていた。植物はどこにも見当たらない。水の音がした。動物たちが集まっていた。人間もいた。わたしはそこにいなかった。わたしは鳥の後ろをついていった。手がかりはそこにしかないような気がした。鳥は途中で二手に分かれた。わたしはどちらも選ばなかった。ときどき、枝の上で休んだ。わたしには休息が必要だった。もう寝る時間だ。それでも体はない。砂漠を歩いても、体はどこにも見つからなかった。鳥は言った。森の夢を見る砂がいるんだ、と。はじめは寝ぼけていただけかと思った。しかし、わたしは眠ってはいなかった。小高い丘が見え、中腹に大きな岩が転がっていた。岩は時間の中にいて、ずっと誰かを待っていた。鳥は岩に止まるとこちらを見た。鳥は片目だった。ウインクするように、こちらを向いている。明らかにわたしを見ていた。わたしは目を開けた。しかし、見える景色に変わりはなかった。川の音がする。男の顔は赤く反射している。女は火のすぐそばでまだ止まっていた。指一本動いていない。わたしは女の体を眺めた。女の皮膚には傷がある。鳥は楽器の先端に止まっていた。男の歌に耳を傾けているようだ。肉を焼く匂いが漂ってきた。食事がもうすぐはじまる。森が見えると、そのまま潜り込んだ。鳥の羽が見えた。羽はわたしと目が合うと、形を変えていった。突然現れた手が羽に触れた。鳥は驚くこともなく、わたしに呼びかけた。葉っぱをこする音がした。女の脇の隙間から月が見えた。月に映ったクレーターが、こっちを見ている。歌はまだ続いていた。声はどんどん小さくなっていった。男の歌は終わりに近づいていた。女はまだ止まっている。炎も揺れなくなっていた。手は再び消えてなくなった。喉が渇いた鳥は森の川に向かって飛んだ。ここは砂漠である。わたしも喉が渇いていた。鉛筆はまだ動いていた。わたしは動いていなかった。指は動いていた。わたしは動いていなかった。女も動いていない。鳥はこちらを振り向いたが、顔は見えなかった。羽は角度を変えて、鳥の体を包んだ。わたしが見ていたのは鳥の目ではなく、丸石だった。鳥は石の上に止まると、頭から水の中に勢いよく突っ込んだ。川が流れていた。人間たちが歩いていた。男たち、女たち、背中には赤ん坊がいた。子供たちは先頭を走っていた。鳥の首は川の中。わたしはどこにもいなかった。砂漠に一人の人間が歩いていた。わたしではなかった。人間は倒れていた。わたしはその男を知らなかった。女が遠くから心配そうに眺めている。女はビルの中にいた。ビルの中で椅子に座っていた。女は目を閉じていた。女は男に声をかけた。わたしは声になった。わたしは女の声になった。女は男に近づいていった。鳥は水を飲んでいる。わたしの喉が濡れた。わたしは鳥にお礼を言った。言葉にした。鳥は気にしなかった。鳥は水を飲み終わると首を振って、飛び立っていった。人間たちは目的地に近づいている。しかし、砂漠が広がっているだけだ。わたしは眠くなっていた。疲れが体に残っていたが、わたしは起きていた。体はない。それでも歩こうとした。わたしはなくなった足を探すこともせず、動かそうとした。すると、言葉が飛び出した。女はびっくりした顔でこちらを見た。「今度はお前の番だ」と男が歌った。誰の番なのか。みなが顔を見合わせている。止まっていた炎がまた揺れだした。影が揺れた。わたしは一人で歩いた。ない足を動かした。砂漠の中でわたしは川沿いを歩いていた。川はどこにもない。鳥だっていない。男もいない、女は静止していた。顔を見合わせた人間たちは、目の前を通り過ぎていくわたしを見た。わたしは目を合わせなかった。わたしは、目を開いた。何も見ずに、開いた。そこは何もない場所だった。男が歌うと場所が現れた。歌が終わると、わたしは砂漠にいた。女が川の水を浴びている。倒れた樹木を抜けていくと、湖があった。水面に人間の姿が映り込んでいる。わたしの顔もあった。体を持たないわたしは、水面を滑るように、水の中に入っていった。水底には砂があった。わたしは砂漠の中にいた。水底から水が湧き上がっていた。音は聞こえない。男は歌い終わると、疲れたのか横になって目を閉じている。わたしは黙って見ていた。人間たちは到着し、水を飲みはじめた。わたしは濡れていた。

砂には穴があいていた。そこから水が湧き出ていた。轟音が聞こえた。それなのに、水面は静かだった。波紋一つなかった。小さなあぶくが砂から浮かんできた。わたしはさらに黙った。あぶくは水面に到達すると、人間たちや森やわたしをちらりとしばらく見たあと、何かものを言いたげな顔を見せて、音も立てずに破裂した。

64

また風が吹いた。わたしたちはまた仕事をはじめる。わたしたちは人間に踏まれながら生活をしていた。わたしたちは彼らを囲んでもいた。人間と同じ目を持っていた。わたしたちが見ている景色を、人間も見ていた。トカゲが通り過ぎていった。食事の時間が近づいていた。夜も更けていた。人間たちは食事を終え、火のまわりに集まっていた。一人の人間が図書館へと向かった。わたしたちがつくった図書館だ。そこには人間の言葉が保管されていた。わたしたちは言葉を知らない。それでもわたしたちは声を出す。声は音にすらなっていない。人間はそれでもわたしたちの声に耳を傾けた。しかし、彼らには聞こえていない。それをわたしたちは知っていた。図書館から出てきた男は、輪の中に入ると一冊の本を開いた。何も書かれていなかった。わたしたちは読めないのである。彼は声を出して読んだ。わたしたちの耳にはその言葉が届かない。人間たちは笑っていた。寝ているものもいた。食事が揃うと、わたしたちもまた人間と同じように、集まって食べた。風が吹いた。人間は集まって何をしているのだろうか。わたしたちは話し合った。風で飛ばされなかったものが言った。人間はわたしたちのことを歌っているんだ、と。わたしたちは静かに耳をすました。彼らの歌はわたしたちの鼓膜を揺らすことはなかった。泣いているものもいた。うなだれているものもいた。抱きしめ合ったりしていた。人間は肩を寄せ合っていた。

65

また風が吹いた。わたしたちはいなくなった。わたしたちは飛ばされてしまった。

66

太陽の姿を何度か見た。わたしたちはどこかへ運ばれ、そこでまた暮らしている。わたしたちの暮らしは変化した。鳥がわたしたちを啄《つい》ばんでいる。痛くも痒くもない。わたしたちは食べられるのだろうか。そこでもまた出会いがあるのだろうか。怖くもない。

67

鳥が鳴いている。わたしたちを呼んでいる。わたしたちは耳をすました。もちろん何も聞こえやしない。鳥はわたしたちをつついた。わたしたちはまたどこかへ行くのか。風は吹いていない。鳥は翼を休めている。鳥はこちらを見た。わたしたちも鳥を見た。鳥がまたつついた。わたしたちはころころと転がっていった。

68

おれはどこにいるのか知っている。おれはここにいる。おれは退屈だ。おれは喜んでいる。おれは見ている。おれは目だ。鳥の片目だ。そこに映っているものはおれじゃない。おれは目玉なんだ。おれに映り込んでいるものは、おれとは違うものたちだ。いろんなものが飛び出てきては、通り過ぎていった。まるで川みたいだ。おれは一度、すべてが川なのかと気づいたことがある。おれが気づいただけだ。別にそれが答えじゃない。でも、気づくと大変だ。それにおれが取り込まれてしまうからな。おれは轟音とともに押し出された。回転して、夜のことを知った。太陽が沈んだからって夜になるんじゃない。すべてが川だと気づいたら、その途端に夜がやってきた。夜は静かだった。おれは静かな自分を知らなかった。おれはそこでは歌わなかった。誰も呼ぶ必要はないからな。おれはただ一人だった。一人だと思ってた。でも、そこにはいろんな動物やら植物やらが生きていて、風もときどき吹いた。おれは耳をすました。誰かがおれを呼んでいた。おれの声だった。おれは外を眺めていた、夜のおれの声を聞いていただけなんだ。それがおれの声になって、歌になる。おれはそれ以来、夜を大事にするようになった。大事にするといっても、触ることはできない。どこかに隠すことも、内臓の中に入れて、保管することもできない。おれはただ空みたいなもんだ。ただ見てただけ。見てればいい。守っても無駄だ。そこで動いて死んでいくものすべてに目を向けるってだけだ。それが夜だった。おれの夜はそんな姿をしていて、おれの歌の水源は、そんな夜だった。

69

わたしは手帳に書き連ねてある殴り書きを眺めた。ずっと遠くにまで行っていたような気もするし、近所を散歩していただけなのかもしれない。手帳は古くなって、ところどころ折れ曲がっていた。方眼紙にはいくつか図形が描き込まれている。わたしの筆跡だった。記憶はない。壁に貼ってあるメモにも身に覚えがなかった。しかし、それがわたしだ。わたしは何度も書き直した。消しカスが机の上にたまっていた。手のひらが汚れていた。紙の上に跡が残っている。爪が黒くなっている。わたしは爪の先の砂を噛みながら、開いた手帳をまた消した。紙が折れ曲がった。それでもわたしはできるだけその頁を真っ白にした。そして、もう一度、書き込んだ。わたしは自分がどこへ行っていたのかを、確認しようとしているのではなかった。その間も、どんどん見えているものが通り過ぎていった。鳥や風みたいに通り過ぎていった。捕まえるわけにもいかない。できるだけ早く書き記そうとするが、それも無駄だとわかって放り投げた。書いても仕方がない。それでもわたしは何か目印になるものを、紙の上に書いた。何か違うと感じ、また消した。鉛筆の跡が重なっている。点と点を結ぶわけにもいかない。溝があるので、線で結ぶことができない。鉛筆を押し付けたって届かなかった。紙に書くのではなく、紙をつくらないといけない。そこでわたしは紙をつくりだした。そこに書き込んだ。次第に鉛筆はいらなくなった。消しゴムも不要だった。紙はわたしの鉛でところどころ膨らんでいる。わたしは顔を横にして眺めた。磁石も何もない。何もいらなかった。紙の上では声だって、一つの目印になった。声は葉っぱみたいに風に吹かれていた。海は見えない。どこまでも起伏のある土地が続いていた。わたしはこれまでの道のりを記録しているわけではなかった。わたしは観測している。次に向かう場所を見つけようとしている。わたしの足はまだ頑丈だった。喉も渇いていない。水場も見つけた。食材もある。森で拾った非常食は布袋の中にまだ残っていた。わたしは部屋にいた。わたしは丘の上から眺めた。いろんな声が聞こえている。その都度、目印が増えた。風が向こうで吹いている。遠くの旗がなびいていた。あれはわたしが出発したところだった。わたしはまだ少しも離れていない。ぐるぐると歩き回っていただけだった。残骸に触れると、また新しい声が聞こえた。聞いたことのある声だった。

70

　わたしたちは人間を見た。同じ目で。人間はわたしたちを見ることはできない。わたしたちはいつも人間の足の近くにいる。それだけじゃない。わたしたちは飛ばされて、人間の体に入り込むこともある。わたしたちはそのときだけは人間だった。人間の内臓になって、わたしたちはそこでゆっくり過ごした。風で飛ばされたものと再会することもあった。彼らの旅の話を聞いた。まるで人間みたいだった。わたしたちは食事をしながら、それぞれ見てきたものを語り合った。わたしたちは同じ目を持っていたが、見ていたものは違っていた。同じ場所にいるのに、違っていた。わたしたちはそれを知っている。人間はそれを知っているのだろうか。わたしたちは、つい人間に話しかけた。しかし、誰もこちらを向かなかった。それでも続けた。子供が泣きやんだ。大人たちは気づかないままだった。人間たちが集まっている。まだ誰も眠っていなかった。今日は長い夜になりそうだ。わたしたちはそれでもかまわなかった。沈黙が続いた。わたしたちは風にまた飛ばされた。人間のほうへと飛ばされた。わたしたちはもう戻ることができない。人間は穏やかに過ごしていた。新しい暮らしがはじまった。腹が減ってきた。誰かが火を起こした。わたしたちはまた新しく生活の場所をつくった。いまもそこで暮らしている。人間の歌はまだ鳴りやまない。わたしたちは食事をしながら、そんな人間の姿をただ黙って眺めていた。

坂口恭平（さかぐち・きょうへい）
1978年、熊本県生まれ。2001年、早稲田大学理工学部建築学科卒業。作家、建築家、音楽家、画家。2004年、路上生活者の住居を収めた写真集『0円ハウス』を刊行。2008年、それを元にした『TOKYO 0円ハウス 0円生活』で文筆家デビュー。2011年、東日本大震災がきっかけとなり「新政府内閣総理大臣」に就任。その体験を元にした『独立国家のつくりかた』を刊行し、大きな話題を呼ぶ。2014年『幻年時代』で第35回熊日出版文化賞、2016年『家族の哲学』で第57回熊日文学賞を受賞。著書に『ゼロから始める都市型狩猟採集生活』『徘徊タクシー』など。

現実宿り《げんじつやど》

2016年10月20日　初版印刷
2016年10月30日　初版発行

著　者　坂口恭平
発行者　小野寺優
発行所　株式会社河出書房新社
〒151-0051 東京都渋谷区千駄ヶ谷2-32-2
03-3404-1201［営業］　03-3404-8611［編集］
http://www.kawade.co.jp/

組　版　KAWADE DTP WORKS
印　刷　株式会社暁印刷
製　本　加藤製本株式会社

落丁・乱丁本はお取り替えいたします。

ISBN 978-4-309-02514-8　Printed in Japan